ANXIOUS PEOPLE

焦慮的人

菲特烈·貝克曼
FREDRIK BACKMAN
杜蘊慧——譯

謹將這本書獻給我腦海中的聲音，
我最了不起的朋友們。
以及將以上所有包容在她生命中的，我的妻子。

01

一樁銀行搶案。一場人質大戲。正要衝進公寓的警察擠滿樓梯間。要走到這一步很容易，比你想像的容易多了。只需要一個非常，非常餿的點子。

這個故事與很多事有關，但大部分是有關蠢蛋的。所以必須開宗明義地講清楚，說別人是蠢蛋很容易，只要你忘了當個人有多困難。特別是如果你是為了某些人而當個好人。

因為在這年頭，我們必須適應的情況多到令人不敢相信。人們認為你應該有份工作，有棲身之所，有個家庭，你應該繳稅，有乾淨的內褲，記得那該死的wi-fi密碼。我們之中有些人永遠沒辦法制住亂象，只好隨人生流逝；世界以每小時兩百萬英里的速度在宇宙中運轉，在世界表面到處亂跑的我們彷彿許多落單的襪子。我們的心像是不斷逃出掌握的肥皂；只要我們一放鬆，它就會亂跑，陷入愛河，然後被擊碎，只要一眨眼的時間，完全不受我們的控制。因此，我們學會假裝，無時無刻不假裝，假裝我們的工作和我們的婚姻和我們的孩子以及所有的一切。我們假裝自己是正常人，有合理的教育程度，我們知道「分期付款」和「通貨膨脹率」的意思。我們還知道性是怎麼一回事。事實上，我們對性，就像我們對USB接頭那般了解，總是得試四次才抓得準位置（反過來……反過去……反過來……反過去……終於！**進去了！**）。我們假裝是好父母，其實說到底不過就是給孩子吃飯穿衣，在他們把地上撿到的口香糖放進嘴裡時出聲喝止而已。我們都曾試著養過熱帶魚，但牠們全部壽終正寢。我們對孩子的了解並不多於我們了解熱帶魚，因此我們每天早上都被人生的責任嚇個半死。我們沒有計畫，只是盡力熬過那一天，因為接下來還有明天。

有時候的確痛，痛徹心腑，原因無他，只因為我們的皮膚似乎不是自己的。有時我們會慌亂起來，因為一堆帳單等著付，而我們得當大人，卻不知該從何當起；因為這件事嚇死人地容易搞砸。

因為每個人都有愛的人，每個愛人的人都有那些無助的夜晚，我們毫無睡意地倒在床上，試著釐清自己該如何再繼續當個人。有時這個疑問會令我們做出之後回想起來極其荒謬，卻是當時唯一出路的蠢事。

只需要一個很蠢的點子。就夠了。

譬如某天早上，某位年方三十九，住在某個並不特別大或是有名小城裡的居民握著手槍出了家門，這就是——事後想來——蠢到極點的點子。

這是齣關於人質的鬧劇，但綁架人質卻不是鬧劇的動機。也就是說，原本的故事內容應該著重於動機，動機本身卻無關乎人質鬧劇。原本的故事主題應該是搶銀行。但是每件事都有點走了樣，因為搶銀行多少會出些紕漏。所以這名三十九歲的銀行搶匪想逃脫卻沒有逃脫計畫；而逃脫計畫就像多年前當搶匪在廚房切檸檬準備做檸檬汁，卻發現自己忘了冰塊而得重新來過時母親說的：「如果你根本不是做這件事的料，那至少腿得跑得勤快些！」（值得一提的是，當搶匪老媽死的時候，體內琴湯尼的含量多到葬儀社根本不敢火化她，免得引起大爆炸；但這並不表示她的意見有失中肯。）所以在這樁根本不能算是銀行搶案的銀行搶案發生過後，警察想當然地出現了，受驚的搶匪衝出銀行，跑到對街，進了眼前所見的第一道門。

光是基於這一點就說搶匪是個蠢蛋倒也過於嚴厲，可是……話說，這種行徑卻也算不上天才。因為那道門直通二樓，根本沒有出口，意指搶匪只能往樓上跑。

我必須說明，這名搶匪的體能狀態與一般三十九歲的人無分二致。大城市裡的三十九歲居民們，沒有哪個會因為靈魂裡有個得靠吞噬ＩＧ存在的黑洞，而花錢買貴得離譜的自行車褲和泳帽來面對中年危機；他們多半日日大啖乳酪和碳水化合物，飲食內容在醫學上被歸類於求助性暴食，而非正常人的飲食。所以當銀行搶匪跑到頂樓時，體內所有腺體全都在用力吶喊，呼吸聲就像祕密會社社員朝大門小洞裡說了通關密語之後才能進入那樣。到了這步田地，任何逃脫警方追緝的機會都像化為烏有。

不過搶匪一轉身，看見大樓裡某間公寓的門正好開著，因為那戶待售的公寓裡滿是四處參觀的潛在買主。於是搶匪踉蹌進了公寓，氣喘吁吁滿頭大汗，手裡的槍朝著上空，故事就此成了綁架人質案件。

接著事件演變成：警方包圍大樓，記者們出現，故事上了電視新聞。整件事持續了幾個小時直到搶匪棄守，因為說實在也沒別的選擇。公寓裡的八個人質有七位是潛在買主，一位是房屋仲介，全數被釋放。幾分鐘之後警方攻進了公寓，但是裡面空無一人。

沒人知道搶匪去了哪裡。

在這個階段，你只需要知道這麼多。故事現在可以開始了。

02

十年前，有個男子站在橋上。這個故事與男子無關，所以你現在不用太在意他。當然啦，你很顯然無法不想到他，就好像我如果說「別想餅乾」，你馬上就會開始想到餅乾了。

別想餅乾！

你只要知道十年前那個男子站在橋上。他的腳下是護欄，大橋高高橫亙水面，眼前是他生命的盡頭。現在別再想這些了，想快樂一點的事。

想想餅乾。

03

新年除夕前的那天，在一座不特別大的城市裡。員警和房仲坐在警察局審訊室中，員警看起來才剛滿二十歲，但也許不止；房仲業務員狀似超過四十歲，但有可能更年輕。員警的制服太小了，房仲的西裝外套倒稍嫌大了點。房仲看來恨不得置身別處，而且就在兩人開始對話十五分鐘之後，就連警察看起來也恨不得房仲置身別處。當房仲緊張地擠出笑容開口說話時，員警的呼吸模式變得令人難以捉摸他是在嘆氣還是清鼻子。

「只要回答問題就好了。」他像是在哀求。

房仲點點頭，含混地丟出：「誰當家？」

「我說過了，請妳回答問題！」員警又重複一遍，帶著成年男人臉上常見的那種神氣，似乎童年的某段時間曾對自己的人生感到氣餒，並且永遠無法克制那種感覺。

「是你問我的仲介公司叫什麼名字呀！」房仲非常堅持，手指輪流敲擊桌面，員警真想抄起某個有尖角的物體向她摜去。

「不是，我沒問那個，我是問妳，挾持妳當**人質**的**嫌疑犯**是不是……」

「**小當家**，懂了吧？因為你買公寓的時候喜歡向懂得很多當家技巧的人買，不是嗎？所以我接電話的時候會說：『喂，小當家房屋仲介！誰當家？』」

很顯然，剛受過驚嚇、被手槍威脅、又被當作人質之類的事件，能令任何一個人失去理智。員警試著保持耐性，兩根拇指用力抵住眉毛，似乎希望那是兩顆按鍵，只要他同時用力按住十秒，人生就能回復到出廠模式。

「好……吧……可是我現在得問妳幾個有關那間公寓和嫌犯的問題。」他嘟囔道。

他今天也過得很不順。他隸屬的警察局編制很小，人手吃緊，卻不表示大家工作效能不足。就在人質事件發生之後，他試著在電話裡向長官的長官的長官解釋這一點，卻理所當然地枉費唇舌。上級要從斯德哥爾摩派一支特調小組來接手整個案子。長官說這番話時並未刻意強調「特調」，而是「斯德哥爾摩」，彷彿光是來自首都這件事，就讓這支小組具備超能力。員警心想：「更像是有某種疾病吧。」他的拇指仍然抵著眉毛；這是讓長官們看到他能獨立處理案子的最後機會，但是如果你的唯一證人只有像眼前這樣的女人，又見鬼地該如何是好？

「OK地喲！」房仲愉快地吱喳，彷彿這個用語是正統的瑞典文似的。

員警低頭看著自己的紀錄。

「選在今天看房子不是有點奇怪嗎？新年除夕之前？」

房仲搖頭露齒一笑。

「對小當家來說每天都是看房的好日子喔！」

「好吧，繼續下一個問題：妳看到嫌犯時的第一個反應是……」

「你不是說要先問有關公寓的問題嗎？你說『那間公寓和嫌犯』，所以我以為會先問公寓……」

「行行行！」員警大聲回應。

「好喔！」房仲語氣雀躍。

「那就先講**公寓**：妳很熟悉它的格局？」

「那當然，我可是負責的仲介呢！」房仲說著，硬是忍住不繼續說「小當家房屋仲介！誰當家？」，因為她看見員警臉上的表情像是但願配槍裡的子彈沒那麼容易被追查。

「能不能請妳描述一下？」

房仲的神情馬上亮了起來。

「它根本就是夢幻物件喔！這麼難得的公寓，坐落在幽靜的地段，可是又離熱鬧的市中心非常近；格局好開闊！有大窗戶讓大片陽光灑進來——！」

員警打斷她的話。

「我想問的是，屋裡有沒有櫥櫃或隱藏的收納空間那類的設施？」

「你不喜歡開闊的公寓格局？比較喜歡有牆？喜歡有牆也沒什麼不對呀！」房仲的回應充滿鼓勵，但是語氣中不免透露根據她的經驗，喜歡牆的人也喜歡其他類型的藩籬。

「譬如說，是否有櫥櫃不是——」

「我說過會有多少陽光嗎？」

「說了。」

「科學研究證明陽光能讓我們感覺更好喔！你知道嗎？」

員警看來不想被強迫思考這個主題。有些人喜歡自己決定自己有多快樂。

「我們不要離題，好嗎？」

「ＯＫ喲！」

「這間公寓裡是否有平面圖上沒標出來的空間？」

「地理位置真的很適合小孩！」

「這和本案有任何關係嗎？」

「我只是想特別指出它的地點，你應該知道真的很適合小孩！當然了……除了今天的人質事件；事實上：這個區域對小孩來說太棒了！還有你一定知道小孩有多愛警車嘍！」

房仲快活地舉高手臂旋轉，嘴裡模仿警笛的聲音。

「聽起來像賣冰淇淋的車子。」員警說。

「可是你懂我的意思。」房仲不放棄。

「我必須請妳直接回答我的問題。」

「抱歉，能不能再說一次問題是什麼？」

「公寓的實際面積？」

房仲頗具興味地微笑起來。

「你不想談談那個銀行搶匪嗎？我以為我們要講的是搶案？」

員警用力咬牙，用力到他看起來像是想透過腳趾甲呼吸。

「當然，也行。我們來談嫌犯，當他出現時，妳的第一個反應是什——」

房仲迫不及待地打斷：「那個銀行搶匪？對對對！銀行搶匪在我們看屋的時候衝進公寓，拿槍指著我們所有人！你知道為什麼嗎？」

「不知道。」

「因為公寓的格局很開闊！否則搶匪才不可能用一把槍**同時**指著我們所有的人！」

員警按摩著眉毛。

「好吧，試試另一個方法：那間公寓裡有沒有任何能藏匿的空間？」

房仲眨眼的速度慢得像是她才剛學會這個動作。

「藏匿的空間？」

員警向後仰頭，凝望天花板。他的媽媽過去總是說警察不過就是懶得尋找人生新夢想的小男孩。每個小男孩都會被問「你長大以後想當什麼？」，而他們在某個時期都會回答「警察！」；但是大多數小男孩在成長過程中都會對這個夢想失去興趣，找到更好的目標。有那麼一會兒，我們這位警察發現他也很希望自己當年放棄了成為警察的夢想，因為那樣一來，日子將會比較簡單，很有可能連帶簡化他和家人的關係。雖然他的媽媽始終以他為榮，並且從未對他的事業抉擇表達失望的觀感。她從前是位牧師，工作本身的意義大於為了餬口，所以她能了解。不想見到兒子身穿警察制服的是他爸爸。或許這位年輕的員警直到今日仍然背負著那股失望帶來的沉重負擔，因為當他再度望向房仲時，臉上盡是疲憊。

「沒錯，那就是我一直試著跟妳說明的：我們相信搶匪還躲在公寓裡。」

04

事實上，當銀行搶匪放棄挾持之後，所有的人質——房仲女士和所有的潛在買主——全都同時被釋放。他們走出公寓大樓時，大樓連往人行道的台階上只有一名員警駐守。眾人關上背後的門，扣上門閂，冷靜地走下台階、人行道，坐進等著他們的警車，被載走。台階上的警察等候同事們上來；談判專家打電話給銀行搶匪。警察衝進公寓之後沒多久就發現裡面空無一人。通往陽台的門是鎖住的，所有窗戶都關著，並沒有其他出口。

就算不是斯德哥爾摩派來的人也能馬上醒悟到，肯定是其中一位人質幫忙搶匪逃走的。除非搶匪根本沒逃。

05

好，某個男子站在橋上。現在你可以想這件事。

他已經寫好一封信寄出去，也送了小孩去學校，爬上橋邊護欄站在上面瞧著底下。十年之後會有一名失敗的銀行搶匪挾持八位正在看房子的人質。如果你站在那座橋上，就能一眼看見那間公寓的陽台。

當然，這一切都與你無關。也許，只有一點點關聯。因為我假設你是個尋常的正派人士。若是你看見某人站在大橋護欄上會怎麼做？肯定會盡全力阻止那人往橋下跳。你根本不認識他，但這是人的內在直覺：我們不能坐視陌生人尋短見。

於是你會試著和他說話，獲得他的信任，說服他別做傻事。因為或許你也沮喪過，曾有些X光照不出來的椎心之痛，你根本找不出文字和語言向愛你的人們解釋。在連我們自己都想強自壓抑的記憶深處，有許多人很清楚自己和橋上男子之間的差異其實不如我們奢望的大。大多數的成人都曾經歷過相當數量的失意時刻，就連最快樂的人也沒辦法時時保持快樂。所以你會試著拯救橋上男子。因為即使人生會因一時錯誤而結束，是否往橋下跳卻是可以選擇的；因為你必須爬到某個高處，選擇向前走那一步。

因為你是正派的人。不會坐視不管。

06

年輕員警用指尖觸摸額頭，那裡有一塊嬰兒拳頭大小的腫起。

「那裡怎麼了？」房仲問道，看樣子她其實更想問「誰當家？」。

「撞到東西。」員警不情願地回答之後，看了看自己的紀錄說：「看起來嫌犯用的是單手持握槍械？」

房仲驚訝地笑起來。

「你的意思是……手槍？」

「對。他的神情緊張嗎？或者像是已經有不少使用手槍的經驗？」

員警希望能藉這個問題，從房仲的回答中探出搶匪是否有軍人背景之類的訊息。但是房仲回答得很輕鬆：「喔，不是，那把手槍根本就不是真的！」

員警朝她瞇細了眼睛，顯然是想摸清楚她在開玩笑還是太天真。

「妳為什麼這麼認為？」

「那一看就是玩具槍啊！我還以為每個人都看出來了。」

員警端詳房仲良久。她不是在開玩笑。他的眼裡流露出一絲同情。

「所以妳根本就……不害怕？」

房仲搖搖頭。

「當然不怕。我知道大家根本沒有性命危險，你懂嗎？那個搶匪沒辦法傷害任何一個人的！」

員警看著紀錄，醒悟到她壓根沒理解狀況。

「妳想喝點什麼嗎？」他好心地問。

「不用，謝謝你。你已經問過我了。」

員警決定還是替她倒杯水。

07

事實上，沒有一位人質知道在他們被釋放後和警方湧入公寓之前的那段時間裡發生了什麼事。人質坐進警車被載往警察局時，員警們正往台階上集合。談判專家（是長官的長官特別從斯德哥爾摩調派來的，看樣子只有斯德哥爾摩的人知道怎麼講電話）打電話給搶匪，希望能達成和平協議。但是搶匪沒接電話，卻傳出一聲槍響。警方衝破公寓大門時已經太晚了，他們發現腳下的客廳地板上一片血泊。

08

警察局的員工休息室裡，年輕員警碰見年紀稍長的同僚。年輕員警正在倒水，年長同僚在喝咖啡。他們的關係挺複雜，是不同警察世代之間常見的狀況。我們在職業生涯快結束時會試著找出它的意義，但是在剛起步時卻想找到目標。

「早哇！」同僚大聲說。

「嗨。」年輕員警回應，語氣中透露淡淡的沒好氣。

「我是很想請你喝杯咖啡的，不過我猜你還是不喝咖啡？」同僚的語氣彷彿在說不喝咖啡是種缺陷。

「不喝。」年輕員警的態度像是在回絕吃人肉的邀請。

老少二人的飲食好惡少有交集；彼此的差異甚至可以延伸到任何其他主題上，進而衍生出兩人一起被關在同一輛警車裡值勤時，午餐時間總是會發生的不對盤。老同僚最喜歡的食物是某個加油站的熱狗搭配即食馬鈴薯泥；每星期五在吃到飽自助餐餐廳裡，只要服務生想收走他的盤子，老同僚就會一把搶回盤子，驚恐地大叫：「你以為我吃完了？這可是吃到飽欸！要是我真吃完了你一定能看出來，因為我會飽到癱在桌子下面動不了！」至於年輕員警喜歡的食物，照老同僚的說法是：「假兮兮的東西，海草和海苔還有生魚，他八成以為自己是見鬼的寄居蟹。」他們一個人喜歡咖啡，另一個喜歡茶。一個在上班時間看手錶想知道離午餐時間還有多久；另一個在午餐時間看手錶想早點回到工作崗位。老同僚認為身為警察最重要的就是做正確的事；年輕員警則認為用正確的方法做事更重要。

「你確定？你可以點星冰樂還是他們隨便怎麼叫的那種。我以前還買過他們那什麼豆奶，雖然我其實不太想知道到底是從什麼鬼東西身上擠出來的奶！」老同僚說完高聲大笑，同時略顯不安地望向年輕員警。

「嗯。」年輕人語焉不詳，根本懶得聽。

「你和那個狗屁房屋仲介的問話還順利嘍？」老同僚的語調聽似在開玩笑，其實是想掩蓋背後的關心。

「順利！」年輕員警大聲說道，並發現實在越來越難掩飾心中的不耐煩，作勢往門口走去。

「你還好吧？」老同僚問。

「對，沒事。」年輕員警咕噥。

「我只是覺得發生那些事之後，如果你需要——」

「我很好。」年輕員警堅持。

「確定？」

「確定！」

「你的額……？」老同僚邊問邊朝年輕人額頭上的腫起點頭示意。

「很好，沒什麼大不了。我得回去了。」

「那就好。你需不需要人幫忙問話？」老同僚問著，不安地瞪視年輕員警腳上的鞋子之餘，試圖擠出一絲笑容。

「我自己來就行了。」

「我很樂意幫忙。」

「不用——謝謝！」

「真的？」老同僚高聲問，但是除了寂靜之外並沒聽見其他回應。

年輕員警離開之後，老同僚獨自坐在員工休息室裡喝咖啡。老一輩男人鮮少知道該如何向後輩男人表達關心之情。當你真正想說的是「我看得出來你不好受」時，要找到適當的話語是很困難的。

年輕員警剛才駐足的地面留下了紅色汙漬。他的鞋底仍然帶著血，只是他還沒留意到。老同僚沾濕一張紙巾，仔細擦乾淨地板，手指微微顫抖著。也許年輕員警沒說謊，也許他真的沒事。但是老同僚無法平靜，至少此時還不能。

09

年輕員警走回偵訊室，將水放在桌上。房仲看著他，覺得他看來像是幽默感被切除了。雖然這種個性也沒什麼不對。

「謝謝。」她朝那杯不請自來的水遲疑地說。

「我還得再問妳幾個問題。」年輕員警帶著歉意，拿出一張皺巴巴的紙，看起來像是孩子的塗鴉。

房仲點點頭。她還來不及開口，偵訊室的門就靜靜地打開了，老同僚輕快地閃進來。房仲注意到，他的手臂較之身體顯得長了點，如果他打翻了手裡的咖啡，燙到的將會是膝蓋以下的部分。

「哈囉！我只想進來看看能幫什麼忙……」老同僚說。

年輕員警仰望天花板。

「沒有！謝了！我已經告訴過你一切都在掌控之中。」

「好，那行。我只不過希望幫得上忙。」老同僚鍥而不捨。

「不用不用，老天……不用！你這種做法**極度**不專業！別在我偵訊一半時突然跑進來！」年輕員警火了。

「是沒錯，抱歉，我只想關心一下你的進度如何。」顏面掃地的老同僚悄聲說道，語調中有再也掩飾不了的關切。

「我才正要問那張圖！」年輕員警惱怒地說，彷彿是被抓到身上有菸味，而他堅持自己只是幫朋友暫時拿著菸。

「問誰？」老同僚不解地問。

「房屋仲介！」年輕員警高聲說著，指向房仲女士。

受到這個回答刺激的房仲從椅子裡一躍而起，手掌向前用力一擺：「房屋仲介就是我！小當家房屋仲介公司！」

房仲靜止在原地，滿臉堆笑，對自己的表現無可比擬地驕傲。

「喔拜託，不要又重來一遍。」年輕員警喃喃自語。

房仲深吸一口氣：「**誰當家**？」

老同僚滿臉疑問地看著年輕員警。

「整段偵訊過程她都是這樣。」年輕員警邊說邊將雙手拇指用力抵住眉毛。

老同僚朝著房仲瞇細眼睛。這是他在面對無法理解的對象時會有的習慣動作；一輩子不斷瞇細眼睛的結果就是眼睛下方的皮膚有如霜淇淋般鬆軟。房仲很顯然認為沒人留意到她的口號，於是自動自發進一步解釋：「懂嗎？小當家房屋仲介公司，誰當家？懂了嗎？因為每個人都想要有一位清楚最棒的——」

老同僚懂了，甚至還回報她感激的笑容，但是年輕員警的食指朝著房仲，在她和椅子之間上下擺動：「坐下！」

如此的口氣通常只會用於小孩、小狗，以及房屋仲介。

房仲收起笑容，笨拙地坐下，輪流望著兩位警員。

「對不起，這是我第一次被警察問話。你們是不是要……那個……是不是要像電影裡面那樣一個扮黑臉一個扮白臉？其中一個出去倒咖啡，另一個就會用電話簿打我，大叫：『**妳把屍體藏**

到哪去了？』」

房仲發出緊張的笑聲。老同僚也笑了，但是年輕員警不為所動，於是房仲繼續更緊張地說：「我其實是開玩笑的。這年頭已經沒人印電話簿了，對吧，那你們會用什麼打我？愛瘋手機？」

她揮舞雙臂表演用手機捶打的動作，口中大聲呼喝，警員們只能推測她可能在模仿兩人的口音：「喔，該死，不妙，我不小心還按讚了前妻的ＩＧ照片！刪掉！刪掉！」

年輕員警看起來一點都不覺得好笑，連帶使得房仲看起來也不樂在其中了。在此同時，老同僚向年輕員警的筆記傾身發問，彷彿房間裡根本沒有房仲這個人：「所以她說那張圖怎麼樣？」

「我還沒問就被你打斷了。我們在樓梯間發現這張圖，據我們判斷應該是歹徒遺落的。希望妳能夠——」年輕員警正說著，卻被老同僚打斷。

「你問過她那把手槍嗎？」

「別干擾我！」年輕員警從齒縫間回答。

老同僚一聽之下，將雙臂向空中一甩，喃喃道：「好好好，抱歉打擾你。」

「它不是真的！那把手槍！只是玩具！」房仲快速說完。

老同僚吃驚地看著她，然後又看看年輕員警，接著用唯有某個年紀的男人自以為是在講悄悄話的音量悄聲說：「你……你還沒告訴她？」

「告訴我什麼？」房仲不解地問。

年輕員警嘆口氣，摺起塗鴉，小心翼翼的程度就像他正在摺的是老同僚的臉皮。然後他抬頭看著房仲。

「我正要講那件事……是這樣，嫌犯釋放妳和其他人質之後，我們把妳帶來局裡——」

老同僚熱心地打斷他：「那個嫌犯，銀行搶匪——舉槍自殺了！」

年輕員警用力緊握雙手，免得一把掐死同僚。房仲並沒聽見他接下來說的話：因為神經系統受到震盪的她，耳朵裡只迴盪著單音節嗡嗡聲。事件結束之後許久，她仍然發誓當時聽見雨滴撞擊窗戶玻璃的聲音，雖然偵訊室並沒窗戶。

她盯著兩位警員，嘴巴合不攏。

「所以……那把手槍……是……？」她勉力說道。

「是真的手槍。」老同僚向她確認。

「我……」房仲想講話，卻口乾舌燥說不出來。

「來！喝點水！」老同僚提議，彷彿那杯水是他剛才特地為她拿來的。

「謝謝……我……可是，如果手槍是真的，我們不就原本……全都會**死**。」她輕聲說完，餘悸猶存地牛飲杯裡的水。老同僚權威地點頭，從年輕員警眼前拿過筆記，提筆添上新的紀錄。

「也許我們應該從頭再談一次？」老同僚非常想幫忙的態度，促使年輕員警決定暫停訪談，好到走廊上用頭撞牆。

偵訊室的門砰然關上時，老同僚嚇了一跳。年紀漸長，用字遣詞這回事就越棘手，他其實只想和年輕人說：「我看得出來你不好受，連帶讓我也不好受起來。」年輕員警鞋底的乾血，在他的座位下方留下紅棕色汙跡。老同僚憂鬱地看著它們。這正是為何他當初不想要兒子成為警察。

10

十年前第一個看見橋上男子的，是位父親希望他另尋人生夢想的少年。也許他應該等待援手，但若換作是你，難道會呆呆地等嗎？如果你的媽媽是牧師，爸爸是警察，在你成長的過程中認為理當在行有餘力時幫助別人，不到最後關頭絕不放棄？

於是少年跑到橋上朝男子大喊，男子停住動作。少年不知道接下來該做什麼，只好開始……說話。他試著贏得男子的信任；讓他向後退兩步，而不是向前。風輕輕拉動他們的夾克，空氣中夾著雨絲，皮膚能感覺到剛剛開始的冬天；少年試著找出文字表達人生中必定還有值得活下去的事物，即使也許男子在那個當下並不這麼認為。

橋上的男子告訴少年，他有兩個小孩。也許是因為少年令他想到自己的孩子。少年苦苦懇求，說出來的每個字都帶有慌亂的重量：「求求你，別跳！」

男子冷靜、且近乎同情似地看著他，說道：「你知道做父母最糟糕的事是什麼嗎？就是你永遠會因為犯下的錯誤而被評斷。就算你有一百萬件事做對了，可是只要做錯一件，人們就永遠只記得你是那個在公園裡滑手機害孩子的頭被鞦韆打到的爸爸。我們的眼睛可以好幾天盯著小孩不放，可是只要看一封**簡訊**，所有做對的事就被一筆勾銷。沒人會和心理醫生講小時候頭被鞦韆打到**以外**的時刻。父母永遠會因犯過的錯誤被評斷。」

少年大概沒完全領會他的意思。雙手顫抖的少年向橋欄外看了看，一路望向下方的死亡。男子無力地向少年笑了笑，向後退了半步，對少年來說那一步就像全世界那麼重要。

接著，男子繼續向少年解釋，他曾經有很不錯的工作，曾經創立了還算成功的公司，買了很不錯的公寓。他將所有的積蓄投資某家房地產公司的股票，好讓他的孩子們有更好的工作，甚至更棒的公寓；孩子就能有永不煩惱的自由，不用像他一樣每晚累到手裡握著計算機睡著。因為操煩是父母的工作：提供孩子能夠倚靠的肩膀；在孩子小的時候安坐其上俯視世界的肩膀；孩子稍大時站在上面好觸摸到雲朵的肩膀；有時當他們跌跌撞撞，感到徬徨時，讓他們撐扶的肩膀。孩子們對父母的信任是足以壓垮我們的責任，因為他們還不明白我們並不真正知道自己在做什麼。於是橋上男子做出我們都會做的：假裝自己知道——當他的孩子們問便便為何是咖啡色的；人死了以後會怎樣；北極熊為何不吃企鵝。接著孩子們長大了。有時候他會忘記這個事實而想牽起孩子的手。孩子們卻因為這個動作感到丟臉，令他也連帶不好意思。「在你小時候如果我走得太快，你會跑上來牽我的手。那是我人生最快樂的時刻。」要對一個十二歲孩子解釋這個想法太難了。「你的手指在我的掌心裡，那時你還不知道我有太多不懂的事。」

於是男子假裝——每件事。所有投顧專家都告訴他，那家房地產公司是很保險的投資，因為大家都知道房地產價值絕不會往下掉。事實正好相反。

全球某處發生了金融危機，紐約的某家銀行宣布破產；在另一個國家的小城裡，一位男子失去了所有的財產。他在書房和律師通完電話，看到窗外遠方的大橋。時間還是一清早，氣候在這個時節還算溫和，但是天空卻飄著雨絲。

男子一如往常送孩子們到學校。假裝著。他在孩子耳邊輕聲說他愛他們；然後在看見他們邊翻白眼邊嘆氣時感到心痛如絞。接著他往河的方向開去，停在禁止停車的地方，將鑰匙留在車上，向大橋走去，爬到圍欄上。

他跟少年講完這些，少年確信一切都會沒事，因為如果有個站在大橋圍欄上的人願意告訴陌生人他有多愛自己的孩子，我們就能確定他不是真的想往下跳。

男子縱身一躍。

11

十年後，年輕員警站在偵訊室外的走廊上。他的父親仍然和房仲待在偵訊室。他的母親沒說錯：父子倆確實不該一起工作，因為肯定會有很多麻煩。他沒聽進去，因為做孩子的向來不聽父母的勸。偶爾，當她感到疲憊或喝了幾杯夠她忘記隱藏情緒的小酒之後，會看著兒子說：「寶貝，我有時覺得你把一部分給留在那座橋上了。你到現在還想著救那個男人，就算現在和當時都一樣不可能做到。」也許她說的是事實，但他沒興趣驗證。這十年來他不斷作著相同的惡夢。警察大學畢業、考試、輪完班之後又輪下一班、工作到深夜；他在警局的表現受到不少讚譽，卻沒有一句來自他的父親。於是他更常工作到深夜，工作量大到他甚至開始討厭不工作的時候；清晨腳步不穩地走回住處，門廊上有成堆的帳單，房間裡是一張空床、安眠藥、酒。即將被一切壓垮的夜晚，他會出門跑步；在黑暗和寒冷寂靜中一公里接著一公里地跑，雙腳撞擊地面的速度越來越快，卻永遠沒有目的地，或想達成的目標。被疲累擊敗的他終於蹣跚回到家，然後出門上班，一切重新來過。有時候幾杯威士忌能幫他入眠；狀況好的早晨，用冰水沖澡就能讓他清醒；而其他時候，他用盡各種方法令自己極端敏感的個性變得遲鈍，感到泫然欲泣時強自壓抑，不讓淚水湧上喉頭和眼睛。一成不變的是同樣的惡夢。風吹動他的外套，男子的鞋子向圍欄下滑落時那陣悶沉的摩擦聲，少年的尖叫聲劃過水面，無論聽起來或感覺起來都不像出自於他。不過他幾乎沒聽見尖叫，因為衝擊太強大，令人難以招架。直到如今依然。

今天人質獲釋，傳出槍聲之後，他是第一位走進公寓的員警。他衝過客廳，越過血液浸濕的地毯，拉開陽台門，站在那裡哀痛地凝望圍欄下方，因為即使在別人眼中很不合邏輯，他的直覺反應和最大的恐懼就是：「他跳下去了！」但是下方什麼也沒有，只有記者和好奇的附近居民，從手機背後覷著他。銀行搶匪毫無蹤跡地消失了，只有年輕員警獨自站在陽台上。從那裡，他可以一路看到大橋。而此時他站在警局走廊，連自己鞋底的血跡都擦不乾淨。

12

空氣通過老員警的喉嚨，粗嘎地就像在不平整的木頭地板上拖著沉重的家具。他發現自己在年紀和體重漸增之後，就開始發出這種聲音，彷彿越老呼吸也越沉重。他尷尬地向房仲笑了笑。

「我的同事，他……是我兒子。」

「啊！」房仲點著頭，似乎是表示她也有孩子；或者是說她沒有孩子但是曾在房屋仲介課程的教材裡看過關於孩子的訊息。她最喜歡的是有中性色彩玩具的孩子，因為他們能和任何裝潢色系搭配。

「我太太說我們不應該一起工作。」老員警承認。

「我能理解。」房仲撒了個謊。

「她說我這個人過度保護孩子，我是那種不願意接受蛋已經沒有了的事實，還堅持蹲坐在石頭上的企鵝。她說我不能一輩子保護小孩，因為人生遲早會要我們下台一鞠躬。」

房仲原本思忖是否要假裝理解，卻決定誠實以對。

「她的意思是什麼？」

老員警臉一紅。

「我從來沒想……其實，我今天坐在這裡和妳講這些還真挺蠢的，可是我從來就不希望我兒子當警察。他太敏感了，他這個人太……好了。妳懂我的意思嗎？十年前他跑到一座大橋上試著和一個想跳河自殺的人講道理。他盡了力，盡了全力！可是對方還是跳了。妳能想像這件事帶來的打擊嗎？我兒子……總是想拯救每個人。在那次之後，我本以為他不會再想當警察了，偏偏事情正好相反。他忽然變得比從前還想當警察。因為他想救人，就連壞蛋也不例外。」

房仲的呼吸變慢了，胸脯的起伏輕微到難以察覺。

「你是指銀行搶匪？」

老員警點點頭。

「沒錯。我們進公寓的時候滿地是血。我兒子說我們得及時找到搶匪，不然他一定會死。」

房仲能從老員警眼中的哀傷感受到這件事的意義對他有多重要。他的手指劃過前方桌面，加強公事公辦的味道。「我必須提醒妳，妳今天在這場偵訊裡所說的都被記錄下來了。」

「我了解。」房仲向他保證。

「妳了解這一點是很重要的。我們今天講的一切都會記錄在檔案裡，任何一位警察都可以調閱。」他重申。

「每位警察都可以調閱。我確實了解了。」

老員警謹慎地打開年輕員警留在桌上的紙。紙上有塗鴉，畫圖的孩子要不是天賦異稟，就是毫無天分，視其年齡而定。畫中看似是三隻動物。

「妳認得這張畫嗎？我之前說過，是在樓梯間找到的。」

「抱歉。」房仲說，看起來是真心感到抱歉。

老員警強迫自己笑了笑。

「我同事覺得像是猴子、青蛙，還有馬。我覺得那隻看起來不像馬，比較像長頸鹿。因為牠連尾巴都沒有！長頸鹿沒有尾巴對吧？我很確定是長頸鹿。」

房仲深吸一口氣，說出女人通常對缺乏常識卻有莫名自信的男人所說的話：

「我認為你說得太對了。」

事實上，使少年想成為警察的不是橋上的男子。而是一星期之後站在大橋圍欄上的少女。沒跳下去的那位少女。

13

咖啡杯是被怒甩出去的。飛越過兩張桌子。但是出於令人無法理解的離心力作用，直到咖啡杯撞擊到牆面碎裂的那一刻，才將牆面染成卡布奇諾色。

兩位員警互瞪，一位感到困窘，另一位感到憂心。老員警的名字是吉姆；年輕員警是他的兒子，傑克。這座警局小到他們無法避開彼此，所以他們常常窩在自己的辦公桌一角，電腦螢幕遮住半個身子，因為這年頭警察的工作只有十分之一時間在執勤，其他時間都花在確切記錄執勤時到底做了什麼。

吉姆那一代人視電腦為魔法；傑克這一代則對電腦習以為常。吉姆年輕的時候，處罰孩子們的方法是命令他們回房間乖乖待著；而這年頭你得強迫孩子走出自己的房間。上一代因為無法安分坐著而挨罵；下一代因為老是坐著不動而挨罵。所以吉姆寫報告時總是刻意地先用力按一個鍵，隨即抬頭檢查螢幕好確定它沒作弄他，確定之後再繼續按下一個鍵。因為吉姆不喜歡被作弄。傑克正好相反，他和任何出生時就有網際網路的年輕人一樣，可以蒙上眼睛打字，按字鍵時輕柔的程度，就連凶案調查專家都沒辦法證明他碰過鍵盤。

毫不意外地，兩人被彼此逼得快發瘋。當兒子在網路上搜尋資料時，會說自己在「孤狗」；而當做父親的進行同一件事時則說：「讓我到孤狗上搜尋一下。」當他們對某件事的看法有歧異時，父親說：「這個嘛，肯定沒錯，因為我在孤狗上讀過！」兒子就會大聲反對：「你不可能在孤狗上讀過，爸，你是用孤狗**搜尋**到的……」

其實讓兒子抓狂的，並非因為父親不了解如何利用科技，而是他**幾乎**能了解。舉例來說，吉姆仍然不知道如何螢幕截圖，因此當他想拍下電腦螢幕上的某個東西時，就用手機對著螢幕拍照。而若要拍下手機上的畫面，就用影印機。吉姆和傑克之間最近一次大衝突是當長官的長官決定本城警力應該更「易於以社交媒體聯繫」（因為斯德哥爾摩的警力顯然隨時隨地都掛在社群媒體上），命令本地警察們互相拍下平常執勤時的照片。吉姆照的是坐在警車裡的傑克，還用閃光燈——但是傑克正在開車。

此時他們面對面坐著，埋首打字，按鍵的節奏總是對不上。吉姆的速度很慢，傑克卻極有效率。吉姆像在說故事，傑克僅僅是在打報告。吉姆頻頻刪改編輯或重新來過；傑克只顧著一直打字，彷彿地球上的每件事都只有一種敘述方式。吉姆年輕時曾夢想成為作家。事實上他的夢想一直持續到傑克小時候。然後他開始夢想傑克會代他成為作家。對兒子來說，這個期待令人難以理解；對父親來說，這個事實令人羞於承認：我們不想要孩子追求自己的夢想或是追隨我們的腳步。而是想要他們追求我們的夢想，由我們追隨他們的腳步。

他們各自的桌面上都有同一位女子的照片：她是其中一人的母親，另一人的妻子。吉姆的桌上還有另一張比較年輕的女子照片，她比傑克大七歲。但他們並不常談到她；她也只在需要錢的時候才和他們聯絡。

在每個冬天的伊始，吉姆總是會懷抱著希望說：「也許你姊姊會回來過聖誕節。」傑克會回答：「是啊，爸，我們到時就知道了。」出於愛，兒子從不告訴父親他太過天真。每年聖誕夜快過去時，父親的肩膀都被隱形的大石壓得深深下垂，說道：「不是她的錯，傑克，她只是……」傑克也總是回答：「她病了，我知道，爸。再來一罐啤酒嗎？」

無論老少員警住得有多近，彼此之間卻有太多阻礙。因為傑克終究放棄追回姊姊了——這是弟弟和父親最大的不同。

吉姆在女兒還是少女的時候，總是認為孩子就像風箏，所以他緊緊拉住風箏線。但是最後她還是被風帶走了。她掙脫了那根線，在天上翱翔。一個人究竟何時開始有毒癮很難準確判斷，因此當事人總說：「我沒上癮。」毒品就像莫名的暮色，讓我們以為自己能夠控制天黑時刻，其實主控權從不在我們手上。黑暗會在它高興的時候包覆我們。

幾年前，吉姆發現傑克領出了所有原本預備買公寓的積蓄，送姊姊去一家昂貴的私人診所接受治療。傑克親自開車載她去報到。結果她在兩星期後自行辦理出院，那時傑克已經來不及要求退錢了。接下來的六個月間她沒消沒息，接著突然在某天半夜打電話來，一副沒事人的樣子，問傑克能不能借她「幾千塊」，說是要買回家的機票。傑克寄了錢給她，她卻根本沒回來。她的父親還在地面跟著跑，試著不讓天上的風箏飛到視線之外，這就是父親和弟弟的差別。等下一個聖誕節到來時，他們其中一人會說：「她只是……」另一人就輕聲回答：「我知道，爸。」然後再遞給他一罐啤酒。

當然，他們就連喝啤酒也可以吵。傑克是會對帶有葡萄柚和薑汁餅乾或各種奇怪香甜味道的啤酒感興趣的年輕人。吉姆則要啤酒有啤酒的味道。他有時候會稱那些口味過分複雜的啤酒「斯德哥爾摩啤酒」，不過當然這種場合不多，否則他兒子就會發火，吉姆得在接下來的幾個星期中自掏腰包買該死的啤酒。有時他會想，就算孩子們一起長大，要知道他們會否長成完全不同的個體，根本就不可能；或許原因正是因為他們是一起長大的。他的視線越過電腦螢幕頂端，看著兒子的手指敲擊鍵盤。不太大的城裡，這座小警局算是挺安靜的。事件並不多，他們不習慣有綁架人質這種驚悚劇，或甚至任何一種。所以吉姆知道這是傑克向上級展示能力的好機會，讓他們看看他是當警察的料。然後，斯德哥爾摩的專家就出現了。

傑克的沮喪讓他愁眉不展，躁動正如強風般在他內心呼號。自從他率先衝進那間公寓後，便始終處於爆炸邊緣。他極力壓抑這股洶湧的怒氣；但是就在他結束偵訊走進員工休息室時終於爆發：「一定有一個證人知道發生什麼事！有人知道實情，卻當我們的面扯謊！難道他們不知道這個時候有人正躺在某個地方奄奄一息，等著流血流到死？已經有人快死了，其他人還敢對警察說謊？」

傑克發完飆坐在電腦前打筆錄時，吉姆一言不發。但是砸到牆上的咖啡杯卻不是傑克丟的。因為縱使吉姆的兒子氣自己無法拯救嫌犯的性命，而且厭惡斯德哥爾摩眾人即將抵達從他手裡搶走調查權，卻都無法與吉姆幫不了兒子的惱怒相提並論。

之後是一陣長長的靜默。他們先是瞪了彼此一眼，然後垂下眼皮看著鍵盤。良久，吉姆終於說：「對不起。我會擦乾淨。我只是……我可以理解這個情況讓你很火大。我只是想要你知道我也……很火大。」

他和傑克已經將公寓平面圖逐吋研究過了，裡面並沒有可以躲藏之處或逃脫出口。傑克看著父親，又看看自己身後的咖啡杯，靜靜地說：「他一定有幫手，我們絕對漏掉了什麼。」

吉姆瞪著目擊證人們的偵訊筆錄。

「我們只能盡力，兒子。」

如果你不知道如何談論人生中其他的話題，那麼談工作便顯得比較容易，但是其實你用來談工作的言詞也可以應用在談人生其他話題上。打從人質綁架事件發生，傑克的腦子便不斷繞著那座橋打轉；因為即使是在傑克睡得最安穩，沒有惡夢的夜裡，夢中也仍然有那位橋上男子，只不過他沒往下跳，而且傑克救了他。吉姆也始終想著同一座橋，因為在他最不安穩的夜裡，夢中往下跳的是傑克。

「不是其中一個證人撒謊，就是他們所有人都在撒謊。一定有人知道他躲在哪。」傑克機械式地重複說著。

吉姆偷瞧一眼傑克雙手的食指。它們和傑克的母親在經過醫院或監獄繁重的工作夜一樣，不斷敲打桌面。父親已經問過兒子太多次還好嗎；兒子也太多次無法解釋。此時他們之間的距離已經太遙遠。

但是當吉姆慢慢從椅子裡站起來，嘴裡發出整套中年男人咒罵的交響曲，擦乾淨牆壁、拾起咖啡杯碎片時，傑克迅速地站起身走進員工休息室。回來的時候手裡拿著兩杯咖啡。雖然傑克不喝咖啡，卻了解偶爾不用獨自喝咖啡對父親的意義。

「我不該干預你偵訊的，兒子。」吉姆低聲說。

「沒關係，爸。」傑克回答。

兩人講的都不是真心話。我們會對所愛的人撒謊。

他們繼續埋首鍵盤，打完所有的證人偵訊筆錄後從頭細讀一次，企圖找出蛛絲馬跡。

他們推測得沒錯。證人們沒說實話。既非全盤托出，也並非每個人都說了實話。

14

證人偵訊筆錄
日期：十二月三十日
證人：倫敦

傑克：妳坐在椅子上的話，會比現在坐在地上舒服。
倫敦：你的眼睛是有問題嗎？沒看到我的手機充電線長度不夠拉到椅子那邊？
傑克：所以妳就認為不可能把椅子挪過去。
倫敦：什麼？
傑克：沒事。
倫敦：你們這裡的招待真的很弱。應該要有吧檯……
傑克：我現在必須請妳關掉妳的手機，好問妳幾個問題。
倫敦：我可沒有不讓你問對吧？隨便。你真的是警察？你看起來太年輕了。
傑克：妳叫倫敦，正確嗎？
倫敦：「正確」。你都是這樣講話的啊？聽起來好像角色扮演遊戲裡面想上會計小姐的人。
傑克：我希望妳態度認真一點，回答我的問題。妳叫倫敦？
倫敦：沒錯！
傑克：說實話，這個名字挺不尋常。也許不能說不尋常，而是有趣。它是？

倫敦：英國首都。

傑克：這個我知道。我的意思是，妳叫這個名字有特別的原因嗎？

倫敦：因為我爸媽決定給我取這個名字。你是吃錯藥了嗎？

傑克：這樣吧，不要談這個了，繼續下個問題。

倫敦：你沒必要這樣就不爽吧？

傑克：我沒不爽。

倫敦：好吧，你聽起來心情太好了。

傑克：我們認真看問題就好。妳在銀行工作，正確嗎？嫌疑犯進銀行的時候妳正好在櫃檯？

倫敦：嫌疑犯？

傑克：就是搶匪。

倫敦：喔，「正確」。

傑克：妳不需要用手指做出強調的引號。

倫敦：我只是要強調一下括號。既然你把所有東西都記下來，那好，我要你把我的手勢一起寫進去，別人讀你的紀錄時才會知道我是在諷刺。不然他們還以為我是個大笨蛋咧！

傑克：那是引號。

倫敦：這房間有回音還是啥？

傑克：我只是告訴妳它的正確名稱。

倫敦：是我告訴你它的正確名稱！

傑克：我才是對的。

倫敦：我才是對的。
傑克：我必須請妳更嚴肅看待這場偵訊。請妳描述搶案過程好嗎？
倫敦：拜託，那根本算不上搶案。我們是無現金交易的銀行，好咩？
傑克：請妳描述一下現場發生什麼事。
倫敦：你把我的名字倫敦寫上去了嗎？還是只寫「證人」？我要你寫我的名字，說不定等放到網路上以後我就出名了。
傑克：這些資料不會在網路上公布。
倫敦：每件事到最後都會跑到網路上。
傑克：我會確保有妳的名字。
倫敦：帥。
傑克：妳說什麼？
倫敦：「帥」。你不懂「帥」的意思？就是「好」，瞭嗎？
傑克：我知道它的意思，只是沒聽見妳說什麼。
倫敦：只是沒聽見妳說——什麼……
傑克：妳今年幾歲？
倫敦：你又幾歲？
傑克：我之所以問，是因為妳看起來年紀還沒大到能在銀行工作。
倫敦：我二十。而且我是那種臨時派遣，因為沒人想在除夕工作。我在上課，以後想當調酒師。

傑克：我不曉得當調酒師還得先上課。

倫敦：而且課程比當警察還難喔。

傑克：那是當然了。妳現在可以跟我談一談搶案了嗎？

倫敦：老天鵝，沒有最煩只有更煩。好吧，我就跟你談「搶案」……

15

這一天的天氣根本不合時令。在冬季，斯堪地那維亞半島中部有幾個星期的天氣似乎完全不想讓我們留下任何深刻的印象；天空像是報紙那樣的慘灰色，清晨過後的濃霧彷彿哪個人放火燒化了鬼魂。換句話說，就是個不適合看房子的日子，因為沒有人想住在天氣如此糟糕的地方。除此之外，那天還是新年除夕前一天，哪個神經病會在這一天帶人看房子？甚至就連搶銀行也不該選這天；不過我要為天氣說句公道話：這可得怪搶匪自己。

如果要雞蛋裡挑骨頭，那樁鬧劇甚至不能算搶銀行。並不是說搶匪沒存心當搶匪，因為搶匪的確有此意圖；只是不巧選了沒有現金的銀行。當銀行搶匪的先決條件就是事前要做功課。

然而，這也不全是搶匪的錯，而該怪整個社會。不是因為社會資源分配不公導致銀行搶匪鋌而走險（雖然這方面社會的確有責任，但那是另一個完全不同的話題），而是因為近幾年來，社會上許多場所都名不符實了。從前的銀行的確就是銀行，如今卻有「無鈔」銀行，亦即裡面一毛錢現金都沒有，這豈不正是掛羊頭賣狗肉？若是處處充斥無咖啡因的咖啡、無麩質的麵包、無酒精的啤酒，社會當然會變得一團混亂。

於是無能成為銀行搶匪的銀行搶匪走進不能算是銀行的銀行，在手槍的輔助之下清楚宣布此行目的。但是坐在櫃檯後面的，是二十歲的倫敦，正深深沉浸在極度削弱使用者社會化能力的社群媒體。她看到銀行搶匪後出於直覺大叫：「你是什麼鬼？當真？」（她沒說「你這是搞什麼鬼？」，而是直接說「你是什麼鬼？」，充分透露年輕世代缺乏對年長銀行搶匪的尊重。）銀行搶匪丟給她一個身為人父失望時的招牌表情，揮了揮手槍，向她推過去一張紙條，上面寫著：「這是搶劫！給我六千五百克朗！」

倫敦登時皺起臉，不高興地說：「六千五？你確定不該再多幾個零？無所謂啦，我們是無鈔銀行，你真的要搶沒有現金的銀行？是怎樣，笨到家了嗎？」

銀行搶匪吃了一驚，邊咳嗽邊含糊嘟囔著什麼。倫敦雙臂向外一揮，問道：「那是真槍嗎？真的是真的槍？因為我在電視上看過有個人搶銀行沒被判刑，因為他拿的不是真槍喔！」

兩人之間的對話到了這個階段，搶匪開始覺得自己好老，尤其是因為坐在櫃檯對面的二十歲女孩讓人感覺她只有十四歲左右。當然她不止十四歲，但是搶匪三十九歲，已經到了認為十四歲和二十歲幾乎沒有差別的年紀。正是這一點令人覺得自己老了。

「**哈囉**？你要**回答**我的問題嗎？還是不要？」倫敦不耐地大聲問道。事後看來，你很容易就看出來用這種態度面對戴著面罩拿了手槍的銀行搶匪是很不合宜的，但是你得了解倫敦根本不知道這一點，因為她太笨了。她只是個可憐的人。她沒有朋友，就連在社群媒體上也不例外；還常常因為她討厭的明星沒再度搞砸人生而火大。

搶匪走進來之前她正忙著刷新網頁，想看看那對演員夫婦是否真的要離婚了。她希望傳聞是真的，因為有時候知道別人也過得不快樂，就比較能夠面對自己對人生的焦慮。

但是搶匪一句話也沒說，此時已經開始覺得自己真蠢，對整件事後悔了。若是局外人看來，搶銀行很明顯就是愚蠢至極的行為。搶匪原本正要向倫敦解釋一番，道聲歉之後走出銀行；果真如此的話倒也不會發生後續的事件。但是搶匪還沒機會開口，倫敦就先聲奪人：「你聽好喔，我現在就要打電話報警了！」

搶匪聞言慌張起來，奪門而出。

16

證人偵訊（續）

傑克：妳還有關於嫌犯更具體的訊息可以告訴我嗎？

倫敦：你是說搶匪？

傑克：對。

倫敦：那你為什麼不乾脆直接說搶匪？

傑克：妳還有關於搶匪更具體的訊息可以告訴我嗎？

倫敦：例如說？

傑克：記不記得那個男人的外型？

倫敦：拜託，這個問題好膚淺！你認為人類只有兩種性別嗎？

傑克：抱歉。能不能描述一下「那個人」的外型？

倫敦：你不需要用手比出引號。

傑克：我恐怕得說我不得不比。妳能不能告訴我任何有關銀行搶匪的外型？比如說，是個高搶匪還是矮搶匪？

倫敦：聽好，我不會用人的身高描述他們。因為這樣講的排他性太高了。我的意思是，我很矮，而且我知道這樣講會讓很多高的人心裡有疙瘩。

傑克：什麼意思？

倫敦：高的人也有感覺啊，你了吧。

傑克：好吧，算了。讓我再說一聲抱歉，這樣問好了：銀行搶匪看起來像是也許心裡有疙瘩的人嗎？

倫敦：你幹嘛那樣揉眉毛？看起來好詭異。

傑克：抱歉。妳對銀行搶匪的第一印象如何？

倫敦：好吧，我的「第一印象」是搶匪看起來像個徹底的智障。

傑克：所以我的解讀是妳認為人的智慧程度也只有兩種。

倫敦：什麼？

傑克：沒什麼。妳根據哪一點判斷搶匪是智障？

倫敦：搶匪給我一張紙條，上面寫「給我六千五百克朗」。哪個白痴會為了六千五百克朗搶銀行？搶銀行起碼得搶到一千萬之類那麼多錢。如果你只要六千五百整，那一定有什麼特殊的原因，對吧？

傑克：我得承認我沒想到這點。

倫敦：你沒想過自己必須多用點腦子嗎？

傑克：我會盡量。妳能不能看看這張紙，有印象嗎？

倫敦：這個？看起來像小孩畫的。到底在畫什麼啊？

傑克：我想是猴子、青蛙，還有馬。

倫敦：那才不是馬，是鹿！

傑克：妳認為是鹿？我的同事全都猜是馬或長頸鹿。

倫敦：等一下，我的手機有新訊息。
傑克：別分心，看這個，倫敦——所以妳認為這是鹿？哈囉？放下手機回答問題！
倫敦：耶！
傑克：怎麼了？
倫敦：是真的！是真的！
傑克：我不懂妳的意思。
倫敦：他們真的要離婚了！

17

真相是？真相就是銀行搶匪是個成人。關於銀行搶匪的人格，沒有其他訊息比這一條透露更多真相。因為長大成人最恐怖的一件事就是醒悟到根本沒有人在乎我們，我們從此必須自己面對一切，摸清楚世界運作的方式。工作、付帳單、用牙線、準時去開會、排隊填表格、訂有線電視台和組裝家具、換輪胎和替手機充電和關掉咖啡機和別忘記給小孩報名游泳課。我們在早上睜開眼睛，人生不過就是面對新一輪如雪崩一般砸到頭上的「別忘記！」和「要記得！」。我們沒時間思考或呼吸，只是醒來，開始在雪堆挖出通道，明天又是另一批雪倒到我們頭上。在工作的地方或學校座談會或在街上，我們偶爾舉目四顧，驚駭地發現幾乎其他人都確切知道他們在做什麼，唯有我們得假裝知道。其他人想買啥就買啥，該做的事都能輕鬆處理，甚至還有充足的精力處理更多事。更別提別人的小孩都會游泳。

可是我們並沒準備好當大人。應該要有人來阻止我們長大。

真相是？真相就是當銀行搶匪倉皇跑到馬路上時，正好有位警察路過。事後人們才知道當時並沒有警察在尋找搶匪，因為警方無線電裡還沒宣布這個狀況，因為二十歲的倫敦和報案專線的接線生花了很多時間激怒彼此。（倫敦通報有銀行搶案，接線生問：「在哪裡？」倫敦報出銀行地址之後，接線生說：「你們不是無鈔銀行嗎？怎麼還有人搶劫？」倫敦說：「有。」接線生說：「有哪個？」倫敦氣了。「你說『有哪個』是什麼意思？」接線生反擊：「是妳先開始的！」倫敦大吼：「才怪，是你先……」自此之後對話內容迅速劣化。）之後才曉得，搶匪在銀行外看見的警察並非真的巡警，而是交警。若是搶匪沒那麼緊張，稍微留意一些，就有可能找出不同的脫逃策略，這個故事也會簡短多了。

但是搶匪反而衝進眼前的第一扇開著的大門。門後是樓梯井，除了通往其他樓層的樓梯之外沒有別的選擇，更何況樓梯頂端的公寓門大大打開。於是搶匪決定一路上衝，衝得上氣不接下氣，滿頭大汗，傳統的滑雪頭罩歪了一邊，害搶匪只有一隻眼睛看得見外界景物。此時搶匪才看見公寓玄關裡都是鞋子，還有滿公寓沒穿鞋的人。其中一位女子看見搶匪手上的槍，尖聲大叫：「老天爺啊，有人搶劫！」搶匪同時聽見樓梯井裡匆匆的腳步聲，當即認定是警察追來了（其實只是郵差）。在毫無備案的情況下，搶匪關上門，手槍隨機指向不同方向，先是大叫：「**不是……！不是！這不是搶劫……我只是……**」腦袋稍微清醒後又馬上喘著氣吼叫：「**也對，也許是搶劫！可是不是搶你們！你們應該算是人質！我也覺得很抱歉！我今天過得不太順！**」

無庸置疑，銀行搶匪這番話有它的道理。我並非在替所有的銀行搶匪脫罪，而是他們也會有工作不順的日子。捫心自問，跟二十歲年輕人講過話之後，我們有誰不想掏槍減壓？

幾分鐘之後，大樓前的街道擠滿記者和相機，接著警察也來了。記者之所以會比警察來得更快，並非因為兩者專業能力有差異，而是因為在這樁事件中，警察剛好有更重要的事情得處理，記者剛好有更多時間看社群媒體，而在那家不算銀行的銀行裡工作的難纏女孩在推特上的表達能力又剛好比講電話時好。她在社群媒體上宣布，透過銀行正面的大窗戶她看見搶匪跑進對街的建築物裡；另一方面，警察一直沒接到報案電話，直到郵差從樓梯井裡看到搶匪，打電話給他在警局對面咖啡館工作的太太，她趕緊跑到對街的警局，警方才發布訊息：狀似男子的搶匪手持狀似手槍的武器，頭戴狀似滑雪面罩，跑進公寓大樓裡的公寓鑑賞活動，將仲介和潛在買主們鎖在裡面。這就是失敗的銀行搶匪成功展開人質綁架大秀的過程。人生的發展並不總是如我們預期。

就在搶匪關上公寓門時，一張紙從外套口袋掉出樓梯井。上面是小孩畫的猴子、青蛙，還有鹿。

不是馬，更不是長頸鹿。這一點很重要。

因為就算二十歲的人能搞錯許多人生中的決定（我們這些已經不是二十歲的人多半都同意，二十歲的人犯錯如此頻繁，就連答案是對或錯這種二選一的問題，他們大多數人還會有四分之三的機率答錯），我們這位二十歲女孩卻說對了一件事：正常的銀行搶匪會要求一筆天價，而且不會有零頭。每個人都能走進銀行大叫：「給我一千萬不然我就開槍！」但是假如某人緊張兮兮地持槍走進銀行，而且特別要求六千五百克朗，那麼多半有個特殊的理由。

或兩個。

18

十年前的橋上男子和綁架看屋眾人的銀行搶匪之間沒有關係。他們這輩子從沒遇見過對方，唯一相同的是道德風險。當然，這是個金融術語。曾經有某個人得發明這個術語來形容金融市場的運作方式，因為銀行顯然沒有道德，所以光是罵它們「沒道德」是不夠的。我們需要說明銀行根本不能依循道德運作，甚至於要是它試著依循道德運作，就會招來風險。橋上男子將錢給了銀行，好讓它們做「安全性投資」，因為那個年頭所有投資都很安全。然後他用安全性投資當作貸款抵押，再拿新的貸款來還清舊貸款。「大家都這麼做。」銀行說。男子思忖：「銀行應該是專家。」直到有一天，一切都不再安全。金融市場以「危機」稱呼這個情況；字面上說銀行崩解了，但真正崩解的是人。銀行還是好好的，金融市場沒有會破碎的心；但是對橋上男子來說，一輩子的積蓄都被山一般高的債務取代了，沒人能解釋到底發生什麼事。男子對銀行指出當初它保證這個做法「毫無風險」，銀行兩手一攤說道：「沒有什麼是毫無風險的，你當初簽字時就該想清楚，是你自己不該把錢託付給我們。」

於是男子向另一家銀行借錢還新的債，因為第一家銀行敗掉他所有的積蓄。他向第二家銀行解釋，若不這樣做他有可能會失去他的公司，還有他的房子；他告訴銀行他有兩個孩子。第二家銀行點頭表示非常諒解，但那位女行員告訴他：「你是被道德風險拖累的。」

男子不懂。於是女行員解釋道德風險就是「一方受到保護，不受自身作為所致的負面結果傷害」。男子還是不懂，女行員嘆口氣說：「就是兩個傻瓜坐在快斷掉的樹枝上，坐得離樹幹最近的傻瓜手上拿著鋸子。」男子滿頭霧水地眨巴眼睛，女行員抬高眉毛進一步解釋：「你就是離樹幹最遠的傻瓜。銀行要拿鋸子鋸掉樹枝自保，因為它沒損失自己的一毛錢，只有你損失，因為你就是讓銀行拿鋸子的傻瓜。」然後她平靜地整理好男子的文件，交還給他，說她不會核准這筆貸款。

「但是他們賠光我的錢又不是我的錯！」男人氣急敗壞。

女行員冷靜地看著他說：「是你的錯。因為你不該把自己的錢給他們。」

十年後，銀行搶匪走進一場公寓鑑賞活動。搶匪這輩子擁有的錢還不夠在銀行聽女行員講道德風險，但是搶匪的母親常常說：「如果想逗上帝大笑，就告訴祂你的計畫吧。」有時候這個說法也能解釋其他狀況。搶匪第一次聽到這個說法時只有七歲，對這年紀的孩子來說有點太早了。因為這句話的意思等於是：「人生會往不同方向走，但是有八成機會是錯誤的方向。」這個意思就連七歲孩子也懂。他們也懂假如母親說她自己不喜歡做計畫，甚至說她原本沒計畫喝醉，到最後她還是會有那麼點太常喝醉，看起來倒像是巧合。七歲孩子發誓絕對不喝烈酒，絕對不變成大人；結果孩子長大後遵守了一半的誓言。

至於道德風險？七歲的孩子在那年聖誕節前一天領教到了。那天做母親的跪在廚房地板上，俯身給孩子一個擁抱，在孩子髮間留下灰白的菸灰。她的聲音因為啜泣而顫抖：「拜託別生我的氣，不要吼我，這不能完全算是我的錯。」孩子不全然懂她的意思，但是已經慢慢理解到無論她的意思是什麼，也許都和自己過去一整個月來所做的事有關：孩子每天放學之後到處兜售各種聖誕節雜誌特刊，把賺來的錢拿給媽媽，讓她能買食物過聖誕節。孩子深深望進母親的眼睛，它們因為酒精和眼淚而晶瑩閃亮，背後是無法自拔的癮頭和自我厭惡。她攀在孩子身上痛哭，輕聲說：「乖孩子，不該把錢給我的。」她再也說不出任何話請求孩子的原諒。

銀行搶匪直到現在仍然常常想起那一刻。並不是因為那一刻有多可怕，而是因為不恨自己的媽媽是很奇怪的感覺；直到如今他仍不覺得錯在母親。

他們在隔年二月間被趕出公寓，銀行搶匪發誓絕對不要為人父母；即使幾年之後終究還是有了孩子，也發誓絕不會變成人生混亂無序的父母。那種無法適應成人生活，付不出帳單和帶著孩子無家可歸的父母。

可是上帝大笑了。

橋上男子給那位告訴他道德風險的銀行行員寫了一封信。他寫完想要她知道的話。然後往下跳。自此之後銀行行員天天將那封信裝在手提包裡，十年如一日。直到她遇見銀行搶匪。

19

吉姆和傑克是最先抵達建築物樓下的警察。這並不代表他們的能力多棒：只不過因為城裡沒什麼警力，況且那又是除夕前一天。

當然，記者都已經在現場了，不過也許他們只是好奇、愛看熱鬧的本地居民。這年頭，人人都愛將自己的生活鉅細靡遺地錄影、拍照、打字記錄下來，彷彿每個人都有自己的電視頻道。他們滿臉期待地看著吉姆和傑克，似乎當警察的就得正確掌握接下來的事情走向，只不過他倆也毫無頭緒。

城裡的居民通常不會綁架其他居民，也不搶銀行，更何況都已經改成無現金銀行了。

「你認為我們該怎麼做？」傑克疑惑著。

「我？我不知道，真的不知道。通常都是你有辦法。」吉姆回答得坦率。

傑克喪氣地看著他。

「我從沒處理過綁架人質事件。」

「我也沒，兒子。可是你去上過那個課，不是嗎？那個聽什麼的。」

「**積極聆聽**。」傑克喃喃回答。他的確去上過課，但是難以想像能對眼前的局勢發揮何種功用。

「他們不是教你怎樣和綁匪對話嗎？」吉姆邊說邊點頭表示鼓勵。

「是沒錯，可是要聆聽的話，得先有人講話才行。我們怎樣和綁匪聯繫？」傑克說。他們還沒收到任何訊息，也沒有贖金的要求。什麼也沒有。除此之外，他很懷疑那堂課實際應用的效果是否真如講師宣稱的那麼好，不然他應該早就交到女朋友了。

「我也不知道，問倒我了。」吉姆承認。

傑克嘆口氣。

「爸，你當了一輩子的警察，對這類案子總有一點經驗吧？」

無庸置疑，吉姆確實盡全力表現出他經驗老到，因為做父親的總愛當兒子的榜樣，當孩子不再是父母的責任時，父母便反過來成為孩子的責任，並且從此失去當榜樣的地位。於是父親清清喉嚨，轉身拿出手機。他維持同樣的姿勢站在那裡良久，希望兒子別問他在做什麼。可是兒子當然會問。

「爸……」傑克的聲音從吉姆背後傳來。

「嗯嗯。」吉姆說。

「你該不會真的在孤狗『如何處理人質綁架狀況』？」

「有可能喔。」

傑克不快地哼了一聲，彎身將手掌支撐在膝蓋上。他在心中發出無聲的哀號，因為他知道他的長官，還有長官的長官，待會打電話給他時會怎麼說：傑克所知最難以入耳的說法。「也許我們應該找斯德哥爾摩幫忙？」傑克想：你們當然會。假如我們這個城當真能擺平我們自己的事，他們會作何感想？他抬頭看著銀行搶匪控制住人質的那間公寓陽台，低聲咒罵。他只需要一個著手點，讓他能和對方建立通話管道。

「爸？」最後他無力地說。

「啥事，兒子？」

「孤狗上面怎麼說？」

吉姆大聲唸道：首先必須找出綁匪是誰，還有他的要求。

20

好吧。銀行搶匪搶了一家銀行。請先想想這件事。

當然這件事和你一點關係都沒有，就跟從橋上往水裡跳的男子一樣與你無關。因為你是循規蹈矩的正常人，永遠不會搶銀行。有些事情是所有的正常人都曉得，無論在何種情況下都不能做的。不能說謊，不能偷竊，不能殺戮，不能朝小鳥丟石頭。這些我們都同意。

也許天鵝例外，因為天鵝是很會被動攻擊的匪類。但是除了天鵝之外，我們不能朝別的鳥類丟石頭。還有不能說謊，除非是……當然有時候其實我們不得不說謊，比如當我們的孩子問：「為什麼這裡有巧克力的味道？**你在偷吃巧克力嗎？**」但是我們絕對不能偷竊或殺戮，這一點應該是毫無異議。

總之就是不能殺人。在大多數的狀況下甚至不能殺天鵝，就算牠們是匪類，可是如果動物頭上有角，我們又置身在森林裡，那就能殺。或者如果牠們能做成培根。可是絕對不能殺人。

呃，除非對方是希特勒。如果我們有機關槍，又有機會的話，就可以殺希特勒。因為為了拯救幾百萬人以及預防一場世界大戰，殺一個人是被允許的，任誰都懂這個道理。可是究竟得為了拯救多少人才能殺一個人？一百萬？一百五十？兩個？一個？一個人都拯救不了？當然嘍，你沒有正確答案，因為沒人有。

讓我們看個更簡單的例子：我們可以偷竊嗎？當然不行。我們已經同意這一點了。除非偷的是某人的心，因為這樣聽起來很浪漫。或是在派對裡偷走某人正在吹奏的口琴，立意在於拯救其他賓客們脫離苦海。又或者我們偷走某個小東西，因為非偷不可。也許這是被允許的。但是否就代表偷大一點的東西也可以？又是誰決定多大的東西？如果我們真得偷一樣重要的東西，身不由己的程度該有多大才算合理？比如說，如果你覺得你真得去做，而且沒人會因此受害：就可以搶銀行嘍？

不，即使如此，也不能完全算是沒問題。你想得也沒錯。因為你從沒搶過銀行，和這名搶匪並沒有任何相似之處。

也許除了恐懼之外。因為也許有時候你真的很害怕，銀行搶匪也一樣。或許是因為銀行搶匪的孩子還很小，所以有很多練習害怕的機會。說不定你也有孩子，那麼你也會時時刻刻擔驚受怕，怕自己不知道每件事，沒有精力做每件事，沒辦法對付每件事。到了最後，我們已經如此習慣失敗的感覺，如果我們偶爾不讓孩子失望，自己倒會暗中大吃一驚。孩子們很有可能知道這一點。所以他們偶爾會在最奇怪的時間動一些極其微小的手腳，把我們往上拉一點，免得我們沉下去淹死。

因此銀行搶匪在某天早上走出家門，沒意識到口袋裡有那張青蛙、猴子，還有鹿的圖畫。是畫那張圖的小女孩放進去的。小女孩還有一個姊姊，照理講她們應該會像所有的姊妹那樣爭吵，但是她們從來不吵架。妹妹可以在姊姊房間玩耍，而姊姊不會吼她。姊姊能擁有所有她最在乎的東西，妹妹不會故意弄壞它們。她們還很小的時候，父母總是在背地裡悄聲說：「我們太幸運了。」他們說得沒錯。

如今在父母離婚之後，小姊妹會和父母之一住幾星期，每天早上坐在車裡時會聽新聞。她們的父母之二會是今天新聞的主角，但是她們還不曉得。她們還不曉得父母之二成了銀行搶匪。

在小姊妹與搶匪，亦即父母之二同住的另外幾星期內會坐公車。她們很愛坐公車。一路上她們會用想像力杜撰前幾排乘客的小故事。父母之二會輕聲說那邊那個男人可能是消防員。「她可能是外星人」，妹妹說。輪到姊姊的時候，她響亮地講：「那個人可能是通緝犯，背包裡面有被他砍下來的人頭，說不定喔？」與她們比鄰而坐的女人不自在地朝裡面挪了挪，小姊妹笑得無法抑止，幾乎喘不過氣，父母之二不得不擺出嚴肅的臉，假裝一點都不好笑。

她們幾乎每次都很晚才到公車站，就在她們跑過大橋，看到公車已經在大橋另一端停下時，小姊妹總會笑著尖叫：「長腿鹿來了！長腿鹿來了！」因為她們的父母之二生著不符比例的長腿，奔跑起來很滑稽。小姊妹還沒出生前，沒人注意到這個身體比例，但是小孩子留意人類比例的著眼點和大人不同，也許是因為他們必須仰頭看我們，而低角度往往是我們最糟的視角。這也是為什麼小孩如此會欺負人，這些腦筋動得飛快的小怪物。他們能夠輕易碰觸到我們最脆弱的地方。即使如此，他們仍然會原諒我們，幾乎總是原諒所有我們的不是。

這就是為人父母最詭異之處。並不只是銀行搶匪，而是所有父母：你被無條件地愛著。就連到了晚年，人們似乎仍然無法相信他們的父母並非超級聰明、超級好笑、永生不死。也許是出於與生物本能相關的原因，孩子們直到某個年紀都會無條件、無法抑制地愛你，原因無他：你是他們的。從生物角度來看，這是很聰明的設計，你不能否認這一點。

銀行搶匪從不叫小姊妹的正式名字。除非你屬於另一個人，否則不太容易留意到這點：我們這些給孩子命名的人，卻也是最不願意叫他們名字的人。我們給所愛之人暱稱，因為愛要我們擁有自己專用的字詞。於是銀行搶匪總是用兩姊妹六年前和八年前，還在母親肚子裡的暱稱稱呼她們。她們其中一個似乎總是在母親肚子裡蹦跳，另一個則不斷爬高。一隻是小青蛙，另一隻是小猴子。還有一頭願意為她們做任何事的長腿鹿，雖然這麼做蠢到家了。也許你也一樣，生命中也有一個你願意為對方做所有蠢事的人。

不過，你肯定不會搶銀行。當然不會。

也許你曾經談過戀愛？幾乎每個人都曾經談過戀愛。愛能叫你做很多荒唐的事。比如說結婚。生小孩，組織快樂的家庭，擁有快樂的婚姻。或許你只是想想而已，說不定其實這段婚姻算不上快樂，但也還可以。一段還算成功的婚姻。因為如果永遠處於快樂狀態，一個人究竟能有多快樂？我們真的有時間永遠快樂嗎？我們大多數人只是試著撐過每一天。或許你也有過這樣的日子。但是當你撐過夠多日子之後，某天早上你回頭一看，發現只剩下自己，跟你結婚的那個人已經在來時路上的某處轉向了。也許你發現了一個謊言，就像銀行搶匪。有時是婚外情曝了光；就算結果證明沒人對你不忠，光是這個懷疑就已經夠讓人在人生路上跌個狗吃屎。

尤其是假如其實並不只是逢場作戲，而是持續很久的婚外情。另一半不但背著你偷吃，還矇騙了你。一個人在對你不忠的同時根本沒想到你，這是很有可能的，但是婚外情需要計畫。也許這就是最傷害我們的事實，幾百萬個你沒注意的細微線索。若是根本沒有好的解釋，或許會使你受到更嚴重的打擊。舉例來說，假如原因是孤單或慾望，那你就有可能理解：「你總是在工作，我們都沒時間相處。」但假使解釋是：「這個嘛，呃……如果你真要我說實話，我的外遇對象是你的主管。」這種說法就很難令人重新振作起來。因為這代表害你加太多班和婚姻失敗的導因是同一個。你在離婚後的第一個星期一去上班時，主管會說：「這個嘛，呃……對每個牽涉到這件事的人來說肯定都很尷尬，所以……也許你離開這個工作對大家來說比較好。」上星期五，你既沒離婚又有工作，到了星期一你就已經無家可歸又失業。你該怎麼做？找律師談談？告誰？

你無能為力。

因為人們告訴銀行搶匪：「別鬧，別惹麻煩，看在孩子分上！」於是銀行搶匪什麼也沒做。由於不想成為那種父母，搶匪靜靜搬離公寓、辭職、閉上眼睛、咬緊牙關。看在孩子分上。也許你也會這麼做。有一次，小青蛙說她在公車上聽到大人說「愛很傷人」，小猴子回答說也許這就是為什麼當我們畫愛心的時候邊緣總是凹凹凸凸的。你究竟該如何向她們解釋離婚這件事？如何解釋不忠？如何避免她們變成小小的憤世嫉俗分子？畢竟，陷入愛河具有魔力、浪漫、令人屏息……但是陷入愛河和愛情本身是兩回事。不是嗎？不總是這樣？老天，誰能適應年復一年被沖昏頭的日子？當你被愛情沖昏頭時會完全無法思考其他事情：你將朋友、工作、今天的午餐全拋諸腦後。如果我們一輩子被愛情沖昏頭，肯定會先餓死。陷入愛河代表……偶爾被沖昏頭而已。你得保持理智。問題就是一切都互有關聯，快樂奠基於期待，而且我們又有網際網路。全世界隨時都在問我們：「你的人生這樣就算完美了嗎？怎麼樣？現在呢？是不是像這樣完美？如果不是，就趕快改變你的人生！」

真相當然是假如人們真如他們在網路媒體上看起來那麼快樂，就不會花那麼多時間在網路上，因為沒有哪個人會在非常開心的日子裡花上半天時間自拍。任何人只要有足夠的堆肥，就能把人生澆灌成神話，所以如果你認為籬笆那邊的草看起來更綠，多半是因為那裡充滿一大堆屎。並不是這樣做就能讓人生與眾不同，因為我們知道每天都必須很特別。每一天。

突然間，你發現你們只是在彼此身邊過日子，而不是相伴生活。我們其中之一能花長得驚人的時間覺得這段婚姻很美滿，或者至少不比別人的差。算是殊堪嘉許。然後才發現其實我們之中有一個人想要更多，光是撐過每一天並不夠。我們其中一個人出門上班，回家，上班，回家，試著在兩個地方盡義務，最後才發現另一半和自己的上司在這段時期更盡責地對彼此徹底執行義務。

我們不是說「敬愛彼此，至死方休」嗎？我們不是如此向對方保證嗎？難道我記錯了？「或者直到我們其中之一厭煩」，也許這樣的誓言才對？

小猴子和小青蛙與父母之一以及主管住在公寓裡，父母之二的銀行搶匪住在別的地方。因為公寓是在父母之一的名下，銀行搶匪不想再把事情鬧大，不想惹麻煩。但是要在這個城區買房子並不容易，或者說，要在任何城裡的任何區域買房子都不容易，假如你沒有工作或分文積蓄的話。如果你已婚有小孩和正常的人生，就不會想到申請國民住宅，因為你從沒想到自己會在一個下午之內就失去一切。離婚對一個人最糟的打擊，並不是你覺得過去花在這段關係裡的心血全浪費了，而是你對未來的所有計畫都被一把搶走。

買公寓是完全不可能的，銀行如此說。因為誰會借錢給一文不名的人？它們只借錢給並不真正需要借錢的人。於是你可能會問銀行「那我能住哪」，銀行說「你得租房子」。但是失業的人想在這個城裡租公寓得先拿出四個月的房租作為押金。等搬走的時候才能全數退還，到時你想如何處置那筆錢都行。

接著律師寄信來了。上面說小猴子和小青蛙的父母之一決定爭取她們的唯一監護權，因為「在現階段，另一方監護人並無住所或職業，無法自立。我們必須為其女兒著想」。說得倒像無住所或職業的父母都在著想別的事情似的。

父母之一也寄了一封信說：「請來搬走個人物品。」也就是說，父母之一和主管把好東西挑走之後，剩下的垃圾都是父母之二的個人物品。那些東西被裝箱放在地下室的儲物間裡，換作是你會怎麼做？也許趁著某天深夜前去，避免撞見鄰居徒增尷尬；也或者你發現那些物品根本無處可搬。你沒有棲身之所，天氣又慢慢變冷了，於是你決定睡在地下室的儲物間裡。

旁邊有鄰居忘記鎖上的儲物間，裡面有一整箱毯子。你拿出毯子為自己保暖。在成疊的毯子下不知為何竟然有一把玩具手槍，於是你手裡握著槍入睡，心想萬一半夜有瘋子想闖空門就能用它卻敵。接著你開始哭起來，因為你意識到自己就是那個闖空門的瘋子。

第二天上午，你將毯子放回原位，但是留下了玩具槍，因為你不知道今天晚上會睡在哪裡，也許玩具槍會有用處。如此，一個星期過去了。也許你的心裡還沒完全掌握這種感覺，但是你可能曾經看著鏡子裡的自己想：「**人生不應該變成這個樣子**。」這個想法足夠嚇壞一個大人。於是某天早上，你做出困獸之鬥。當然我說的不是讀者你，因為你肯定不會做出同樣的事。你會研究法律條文和應有的權利，然後雇用律師上法庭。除非也許你決定不這麼做，可能因為不想在女兒面前鬧出更多麻煩，你不想變成那種失序的父母，所以你可能會想：「如果我有機會，就會找到解決辦法，不讓她們難過。」

於是在大橋旁，離小猴子和小青蛙家相當近的距離，一間二房東租給三房東又租給四房東的公寓以每月六千五百元的租金在招租時，你會想：「**只要我能撐過一個月，就能找到工作，他們就不能把孩子從我身邊搶走，只要我有地方住**。」於是你清空銀行帳戶，賣掉所有物品，集結足夠一個月的租金，連著三十天夜夜無法成眠，煩惱該如何負擔下個月的租金。突然之間，你說什麼也負擔不了了。

在這個情況下，你應該去找有關單位。但是也許你站在社福機構門外想著你的母親，以及當你走進那扇門，手裡握著號碼牌坐在木頭長凳上等待時，空氣聞起來的味道，你記起來當年那個孩子是如何為父母撒謊。你無法強迫自己跨過那道門檻。擁有一切的人總是認為一無所有的人自尊心太強，不願意開口求助；這是最愚蠢的推測。事實上這種情況少之又少。

有癮頭的人往往很會撒謊，但撒謊技術永遠沒有他們的子女高超。編織藉口的永遠是他們的兒子和女兒，既不過分誇張也非不合情理，總是中規中矩，使人認為沒有查證的必要。這些孩子的回家功課也永遠不會被狗吃掉，他們只不過是把書包忘在家裡了；他們的媽媽並未因為被忍者綁架而缺席家長座談會，而是因為得加班。孩子不記得媽媽在哪家公司工作，因為她只是臨時雇員。媽媽很努力養我們，因為爸爸走了，你也知道。你很快就學會如何組織句子，好替接下來的問題埋下伏筆。你了解萬一社福機構的女社工知道媽媽因為手裡拿著菸睡著而差點燒掉前一間公寓，或是她去年聖誕節偷了超市的火腿，就能把你帶走。因此當超市警衛走過來的時候，你從媽媽手裡拿過火腿承認：「是我拿的。」沒人會為了一個小孩打電話報警，況且那是聖誕時節。於是他們放你和媽媽回家，雖然飢餓卻不孤單。

如果你是那種孩子，長大之後又有了自己的小孩，就絕不想要他們過那種日子。他們千萬不能被迫學會當個高明的騙子，你對自己如此保證。於是你沒踏進社福機構的門，因為害怕他們會把女兒從你身邊搶走。你接受離婚協議，不爭公寓也不想搶回工作，因為你不想要女兒們有彼此對立的父母。你試著靠自己解決所有的事情，而且終於轉了運：你排除萬難找到工作了。雖然薪水不能讓你安穩度日，但確實能存活一陣子。這就是你唯一想要的，一個機會。不過雇主說你的第一個月薪水會被保留，意指除非你工作了兩個月，他們才會連帶發給你第一個月的薪水，彷彿第一個月裡你根本不需要用錢就能存活。

你找銀行借一筆錢，好讓你應付一個月的無薪工作，但是銀行說不可能，因為那份工作不是正職，你有可能隨時被開除，到時候他們該如何要回錢？因為你沒錢啊，不是嗎？你試著解釋要是你有錢就根本不用借了，但是銀行根本不懂這個邏輯。

所以你能怎麼辦？掙扎著向前走，希望能夠勉強撐過去。然後又收到一封律師的信。你不知道該怎麼做，能找誰幫忙，因為你不想開戰。你一如往常和孩子追趕公車，想像如此一來她們就看不見你的感覺，但是她們看得一清二楚。你在她們眼裡看見她們想去兜售雜誌，將換來的收入全數給你。你送她們進了學校之後走進一條窄巷，坐在人行道上哭了起來，因為你不斷想著：「妳們不該這麼愛我的。」

你這輩子不斷保證自己能應付所有事情，不要變成麻煩人物，不乞求幫助。但今天是聖誕節前夕，你既孤獨又渴望地捱過每分每秒，因為女兒們將和你共度新年。除夕前一天，你把律師的信放進口袋裡，信上說要把孩子帶走。律師的信旁是房東的信，若是你今天不付房租就會被掃地出門。就在此時此刻，你失去了平衡，根本不須再受到一分外力。一個很餿的點子便已足夠。你找出酷似真槍的玩具手槍，在黑色羊毛帽上鑽了兩個洞，連頭帶臉套住，走進一家之前因為你沒錢所以不打算借你一毛錢的銀行。你告訴自己只要拿到夠付房租的六千五百克朗就行，而且一等你拿到薪水就會還給銀行。**怎麼還**？比較清楚的腦袋也許會想到這個問題，但是……算了……可能你根本還沒計畫那麼遠？也許你認為到時候只要走回銀行，戴著同樣的滑雪面罩，拿同一把手槍，強迫他們收回那筆錢？因為你只需要再一個月。你要求的不過就是一個釐清每件事的機會。

我們之後才知道，那把該死的玩具手槍看起來之所以如此像真槍，是因為它的確是真槍。鹿和青蛙和猴子的小孩塗鴉在樓梯井裡隨風飛舞，建築物頂樓的公寓裡，有浸滿血的地毯。

人生不該變成這樣。

21

那並不是炸彈。

盒子裡是原本某位公寓住戶掛在陽台上的聖誕燈串。他其實想讓燈串一路掛到新年，卻因此和妻子起了口角，因為她認為：「太多燈了吧，你不覺得嗎？還有我們為什麼不能像其他人一樣用白色的燈泡？一定要這種顏色不一樣，閃來閃去，搞到我們家像妓院的燈嗎？」他囁嚅道：「妳真去過哪種燈光閃來閃去的妓院？」她一挑眉毛，馬上要求知道：「要是你這麼了解它們有閃來閃去的燈，那究竟是去過哪一家？」直到他走到陽台扯下那串該死的聖誕燈，口角才終於落幕。但是他懶得把盒子拿到地下室的儲物間，便將它留在公寓門外，然後陪妻子到岳父母家慶祝新年，順便繼續爭論妓院話題。盒子所在的公寓正好是人質被綁架的那間公寓樓下。當郵差在事件伊始走上樓來時，猛然看見持槍的銀行搶匪走進正在舉行鑑賞活動的公寓裡。他三步併作兩步地回身往樓下跑時，不小心踹到聖誕燈盒子，踢歪了盒子露出上方的電線。

其實它看起來並不像炸彈，一點都不像。頂多只像被踢倒的聖誕燈盒子，而且是妓院專用的。但是我替吉姆講句公道話，它看起來有可能是炸彈，特別是如果你只耳聞過炸彈，卻沒親眼見過。妓院同理可證。就比如你非常怕蛇，坐在馬桶上時又正好感覺一陣涼風掃過屁股，你馬上會自動聯想到：蛇！很顯然地，這個推論既不合邏輯又不高明，但是假如恐懼症合邏輯又高明，就不叫恐懼症了。和聖誕燈相較，吉姆更怕炸彈，況且人腦和眼睛在這種非常時期會不太協調，這就是重點。

於是，兩位員警站在馬路邊。吉姆已經參考過孤狗上的建議了；傑克也打了電話給人質所在公寓的屋主，想估計裡面可能容納多少人。屋主是住在另一個城裡某個年輕家庭的女主人。她說公寓是她繼承的財產，她本人已經很久沒造訪了。她也沒有太多關於鑑賞活動的訊息：「都是房屋仲介負責處理。」接著，傑克打回警察局，和在咖啡館工作，首先通報銀行搶匪的郵差妻子通話。遺憾的是傑克未能挖掘出更多資料，除了搶匪「戴著面罩，身形矮小。也不是說特別矮，是普通矮！也許應該是普通吧，但是又沒那麼矮！」可是普通矮究竟是多矮？

傑克試著藉由這些蛛絲馬跡擬出計畫，但是他還沒有太多進展，長官就打來了——當傑克無法立刻呈報完整的計畫時——長官就打給長官的長官，還有長官的長官的長官。所有長官一如預料的全部同意：最好馬上通知斯德哥爾摩。傑克不在同意之列，因為他想利用這輩子第一次機會獨力處理這個案子。他建議長官們讓他和吉姆進入大樓，到公寓門外試著和銀行搶匪溝通。長官們不無疑慮卻同意了，因為傑克是那種其他警察能信任的員警。站在傑克身旁的吉姆聽見其中一位長官大吼著警告他們：「給我特別小心，確保樓梯間沒有炸彈或其他要人命的裝置，因為這很有可能不是綁架人質而已，而是恐怖攻擊！你們有沒有看見誰帶著任何可疑的包裹？有沒有留大鬍子的人？」傑克根本不擔心這些，因為他太年輕了。但是吉姆深深感到焦慮，因為他是另一個人的父親。

電梯故障了，所以吉姆和傑克拾級而上。他們一路敲響所有住戶的門，確保建築物裡已經沒有其他鄰居。沒有人在家，因為那天是除夕前一天，該上班的人還在上班，不用上班的人有更重要的事得做，沒有重要事情得做的人也都已經聽見警笛，從陽台上看到記者和警察，跑到路上觀望發生什麼事了。（其中有人擔心是蛇溜進大樓裡，因為最近網路上盛傳鄰近城市裡的某棟公寓大樓裡有蛇跑進廁所，他們絕不會想到是發生了人質挾持事件。）

傑克和吉姆抵達外面有盒子和電線的公寓時，吉姆恐懼地使勁瞪著它們，瞪到連背都痛了起來（在此必須說明，雖然吉姆最近無預警地打噴嚏拉傷了背，不過仍然有點說不過去）。他用力將傑克向後一拽，從齒縫中迸出：「炸彈！」

傑克翻了個只有兒子才會的白眼說道：「才不是炸彈。」

「你怎麼知道？」吉姆不解。

「炸彈才不是長這個樣。」傑克說。

「也許做炸彈的人就是要你這樣想。」

「爸，你別神經兮兮的，那不是……」

若換作其他同仁，吉姆很有可能會讓對方繼續往上走。也許這就是為什麼有些人認為父子一起工作是個很糟的主意。因為吉姆說：「不行，我得通知斯德哥爾摩。」

傑克將永遠無法原諒他這一招。

長官的長官的長官和層級上比他們高的諸般人等即刻命令屬下，馬上指示兩名員警返回地面等待支援。支援當然不好找，就連在大城市都很難。因為有哪個二百五會在除夕前一天搶銀行？又有哪個蠢蛋會跑到鑑賞活動地點綁架潛在買家？更別提哪個沒腦子的人會在除夕前一天帶人看房子……？長官納悶著，眾人如是在無線電上溝通許久之後，一位斯德哥爾摩的談判專家打電話給傑克，說他會接手整個行動。他人已經在車裡了，離此地還有幾個小時，但是傑克必須知道自己只負責在談判專家到達前「控制情勢」。談判專家講話帶著明顯非斯德哥爾摩的口音，不過這不重要，因為只要你問吉姆和傑克就會知道，身為斯德哥爾摩人是一種概念，而非地理上的界定。「不是所有笨蛋都是斯德哥爾摩人，但所有斯德哥爾摩人都是笨蛋。」警局裡的員工常常這麼說。當然聽起來非常不公平，因為你也許可以脫離笨蛋身分，卻無法不繼續被視為斯德哥爾摩人。

傑克和談判專家談過話之後，比他之前和網路公司客服通話後還火大。吉姆至此反而因為兒子失去獨力制服銀行搶匪的表現機會而深感責任重大。他們在那天接下來做的所有決定都被這種心態左右。

「對不起，兒子，我不是故意……」吉姆怯怯開口，心裡明白若想講完這句話，勢必得承認假設是別人的兒子，他很有可能會同意那不是炸彈。可是換作自己的親生兒子時，他說什麼也不願意冒險。

「別說了，爸！」傑克抑鬱地回答，因為他又在和長官的長官講電話了。

「你要我怎麼做？」吉姆問，因為他需要被需要。

「你可以先通知其他的公寓住戶。那些因為你的『炸彈』害我們還沒通知到的人，這樣我們才能確定整棟樓都淨空了！」傑克怒氣沖沖地說。

吉姆點點頭，像是洩了氣的皮球。他在孤狗上找電話號碼：首先是門外放了炸彈的那間公寓屋主。一個男人接起電話，說他和妻子不在家，此時不耐煩的妻子在一旁大聲質問：「誰打電話來？」男人也不悅地回敬：「妓院！」吉姆不懂他的意思，便改變話題問他公寓裡是否有人。男人回答沒有。一來因為吉姆不願提起炸彈令對方擔心，二來因為男人壓根沒料到此時應該說：「對了，我家門外那個盒子裡是聖誕燈。」果真如此的話，這個故事就會馬上改寫。因此男人只說：

「還有什麼事嗎？」吉姆說：「沒，沒事，這樣就行了。」他道謝之後掛掉電話。

接著，他打給頂樓另一間公寓的屋主，也就是人質事件所在的同一樓層。屋主是一對二十出頭正處於分居狀態的年輕夫婦，兩人都已經搬出公寓了。「所以裡面沒人？」吉姆問道，如釋重負。但是在他分別和兩人對話的過程中，年輕夫婦都理所當然地認為吉姆想知道他們為何分手：甲受不了乙難看的鞋子；乙看不慣甲刷牙時滴滴答答的牙膏泡沫，而且兩個人都希望另一半不是五短身材。甲說他們的關係注定要失敗，因為乙喜歡香菜。吉姆聞言問道：「而你不喜歡？」甲回答得輕鬆：「喜歡啊，可是不像她那麼喜歡！」根據吉姆的理解，乙說是在某一次爭吵之後，他們才開始討厭對方。那次爭吵是為了找到一款既能分別代表他們個人，又能同時代表他們是夫妻的顏色。他們在那時才理解到無法與對方共住一個屋簷下，一分鐘都不行，現在他們視對方為仇敵。吉姆十分驚訝現下的年輕人有這麼多選擇，多到成了問題——假若當年吉姆的妻子認識他時有如今的交友軟體，她絕對不可能答應嫁給他。如果你眼前時時刻刻都有替代方案，就根本沒辦法做決定，吉姆如此想著。若是知道另一半趁著自己洗澡時忙著滑手機尋找知己，誰能忍受這種壓力？一整個世代的人肯定都會得尿道炎，因為他們得憋到伴侶的手機沒電之後才去上小號。但是吉姆當然沒說這些，僅只問最後一次：「所以公寓裡沒人？」

兩人分別確認公寓裡沒人，只有顏色錯誤的果汁機。公寓會在明年賣掉，他們倆其中之一不記得負責的房屋仲介名字，只記得「那個名字很老氣，就像老爸講的笑話一樣老氣！」。另一個人確認：「替那個仲介取名字的人，比髮型設計師還沒幽默感！你知不知道有一家髮廊叫『剪立美』？哇靠，什麼鬼啊？」

吉姆掛上電話。他覺得這兩個人分手太可惜了，因為他們根本就是天作之合。

他去找傑克，想告訴他這件事，但是傑克只說：「現在別講這些，爸！你聯絡到鄰居了嗎？」

吉姆點點頭。

「屋裡有沒有人？」傑克又問。

吉姆搖頭。「我只是想說……」他才開始講，傑克就搖搖頭繼續和長官對話。

「現在別說了，爸！」

於是吉姆什麼也沒說。

接下來呢？接下來，每件事都失控了。一點一點地。人質事件前後持續了幾個小時，但是談判專家遇到塞車，被今年以來高速公路上最嚴重的連環車禍耽擱了（「一定是哪個斯德哥爾摩人沒在輪胎上綁雪鍊」，吉姆自信滿滿地斷定），所以根本沒出現。吉姆和傑克只得自己處理。處理過程中還有許多狀況，包括他們花了很久時間才聯絡上銀行搶匪（最精彩的是傑克的頭上撞出大包，這個過程本身也是很長的故事）。但是最後他們總算送了一支手機到公寓裡（這個故事更長），銀行搶匪放了所有人質之後，談判專家才剛撥了那支手機的號碼，公寓裡就傳來槍響。

幾個小時之後，傑克和吉姆仍然在警局裡偵訊所有證人。當然，這些偵訊毫無幫助，因為至少有一位證人沒說實話。

22

真相是銀行搶匪花了一大把無謂的功夫避免槍口對準公寓裡的任何一個人，以免嚇壞苦主。但是銀行搶匪的槍口無巧不巧地剛好指向叫做莎拉的女子。莎拉大約五十來歲，穿著光鮮，就像所有將必須依賴收入的人踩在腳下的財務獨立人士。

耐人尋味的是，當銀行搶匪匆忙踉蹌地衝進來，朝四周揮舞手槍時，莎拉發現自己能直直望進槍管，她看起來一點都不害怕。反之，公寓裡的另一位女子淒厲地驚聲尖叫起來：「老天爺啊，有人搶劫！」聽起來有那麼點不對勁，因為銀行搶匪根本沒打算發動另一樁搶劫事件。當然了，沒人喜歡被以偏見來看待，況且手上握了手槍，並不能立馬讓你變身搶匪；就算真是搶匪好了，也不代表你就想搶一般老百姓。於是當另一個女人對她的丈夫哭號道：「把你的錢拿出來，羅傑！」銀行搶匪不禁覺得自己被羞辱了。說實在，這樣的感覺不無道理。站在窗戶旁，身穿格子襯衫的中年男子——顯然就是羅傑——不悅地咕噥：「我身上沒現金！」

銀行搶匪正要出聲抗議，眼角卻瞥見陽台窗戶上的倒影：戴著頭罩的身影，手裡拿著槍，還有屋內的其他人。其中一位是很老的婦人；另一位是孕婦；第三個女人看起來即將嚎啕大哭。她們全瞪著手槍，眼裡充滿恐懼，但是懼意最深的卻是直視滑雪面罩眼洞裡的那雙眼睛。

銀行搶匪有了足以壓垮人的領悟：**他們不是人質。我才是。**

唯一一位毫不畏懼的是莎拉。此時，馬路上響起第一聲警笛。

23

證人訪談

日期：十二月三十日

證人：莎拉

吉姆：哈囉！我叫吉姆！

莎拉：好啦好啦，知道了，開始吧。

吉姆：我是來負責記錄妳經歷的事件。請用妳自己的話告訴我細節。

莎拉：不然我還會用誰的話？

吉姆：對，說得很對，只是我們都習慣這樣講了。首先我要讓妳知道，妳所說的一切都會被記錄下來，如果妳現在想要有律師在場也可以。

莎拉：我為什麼會想要有律師？

吉姆：我只是讓妳知道一下。我的長官們說他們的長官說每件事都要按照規矩來，這一點非常重要。我們會從斯德哥爾摩調一組人員來接手調查。所以我的兒子非常火大，他也是警員。所以我只是要妳曉得可以有律師在場。

莎拉：聽好了，如果今天我拿手槍威脅別人，就會請律師。但現在被威脅的可是我。

吉姆：我了解。我一點都沒有多管閒事的意思，絕對沒有。我明白妳今天過得很不順，這一點我也非常了解。妳只要盡可能誠實地回答我的問題，要不要一杯咖啡？

莎拉：你叫那個咖啡？我看到你們那部機器了，就算世界上不幸只剩你我兩人而且你保證那部機器倒出來的是毒藥我也不會喝。

吉姆：我不太確定這樣講是比較侮辱我還是咖啡。

莎拉：是你要我誠實回答問題的。

吉姆：是沒錯，我還真這麼說了對吧？我能不能問問妳為什麼會在那間公寓裡？

莎拉：這個問題也太蠢了。我們被放出來的時候，不就是你站在樓梯間？

吉姆：是我沒錯。

莎拉：所以你是我們全部離開之後第一個進入公寓的人？可是仍然讓銀行搶匪跑了？

吉姆：我不能算是第一個進去的人。我在等傑克，我的同事。妳之前可能已經見過他了。他才是第一個進公寓的人。

莎拉：你們警察長得都好像，你知道嗎？

吉姆：傑克是我的兒子，也許是因為這樣吧。

莎拉：吉姆和傑克？

吉姆：對，就像金賓和傑克走路威士忌。

莎拉：很好笑嗎？

吉姆：不是，不是，我太太也從來不覺得好笑。

莎拉：所以你結婚了？不錯嘛。

吉姆：對，不過這跟我們要講的沒什麼關聯。妳能不能簡短解釋一下妳為什麼會參加鑑賞活動？

莎拉：因為那是鑑賞活動。有這麼難懂嗎？

吉姆：所以妳是去看房子？

莎拉：你怎麼跟我種的那棵仙人掌一樣天才？

吉姆：所以表示妳的確是去看房子嘍？

莎拉：該是什麼就是什麼。

吉姆：我的意思是，妳打算買一間公寓？

莎拉：你究竟是房屋仲介還是警察？

吉姆：我只是認為妳看起來不像是會看上那間公寓的人。

莎拉：哦，你認為？

吉姆：這樣說吧，我和我的同事們的確是這樣想的，嗯，其中一位。我是指我兒子。根據一些目擊證人的證詞。我的意思是妳看起來滿富裕，而這間公寓乍看之下不像是妳這類有錢人會想買的。

莎拉：聽著，中產階級的問題就是你以為某個人有錢到不買東西。這樣想就錯了。只有窮得買不起的人才不買。

吉姆：好吧，也許我們該問下一個問題。對了，我沒寫錯妳的姓吧？

莎拉：沒。

吉姆：沒？

莎拉：可是你會這樣寫也還算合乎邏輯。

吉姆：怎麼說？

莎拉：因為你是個笨蛋。

吉姆：那很抱歉，妳能告訴我怎麼寫才正確嗎？

莎拉：ㄅㄣˋ笨——ㄉㄢˋ蛋。

吉姆：我是說妳的姓？

莎拉：看樣子我們得在這裡耗一晚上，可是我們兩人之中的某人有更重要的工作得做，所以乾脆讓我替你做總結如何？一個神經病拿槍花了大半天時間綁架我和一群比較窮，買不起東西的人，你和你的同事包圍了大樓，連電視都在現場轉播，結果你們還是讓綁匪跑了。你現在的優先任務應該是找到我講的那個綁匪，可是你反而滿頭大汗地坐在這裡，因為你從沒看過三個字的姓。你的長官們遲鈍到連用我繳的稅請有能力的人都不會。

吉姆：我了解妳現在心情不好。

莎拉：算你聰明。

吉姆：我認為是因為妳受了驚嚇，再怎麼說，哪個去看房子的人會料到被手槍指著頭，對吧？報紙雖然都說最近房市不好，可是被當成人質就太過分了。報紙今天講現在是「買方市場」，隔天就變成「賣方市場」了，可是無論怎麼說都是狗屁銀行的市場，妳不認為嗎？

莎拉：你是在說笑嗎？

吉姆：沒有，沒有，只是和妳聊一下我的感想。我覺得以社會現狀來說，銀行搶匪如果真的成功搶了銀行，追他的警力會比追綁架嫌疑犯的還少，我是說如果他今天真的綁架了你們所有人的話。因為大家都討厭銀行。就像人們說的：「有時候很難決定誰才是天字第一號大騙子：搶銀行的人還是經營銀行的人。」

莎拉：人們真的這樣說？

吉姆：對啊，我想是吧。沒人這麼說嗎？我想講的是，昨天我在報上看到這些銀行主管的薪水。他們住的房子值五千五百萬，跟皇宮一樣；可是普通人連繳貸款都很勉強。

莎拉：我能不能問你一個問題？

吉姆：當然可以。

莎拉：為什麼像你這種人老是覺得成功的人應該受到懲罰？

吉姆：什麼？

莎拉：難道你念警校的時候，學校騙你們說警察的薪水和銀行主管一樣多？還是你的數學太爛連基本算術都不會？

吉姆：是，呃，我是說，不是這樣。

莎拉：或者你純粹認為這個世界欠了你什麼？

吉姆：我只是突然想到，還沒問妳的職業。

莎拉：我是銀行主管。

24

真相是，看起來五十出頭的莎拉（沒人敢問真正的年齡），根本就沒興趣買公寓。當然不是因為她買不起，因為她光是用自己的公寓沙發靠枕夾縫裡找到的零錢就能買一間公寓了。（莎拉認為零錢是噁心的細菌溫床，誰知道被多少中產階級指頭碰過，她寧願燒掉舊沙發靠枕也不願從夾縫中掏零錢，因此我們可以這麼說：她絕對有能力用買沙發的錢買下那間公寓。）因此她用力皺起鼻子、戴上耳環去看公寓；如果有必要，耳環上的大鑽石還能敲昏中等身材的小孩。但是除了這些，如果你從非常近的距離觀察她，就能看見她內心的悲傷。

關於莎拉，你首先必須知道的就是她最近才去看過心理醫生，因為她那種職業要是做得夠久，多半就得求助專業人士，尋找工作以外的人生目標。她和心理醫生的頭一次談話不太順利。她從醫生桌上拿起一幅相框問：「這是誰？」

心理醫生說：「我媽媽。」

莎拉又問：「妳和她能處得來？」

心理醫生回答：「她不久前過世了。」

莎拉繼續問：「妳們在那之前的關係如何？」

心理醫生尋思，一般人比較正常的反應是對母親的離世表示遺憾，但是她試著不動聲色說：「我們今天要談的不是我。」

莎拉接著回答：「如果今天我的車子得送修，我第一件事就是確定修車師傅的車不是一堆破銅爛鐵。」

心理醫生深吸一口氣說：「我了解。我可以說媽媽和我的關係非常好。這個回答好點了吧？」

莎拉懷疑地點頭，又問：「妳有沒有病人自殺過？」

心理醫生感到胸口一陣緊繃，回答：「沒有。」

莎拉聳聳肩，又加上：「只是妳不知道而已。」

對心理醫生說這種話頗為殘忍。然而這位心理醫生迅速回神說道：「我剛開始執業不久，所以病人不多，可是我知道他們都還健在。妳為什麼問這些問題？」

莎拉看著心理醫生辦公室牆上那張唯一的畫，若有所思地噘起嘴，異常誠實地說：「我想知道妳能不能幫我。」

心理醫生拿起筆，擠出練習過的笑容說：「在哪一方面幫妳？」

莎拉回答她有「睡眠障礙」。醫生已經開給她安眠藥，但是如今醫生說除非她先和心理醫生談過，否則不會再開更重的安眠藥劑量。「所以我就來了。」莎拉宣布，一邊敲著手錶，彷彿按小時計價的是她而不是心理醫生。

心理醫生問：「妳覺得妳的睡眠障礙和工作有關？妳在電話裡說妳的職業是銀行主管，聽起來是很緊張，壓力很大的工作。」

莎拉回答：「倒也沒有。」

心理醫生輕嘆一口氣問：「妳希望從我們的談話裡得到什麼樣的結果？」

莎拉回敬以問題：「所以這是精神病學還是心理學？」

心理醫生問：「妳認為差別在哪呢？」

莎拉回答：「自以為是海豚的人才需要心理醫生，可是如果認為自己殺掉了所有的海豚，那就需要看精神科醫生。」

心理醫生看起來不太自在。下一回面談時，她沒戴那枚海豚胸針。

莎拉在第二次談話時突如其來地問道：「妳會怎麼解釋恐慌發作現象？」

聽到這個問題，心理醫生臉上登時散發出專屬於心理醫生的光彩：「很難定義，不過根據大多數的專家，恐慌發作是因為──」

莎拉打斷她：「不是，我是要聽**妳**的解釋！」

心理醫生不安地在椅子裡挪動身子，思索各種可能的回答。最後她終於說：「我認為恐慌發作是因為心理上的痛苦太強烈，而透過生理表現出來。焦慮太強大了，人腦無法……嗯，因為沒有更好的比喻，我只能說人腦沒有足夠的頻寬處理所有資訊。所以防火牆就塌了。焦慮強到令人無法阻擋。」

「妳對妳的工作不太在行。」莎拉冷冷地說。

「哪一方面？」

「我對妳的認識，比妳對我還多。」

「真的？」

「妳的父母是在電腦界工作的。也許是程式設計師。」

「妳……怎麼會……知道？」

「被我說中，妳覺得抬不起頭來嗎？他們的工作是在真實世界裡處理實際的程式運作，而妳卻得對付……」

莎拉猛然住了口，像是在尋找正確的字眼。於是心理醫生鼓起勇氣接口：「……感覺？我對付的是感覺。」

「我想講的是『虛幻的情緒』。不過也可以，就當它是『感覺』吧，妳高興就好。」

「我爸爸是程式設計師，媽媽是系統分析師。妳怎麼猜出來的？」

莎拉低聲嘟囔，彷彿她正在教烤麵包機讀書。

「重要嗎？」

「當然！」

莎拉又朝烤麵包機忿忿地哼了一聲。

「我要妳用自己的說法解釋恐慌發作，不是在學校裡學到的定義，妳用了『頻寬』、『處理』，還有『防火牆』。這些平常不太用到的詞彙多半來自於父母。如果說話的人和父母親的關係很好的話。」

心理醫生試著重新取得對話主導權，便問道：「這就是為什麼妳的銀行經營得很好？因為妳能讀懂人心？」

莎拉像隻厭煩的貓般伸展背部。

「親愛的，妳沒那麼難讀懂。像妳這樣的人永遠沒有你們希望的那麼複雜，特別是上過大學的人。你們這一代根本不是去研究一門專業，只想研究自己。」

心理醫生看起來有一絲絲被冒犯的神情。也許比一絲絲稍多一些。

「我們要談的是**妳**，莎拉。妳想從這些談話裡得到什麼？」

「安眠藥，我之前說過了。最好是能配紅酒的那種。」

「我不能開安眠藥，只有妳的主治醫生可以開。」

「那我還來這裡幹嘛？」莎拉問。

「只有妳自己才能回答這個問題。」心理醫生回答。

她們的關係就是從這個層次開始。之後每況愈下。不過至少我們值得說明，心理醫生很容易就診斷出莎拉的問題：她受孤獨所苦。但是心理醫生並未明講（她可不是為了學會如何說出真實的想法而甘願背負這整整五年的學貸），反之，她向莎拉解釋，這些外在徵狀代表莎拉是「神經性疲憊」。

莎拉回答時視線並沒離開手機上的訊息。「那可不，我會疲憊是因為睡不著，所以給我安眠藥啊！」

心理醫生不僅不想這麼做，還開始問問題，希望能從比較廣義的角度幫助莎拉正視自己的焦慮。其中一個問題是：「妳擔心地球的存亡嗎？」

莎拉回答：「不怎麼擔心。」

心理醫生溫暖地笑了笑。

「我這麼問好了：妳覺得這個世界最大的問題是什麼？」

莎拉很快地點頭，回答得理所當然：「窮人。」

心理醫生友善地更正：「妳是指……**貧困**。」

莎拉聳聳肩：「當然。如果妳比較喜歡這樣講。」

道別時，莎拉沒和心理醫生握手。在她走出辦公室的中途，挪動了一幀書架上的照片，還重新規整三本書。照理說心理醫生不該有偏好的病人，但若是她真有，那麼絕對不是莎拉。

直到第三次會診，心理醫生才了解莎拉的問題有多嚴重。當時莎拉已經解釋過「民主制度已經完蛋了，因為只要故事夠精彩，那些笨蛋什麼都會相信」。心理醫生盡最大的努力忽視這番說詞，問了一些有關莎拉童年和工作的問題，不斷重複問莎拉「有什麼感覺」：**當那件事發生時妳有什麼感覺**？**談這件事讓妳有什麼感覺**？**妳在考慮自己的感覺時有什麼感覺**，**感覺很難嗎**？到了最後，莎拉總算有感覺了。

兩人當時已經花了很長時間談論某件事，而莎拉突然像是進入了深深的內省，開口時話聲很低，彷彿不屬於她自己。

「我得了癌症。」

房間裡安靜到能夠聽見兩人的心跳聲。心理醫生停下記錄的手指落在筆記本上，呼吸越來越淺，每一次吸氣只充滿三分之一的肺，深怕發出聲音。

「聽到這個消息我真的很難過。」良久，心理醫生終於說。她的聲音在發抖，帶著謹慎、自制的尊嚴。

「我也是。其實應該說是憂鬱。」莎拉邊說邊拭眼睛。

「所以是……哪種癌？」心理醫生問。

「有關係嗎？」莎拉低聲說。

「沒，沒，當然沒有。對不起，我這樣問太唐突了。」

莎拉望著窗外，眼神茫然。好久好久，直到天色都變了。彷彿從早晨到中午。然後她微微抬起下巴說：「妳不用道歉，是假的。」

「什麼……意思？」

「我沒得癌症，只是隨口胡扯。可是我的重點是民主制度不管用！」

此時心理醫生才領悟到莎拉的狀況有多嚴重。

「開……這種玩笑很不得體。」她勉強說出。

莎拉揚起眉毛。

「所以我應該真的得癌症？」

「不是！為什麼？當然不是，不過——」

「所以拿癌症開玩笑當然比真得了癌症好啊！難道妳寧願我得癌症？」

心理醫生的脖子因為盛怒變得紅通通的。

「可是……當然不是！我不希望妳得癌症！」

莎拉的雙手往膝蓋上一拍，語調嚴肅地說：「可是那就是我的**感覺**！」

那晚，輪到心理醫生睡不著覺。莎拉對他人有時的確有如此的影響力。下一回莎拉回到心理醫生診所時，心理醫生已經將母親的照片從桌上撤掉了。在那次談話中，莎拉的確打算告訴醫生令她失眠的真正原因。她的手提包裡有封信能解釋這一切，如果她真給心理醫生看了信，之後發生的事情全都會改觀。但是她只是坐在那裡，久久瞪著牆上的畫。畫裡是一個女人望向無邊無際的海洋，一路延伸到地平線。心理醫生舔了一下嘴唇，輕柔地問：「妳在看那張畫時心裡有什麼感覺？」

「我在想，要是我只能選一張畫掛在牆上，就會選這張。」

心理醫生矜持地微笑。

「我通常會問病人怎麼看畫裡的女人：她是誰？她快樂嗎？妳覺得呢？」

莎拉滿不在乎地聳了聳肩：「我不知道她所謂的快樂是什麼。」

心理醫生靜默了一陣之後承認：「從來沒人給我這個答案。」

莎拉從鼻子悶哼一聲。

「那是因為妳問問題的時候已經假設世界上只有一種快樂。可是快樂就像金錢。」

心理醫生的微笑看起來具有優越感，是那種認為自己很有深度的人才會有的笑容。

「聽起來有些膚淺。」

莎拉咕噥出聲，像是個必須對任何非青少年解釋的青少年。

「我不是說錢就等同快樂。我是說快樂**就像**錢。是人為的價值，用來表示某種我們既不能秤重又不能量尺寸的東西。」

心理醫生有些動搖了，不過只有那麼一瞬間。

「這樣說……對，也許吧。可是我們可以量測和評估憂鬱的代價。我們也知道受憂鬱所苦的人通常都害怕感覺快樂。因為雖然憂鬱可以說是令人感到安全的泡泡，卻也能讓妳開始想：**要是我不這麼不快樂，要是我不憤怒——那我究竟是誰？**」

莎拉皺起鼻子。

「妳真相信這套？」

「對。」

「那是因為像妳這樣的人看見比你們有錢的人會說：『的確，他們是比較有錢，可是他們**快樂**嗎？』彷彿人生的意義就是非得像個徹底的笨蛋，每天快樂地到處晃。」

心理醫生在筆記本上做紀錄，眼睛不離筆記本問道：「所以生命的意義是什麼呢？在妳看來？」

莎拉的回答出於一位花了許多年思索這個問題的人。她認為做重要的工作比過快樂的人生還重要。

「有目的。有目標。有方向。妳想知道真相嗎？真相就是想發財的人比想得到快樂的人多得多。」

心理醫生再度微笑。

「這句話可是銀行主管對心理醫生講的。」

莎拉又抱怨：「麻煩妳再提醒我一次妳的時薪多少？如果來這裡就能讓我快樂，那我能不能免費來？」

心理醫生放聲大笑，是無法克制的笑，幾乎失去專業態度。大笑使她吃了一驚，雙頰馬上泛起紅暈。她勉強回復平靜的態度說：「不行。可是如果妳來可以讓**我**快樂，那我倒有可能讓妳免費來。」

換莎拉猛然大笑了。並非刻意，而是笑聲冷不防從她的身體竄出。她已經很久沒大笑過了。

她們就這樣靜靜地對坐許久，氣氛有點尷尬，直到莎拉終於向牆上的女人努了努嘴。

「妳覺得她在幹嘛？」
心理醫生看著畫，慢慢地眨眼。
「和每個人一樣，搜尋。」
「搜尋什麼？」
心理醫生的肩膀先向上提兩公分，又向下沉五公分：
「搜尋可以讓她寄託的東西。可以讓她奮鬥的東西。讓她期盼的東西。」
莎拉將視線從畫挪向心理醫生背後，窗外遠方。
「要是她其實想的是自殺呢？」
心理醫生仍然看著畫，臉上保持微笑，並未洩露出內心熊熊湧起的情緒。你需要有多年的訓練和你深愛而不願令他們擔憂的雙親，才能練就這種控制表情的功夫。
「妳為什麼認為她在想這件事？」
「不是所有聰明人都會想嗎？遲早的事。」
剛開始，心理醫生想用專業訓練期間練習多次的句子回答莎拉，但她明白講那些一點用都沒有。因此她誠實地回答：「是，也許吧。妳認為是什麼拉住我們？」
莎拉向前傾身，將書桌上的兩枝筆重新擺成平行方向。然後說：「懼高症。」
在那個時刻，全地球沒有人能確定她是否在開玩笑。心理醫生花了很長的時間考慮下一個問題：「我想問一下，莎拉，妳有任何嗜好嗎？」
「嗜好？」莎拉回答的語氣稍微少了點高姿態。
心理醫生進一步解釋：「對。比如說妳會參加慈善活動？」

莎拉沉默地搖頭。心理醫生剛開始以為莎拉沒反唇相譏是因為贊同，但是莎拉眼裡的神情卻讓她產生懷疑，似乎這個問題撞壞了莎拉內心的某樣東西。

「妳還好嗎？我說錯什麼了？」心理醫生焦急地問，但是莎拉已經看了看時間，站起身向門口走去。執業未久的心理醫生還沒經歷過失去病人的慌張，發現自己說出非常不專業的話：「別做傻事！」

莎拉在門邊停步，顯得很驚訝：「哪種傻事？」

心理醫生不知該說什麼，便尷尬地笑了笑說：「呃，別在妳……付清我的看診費之前做傻事。」

莎拉猛地大笑起來，心理醫生也跟著笑。此時倒很難說她的反應究竟專不專業了。

莎拉進了電梯之後，坐在辦公室裡的心理醫生盯著畫裡被天空包圍的女人。莎拉是頭一個說女人可能正在想著自殺的人，沒有其他人作如是想。

心理醫生自己向來覺得女人凝望地平線的樣子只有兩種解釋：渴望或恐懼。這是她畫這幅畫的原因，用來提醒自己。心理醫生最愛這種題材，因為我們可能看了它一輩子卻沒注意到最明顯的一點：女人站在一座橋上。

25

證人訪談（續）

吉姆：我現在覺得自己好蠢。

莎拉：我猜已經不是頭一次了。

吉姆：如果我知道妳是銀行主管就絕對不會說那些話。不過，無論知不知道，我都不該說的。我現在不曉得該講什麼了。

莎拉：這樣的話，也許我可以走嘍？

吉姆：不行，等一下。說起來有點丟臉，我太太常常叫我閉上大嘴巴。所以從現在開始我只問該問的問題，可以嗎？

莎拉：不妨試試。

吉姆：能不能請妳描述一下搶匪？任何妳記得關於這名男子的細節，只要妳覺得能夠幫助我們的調查都行。

莎拉：看起來你已經掌握到最重要的細節了。

吉姆：哪個？

莎拉：你說「這名男子」，所以你非常肯定搶匪是男人。也難怪。

吉姆：我有種自己會後悔問這個問題的預感，可是我還是得問為什麼？

莎拉：你們這些人就連撒尿都撒不準。所以一旦有了手槍，保證會天下大亂。

吉姆：我對這個說法的解讀是，妳不記得搶匪的外型細節？

莎拉：如果某個戴了滑雪頭罩的人用槍指著你，心理醫生很可能會把這種精神創傷比作被卡車輾過，也就是你不太可能記得車牌號碼。

吉姆：我得承認這是非常深入的觀察。

莎拉：真令人安慰，因為我真的好在乎你的想法呢。我可以走了嗎？

吉姆：恐怕還不行。妳認得這張畫嗎？

莎拉：這也叫畫？看起來像是被人打翻的尿液樣本。

吉姆：妳的意思應該是妳不認得這張畫。

莎拉：算你聰明。

吉姆：搶匪走進公寓時，妳在哪裡？

莎拉：陽台門邊。

吉姆：整個綁架事件中接下來的時間裡妳在哪？

莎拉：有差別嗎？

吉姆：差別可大了。

莎拉：我還真想不出來為什麼。

吉姆：聽我說，我們沒把妳當嫌犯。至少還沒。

莎拉：什麼？

吉姆：這麼說吧，我是在試著要妳了解我的同事相信其中一名人質協助搶匪脫逃。況且我老實說，妳會在這種場合出現原本就不合理。首先，妳沒有理由買公寓，而且被搶匪的手槍指著頭的時候也不顯得害怕。
莎拉：所以你懷疑是我幫助搶匪逃走？
吉姆：不，不是，我一點都沒懷疑。要知道妳不是嫌犯，呃，還不是。我的意思是，妳根本不是嫌犯！可是我的同事認為不合理。
莎拉：真的？你想知道我對你同事的看法嗎？
吉姆：麻煩妳告訴我公寓裡發生的事情好嗎？好讓我寫筆錄？這是我的工作。
莎拉：當然可以。
吉姆：太好了。當時公寓裡有多少潛在買主？
莎拉：請說明「潛在買主」的定義。
吉姆：我的意思是，屋裡有多少人想買那間公寓？
莎拉：五個。
吉姆：五個？
莎拉：兩對夫婦，還有另一個女的。
吉姆：再加上妳和房屋仲介，公寓裡總共七個人？
莎拉：五加二是七，沒錯。你很聰明。
吉姆：可是有八個人質？
莎拉：你沒算到兔子。
吉姆：兔子？
莎拉：你聽見我說的了。

吉姆：什麼兔子？
莎拉：你到底想不想聽我說發生什麼事？
吉姆：抱歉。
莎拉：你真以為其中一個人質幫助搶匪逃脫？
吉姆：妳不認為嗎？
莎拉：不認為。
吉姆：為什麼？
莎拉：因為他們都是笨蛋。
吉姆：那搶匪呢？
莎拉：搶匪怎麼了？
吉姆：妳認為他是故意對自己開槍，還是不小心的？
莎拉：你在說什麼？
吉姆：你們全被釋放之後，我們聽見公寓裡有槍響。等我們進到屋子裡的時候，滿地都是血。
莎拉：血？哪裡有血？
吉姆：客廳的地毯上。
莎拉：喔。其他地方沒有？
吉姆：沒有。
莎拉：OK。
吉姆：什麼？

莎拉：怎樣？
吉姆：妳說OK的時候，聽起來好像還想再講什麼。
莎拉：沒這回事。
吉姆：抱歉，我的同事認為他是在客廳開槍打到自己。我只是要講這個。
莎拉：你們還是不知道誰是搶匪？
吉姆：不知道。
莎拉：聽好了——如果你不馬上給我解釋你們為何懷疑我跟這件事有關，我會比我的律師更讓你好看。
吉姆：沒人懷疑妳任何事！我的同事只想知道既然妳沒興趣買，那為什麼也在公寓裡？
莎拉：我的心理醫生說我需要培養嗜好。
吉姆：看房子是妳的嗜好？
莎拉：你這種人比你想像的有趣多了。
吉姆：我這種人？
莎拉：社經階層和你一樣的人。看你們怎麼過日子挺有趣的，還有你們如何忍受這樣的人生。我先看了幾戶房子，之後又看了幾次，這種感覺就像吸海洛因。你試過海洛因嗎？你會自我厭惡，可是很難罷手。
吉姆：妳是說妳迷上看那些薪水遠不如妳的人擁有的房子？
莎拉：沒錯。就像小孩把抓來的鳥寶寶放在玻璃瓶裡那樣。一種稍微越界的吸引力。
吉姆：妳指的是昆蟲？很多人都會抓昆蟲放在瓶子裡。

莎拉：也可以，如果換成昆蟲能讓你感覺比較好的話。
吉姆：所以妳去看那間公寓，因為這是嗜好？
莎拉：你的手臂上是真的刺青嗎？
吉姆：是真的。
莎拉：是錨？
吉姆：沒錯。
莎拉：你是打賭輸了還是怎麼著？
吉姆：妳為什麼這麼說？
莎拉：還是誰威脅殺掉你全家？你是自願刺的嗎？
吉姆：當然是自願。
莎拉：為什麼你這種人如此討厭金錢？
吉姆：我不想講這個。我只希望妳能告訴我，因為我們有訪談錄音：為什麼其他證人說妳看到搶匪的手槍時看起來一點都不害怕？妳認為是假槍？
莎拉：我非常了解那是真槍。所以我才不害怕。我只是驚訝而已。
吉姆：這種看到手槍的反應可真不尋常。
莎拉：對你來說也許吧。可是我已經想自殺很久了，所以看到槍的時候才會驚訝。
吉姆：我可真不知該說什麼，抱歉問一句，妳想自殺？
莎拉：對。所以我很驚訝自己原來並不想死，有點像當頭棒喝。
吉姆：妳是因為這些自殺的念頭才開始看心理醫生？

莎拉：不是，我是因為睡不著才去看心理醫生。我從前總是倒在床上睡不著，心想要是我有足夠的安眠藥就能自殺了。

吉姆：於是妳的心理醫生建議妳培養嗜好？

莎拉：才不。是在我告訴她我有癌症之後。

吉姆：喔，我很遺憾，這個消息真令人難過。

莎拉：好吧，聽著……

26

心理醫生和莎拉再見面時，莎拉說她找到嗜好了。她開始參加「中產階級公寓」的鑑賞活動。她說這個嗜好非常有意思，因為看來許多住在這些公寓裡的人都自己打掃屋子。心理醫生試著解釋這並不完全是她所說的「參與慈善活動」，但是莎拉馬上回敬說在某次的鑑賞活動裡，男屋主「奢望自己翻新裝潢，用他自己的雙手，那雙他也用來吃東西的手，所以別說我沒盡力親近最失敗的社會成員！」。心理醫生不知道該如何回應，可是莎拉注意到她高高挑起的眉毛和合不攏的嘴，便怒道：「難道我現在又惹得妳不高興了嗎？拜託，好像只要我一開口就會惹你們這些人不高興似的。」

心理醫生耐著性子點點頭，接著馬上後悔問了下一個問題：「能不能給我一個例子，說明妳根本無意讓像我這樣的人不高興？」

莎拉聳聳肩，敘述某次她被扣上「具有成見」帽子的事件：她負責面試來銀行應徵的年輕人，當對方走進房間時，莎拉驚喜地說：「喔！我還以為你是來ＩＴ部門應徵的，你們這種人應該都對電腦很在行！」

莎拉花了很長的時間向心理醫生解釋她其實是在讚美年輕人。難道這年頭稱讚人也變成具有成見了嗎？

心理醫生試著間接討論這個主題，避免過於直接的說法：「聽起來妳的看法似乎常常和別人不同，莎拉。我建議的方法是，在妳先發制人前先想想這三個問題：一、對方的行動是否特意為了傷害妳？二、妳是否掌握了所有關於當時狀況的訊息？三、妳能從衝突中得到好處嗎？」

莎拉用力歪著頭，頸子發出喀啦聲。她聽得懂每個字，但是它們組合起來的意思如此不合理，彷彿這些字是魔術師隨意從帽子裡拉出來似的。

「我為什麼需要妳幫我避免衝突？衝突是件好事。只有軟弱的人才相信和諧，他們以為自己道德高尚，把隨波逐流的人生當作成就，而我們其他人忙著做別的事。」

「做哪些事？」心理醫生不解。

「當贏家。」

「當贏家很重要？」

「不當贏家，就不能完成任何目標，親愛的。沒有人是不小心坐到董事會裡的。」

心理醫生試著兜回一剛開始的問題，不管那個問題是什麼。

「而且……贏家能賺很多錢，我猜這也很重要？妳都用錢做什麼？」

「用來買和別人的距離。」

心理醫生從沒聽過這種回答。

「怎麼買？」

「高級餐廳的餐桌間距都比較大，飛機頭等艙沒有中間的座位，住豪華旅館套房的客人有不同的門進出。在地球上人口最密集的地方，距離就是你能買到的最昂貴的東西。」

心理醫生向後靠著椅背。教科書上不難找到莎拉這種人格案例：她避免視線接觸，不想握手，稍微——講得客氣一點——欠缺同理心，而且也許因為如此，適合從事與數字有關的行業。除此之外，她們每次見面之前，心理醫生會刻意將書架上的照片歪斜地擺，而莎拉每每不自禁將它調整成筆直方向。直接問莎拉這種人問題是很難的，因此心理醫生換個方式問：「妳為什麼喜歡妳的工作？」

「因為我是分析師。大多數和我做同樣工作的人都是學經濟的。」莎拉回答得很俐落。

「差別在於？」

「經濟學家只會面對面解決問題。這就是為什麼經濟學家從來不預測股市崩盤。」

「妳的意思是分析師會？」

「分析師希望股市崩盤。只有在銀行的客戶賺錢時，經濟學家才跟著賺錢；分析師隨時都可以賺錢。」

「這樣讓妳覺得有罪惡感？」心理醫生問，想看看莎拉認為這個說法是褒還是貶。

「妳在賭場裡輸了錢，是發牌員的錯嗎？」莎拉問。

「我覺得這種比喻不太公平。」

「為什麼不？」

「因為妳先說的是『股市崩盤』，可是崩潰的永遠不是股市或銀行，而是人。」

「妳會這樣想很符合邏輯。」

「是嗎？」

「因為妳認為這個世界虧欠妳。其實並沒有。」

「妳還是沒回答我的問題。我問妳為什麼喜歡妳的工作，可是妳說的全都是妳為什麼**很在行**。」

「只有弱者才喜歡他們的工作。」

「我不認為這個說法正確。」

「那是因為妳喜歡妳的工作。」
「照妳的口氣，似乎這樣是錯的。」
「妳又不高興了嗎？像你們這樣的人真的動不動就不高興，妳知道為什麼嗎？」
「不知道。」
「因為你們錯了。如果你們不犯錯，就不會這麼不高興。」
心理醫生看了看書桌上的時鐘。她仍然相信莎拉最大的問題在於孤獨，但是也許孤獨和不友善之間還是有差別的。她沒說出這個想法，而是以無能為力的語調含糊說道：「妳知道那個……我想我們今天可以到此為止了。」
莎拉滿不在乎地點點頭站起來。她準確地將椅子推回桌面下。當她說話時，臉孔向著旁邊。
「妳認為有壞人嗎？」聽起來她似乎原本並不想問的。
心理醫生盡力不表露出驚訝之情。她勉強回答道：「妳要我用心理醫生的身分回答，還是純粹的哲學角度？」
莎拉看似又在跟烤麵包機對話了。
「妳是小時候屁股裡塞進了字典，還是自願變成現在這個樣子？只要回答問題就好了：妳認為有壞人嗎？」
心理醫生在椅子裡大幅扭動，像是幾乎要把身上的褲子裡外反過來。
「我應該必須說……有。我認為有壞人。」
「妳想他們知道嗎？」
「妳的意思是？」

莎拉的視線落在那幅橋上女子的畫上。

「在我的經驗裡，許多人可以算是真正的豬。沒有感情，沒有思想的人。可是就連我們自己也不願相信自己是壞人。」

心理醫生思索良久，說道：「沒錯。說實話，我認為我們大家都有需要告訴自己，我們在幫助這個世界變得更好。或者說至少不讓它變得更糟，認為我們站在對的一方。甚至就連……我也不知道……就連我們最糟糕的行為也是為了實現某種更高的目標。因為每個人都能分辨好與壞，所以當我們違反了自己的道德規範時，就得替自己找個藉口。我想這就是犯罪學講的中立化技巧。無論觸犯的是宗教或政治規範，或是我們認為自己沒有選擇，我們都需要將做過的壞事合理化。因為我真心相信絕對沒有幾個人能明知他們自己**壞**，還……心安理得過日子的。」

莎拉一言不發，但是稍微用力過頭地緊緊抓住有點大的手提包。僅有那麼一瞬間，她看起來像是要承認什麼事。她的手已經快碰到那封信了。她甚至允許自己在那幾秒的時間內幻想她說出關於嗜好的真相。她並非最近才開始到處看公寓的。她已經參加鑑賞活動十年了。那不是嗜好，而是迷戀。

但是她一個字都沒洩漏。她闔上手提包，門在背後闔起，辦公室裡回復寧靜。心理醫生仍然坐在辦公桌前，對於自己感到有趣這件事而感到有趣。她試著為下次見面做筆記，卻發現自己打開手提電腦，搜尋待價而沽的公寓資料。她試著推測莎拉下次會造訪哪一間。當然她很難猜到，不過要是莎拉曾告訴她自己看的公寓都有陽台，而且陽台必須一眼就能望見那座大橋，推測起來就很簡單了。

值此同時，莎拉正站在電梯裡。她在電梯下降到一半時按下緊急停止鈕，好讓自己不受干擾地哭一場。手提包裡的信仍然未拆封，莎拉沒有勇氣讀，因為她知道心理醫生說得沒錯：莎拉正是那種知道自己真面目之後就沒辦法繼續心安理得活下去的人。

27

這個故事講的是銀行搶案、公寓鑑賞活動，還有人質事件。不過談到最多的還是那些笨蛋。

也許不只這些。

十年前，某位男子寫了一封信。他將信寄給在銀行工作的女子。然後他送孩子去學校，在他們耳邊悄悄說他愛他們，獨自開車離去，在河邊停下車子。他爬到大橋護欄上，跳進水裡。接下來的那個星期，一位少女也站上了同一座橋的護欄。

當然，少女是誰對你來說並不重要。她只是幾十億人口的其中一個，而且對我們來說絕大多數的人不能算是個體，只是人群。我們只是擦肩而過的陌生人，你的焦慮短暫地掠過我的焦慮，如同我們的外套在某個擁擠的人行道上匆匆擦過彼此。我們從不真正知道我們對彼此做了什麼、和彼此做了什麼、為彼此做了什麼。橋上的少女叫做娜迪亞。前一個星期，那個男子從她現在立足的地點跳下去結束這一生。她不知道他是誰，但是她和他的孩子們念同一所學校，校園裡的每個人都在談論這件事。所以她聽說了。無論事前或事後，都沒人能真正解釋究竟是什麼令一位少女不想再活下去。身而為人，有時竟是如此難受。不了解自己，不喜歡困住自己的血肉之軀。在鏡子裡看著自己的眼睛，納悶它們究竟屬於誰，永遠問同樣的問題：我到底是怎麼了？為什麼有這種感覺？

她沒受過創傷，也沒背負任何哀痛的重量。她只是哀傷，無時無刻。她的胸口生長著任何X

光都照不出來的小惡魔，在她的血液裡到處流竄，用悄悄話填滿她的腦袋，說她不夠好，說她既軟弱又醜陋，不會出落成任何東西，只會被敲碎。腦子裡的聲音能令你做出各種傻事，當你的眼淚哭乾之後，當你沒辦法叫那個只有你能聽見的聲音閉嘴時，當你從來沒置身令你覺得自己正常的空間裡。到最後你因為永遠得繃緊包裹住胸腔的皮膚而精疲力竭；你永遠提醒自己不能耷拉肩膀；一輩子沿著牆邊走路，泛白的指節一路劃過牆面；永遠害怕有人會注意到你，因為沒人應該注意你。

娜迪亞只知道她從來不覺得自己和任何人有相似之處。她孤獨地面對各種情緒。她坐在滿教室的同齡孩子之間，看起來一切都和平常一樣正常，但是在內心裡，她站在森林裡嘶吼直到心臟爆炸。森林裡的樹不斷長大，濃密到陽光再也無法穿過枝葉，只剩下無法照亮的黑暗。

於是她站在橋上，望向圍欄下遙遠的水面。知道她落到水面時會像撞到水泥地，她不會淹死，而是當場死於外力撞擊。這個想法讓她覺得很安慰，因為她從小就怕溺水，她怕的並不是死亡本身，而是死亡之前的片刻，慌張和無力感。某個講話不經大腦的大人曾經告訴她淹死的人看起來不像是淹死的：「妳在溺水的時候沒辦法張嘴呼救，也不能揮舞胳臂，只會往下沉。妳的家人說不定就在沙灘上開心地向妳揮手，根本不曉得妳已經快死了。」

娜迪亞一輩子都是這種感覺。她和這種感覺共生。她曾經和父母坐在晚餐桌邊，想著：「**你們難道看不出來嗎**？」他們的確看不出來，而她也沒說話。有一天，她沒去上學。她整理好房間，鋪平床鋪，離家時沒帶外套，因為她不需要。

她在城裡逛了一整天，凍得要命，四處遊走，彷彿是要整座城先見她最後一眼，之後才醒悟到由於沒聽見她無聲的嘶吼造成的後果。她沒有特定的計畫，只知道想達成的目標。她在日落時分站上大橋圍欄。太容易了。她只需要先挪動一隻腳，接著是另一隻腳。

看見她的是那位名叫傑克的少年。他無法解釋自己為何又回到那座橋上，夜復一夜，連續一整個星期。當然，他的父母不准他再去，但是他向來不聽話。他偷溜出門直奔大橋，似乎希望能再看到橋上的男子，那麼他這次就能讓時光倒流，把事情處理好。當他看到圍欄上的少女時，不知道該朝她喊些什麼。所以他根本沒喊叫，只是猛衝過去用力將她拉下來。力道大到令她的後腦撞上地面，當場昏迷。

她在醫院醒過來。一切發生得太快，她只來得及從眼角看見男孩向她衝過來。護士問她發生什麼事，但是就連她自己也不確定，她的後腦勺還在流血，於是她說自己爬到大橋圍欄上拍夕陽的照片，不小心向後跌下來撞到頭了。她非常習慣說那些她知道別人想聽的話，免得他們擔心，所以她不假思索地說了。幾位護士看起來還是很擔心，而且滿臉狐疑，可是娜迪亞是個熟練的說謊家。她這輩子都在練習說謊。因此到最後護士們說：「爬到圍欄上啊，別做這種傻事！妳運氣真好，沒跌到欄杆外面去！」她點點頭，嘴唇發乾，回答「是啊」。運氣好。

她大可以從醫院直接回到橋上，但是她沒有。要解釋清楚很難，即使對她自己也一樣，因為她永遠無法確知要是那個男孩沒拉下她來，她會做出什麼事。她的腳步會往前，還是往後？在此之後的每一天，她都試著釐清自己和那位跳下去的男子之間的不同。這個想法促使她選擇了她畢生的職志，成為心理學家。來找她的人承受著如此沉重的痛苦，彷彿他們站在大橋圍欄上，一腳已經超出圍欄邊緣，而她坐在這些人對面，眼裡說著：「**我也曾經經歷過這些。你有更好的方式**

跳下欄杆。」

當然有的時候她忍不住思索當初自認應該跳下去的原因，所有她以為自己沒有的東西，晚餐桌旁的孤獨。但是她找到適應的方法，找到連接自己內心和外界的通道，爬下欄杆。有些人能接受自己永遠不能擺脫焦慮，而學會與之共生。她試著成為這些人。她告訴自己這就是為什麼必須對別人好，即使對方是笨蛋；因為你從不知道他們的負擔有多沉重。漸漸地，她發現幾乎所有人都會在心裡問自己同樣的問題：我夠好嗎？我是否令任何人以我為榮？我是個對社會有用的人嗎？我工作稱職嗎？我是否慷慨體貼？床上表現還行？有誰要我當他們的朋友？我是不是好父母？我是好人嗎？

每個人的內心深處都希望自己是好人，友善的人。問題當然就是有時不太可能對笨蛋友善，因為他們太笨了。這就是娜迪亞一輩子要做的功課，我們也不例外。

她再也沒遇到過橋上的少年。有時她確實相信他是自己虛構出來的人，也許是天使。傑克也沒再看過娜迪亞，他不再回到橋上去了。但就是那一天，他更篤定自己想成為警察，因為他知道自己能改變點什麼。

十年後，娜迪亞受完心理醫生訓練，搬回城來定居。她會收一位名叫莎拉的病人。而莎拉會參加公寓的鑑賞活動，被捲入綁架人質事件。傑克和父親吉姆則會負責訪談所有的證人。事件發生的公寓有一座陽台，你能從那裡一眼望見大橋，這就是莎拉在場的原因。十年前她在門口踏腳墊下發現一封信，寫信的人是從橋上跳下去的男子。他的名字整齊地寫在信封背面，她記得他們的會面，雖然報紙並沒登出警方從水裡撈出來的男子姓名，但這是座小城，她想不知道也難。

莎拉的手提袋裡仍然裝著那封信，她每天揹著它。她只去過大橋一次，在男子爬上圍欄之後的那個星期，她看見一個女孩也爬上同一根欄杆，被一個男孩救了下來。莎拉動也沒動，只是躲在黑暗之中瑟瑟發抖。救護車將女孩帶往醫院時她仍在原地。男孩消失了。莎拉走到橋上，發現女孩的錢包和身分證，上面說她叫做娜迪亞。

莎拉花了十年的時間追蹤娜迪亞的生活和學業，直到她開始執業。追蹤是暗中的，因為她不敢接近娜迪亞。她也花了十年的時間望著那座橋，同樣也是保持很遠的距離，從那些待售的公寓陽台上看，出於同樣的原因。因為她怕自己再走到橋上的話，也許會有另一個人往下跳；如果她藉著娜迪亞的幫助發現自己的真面目，往下跳的人也許就是她自己。因為莎拉也是人，她想知道橋上男子和娜迪亞之間的不同，雖然她很清楚自己並不真的想知道。她也有罪惡感。她不是壞人。或許每個人都說他們想了解自己，但是沒人真能徹底了解。因此莎拉始終沒打開信封。

這整件事就像一篇既複雜又不真實的故事。也許那是因為我們認為的故事主旨往往不是故事的真意。比如說，這個故事可能不是關於銀行搶案，或公寓鑑賞活動，或人質綁架事件。甚至根本不是跟笨蛋有關的故事。

也許這是和一座橋有關的故事。

28

真相是？真相就是那位見鬼的房屋仲介非常見鬼地蹩腳，鑑賞活動從一開始就注定是災難。若是潛在買主們無法一致同意任何事，至少他們會同意這一點，因為再也沒有任何事比為可悲的案例感嘆更能團結一群陌生人了。

那則售屋廣告，或是隨便你想怎麼稱呼它，是錯字連篇的災難，照片模糊的程度彷彿攝影師對「全景」的理解是將相機朝房間另一頭丟過去。「小當家！誰當家！」口號下面是鑑賞活動日期，哪個腦袋正常的人會在除夕前一天辦鑑賞活動？浴室裡有香氛蠟燭，咖啡桌上擺了一盆萊姆，顯然這個花了一番心思的人只聽過房屋鑑賞活動，卻沒實際躬逢其盛；衣櫥裡倒是塞滿了衣服，浴室裡還有一雙拖鞋，看起來它們的主人過去五十年來都是拖著腳走路，從不抬起腳。書櫃也很滿，甚至沒按照書封顏色排列，窗台和飯桌上也疊滿書本。冰箱被無數黃色便利貼覆蓋，全都是屋主孫兒女的塗鴉。此時，莎拉參加過的鑑賞活動已經夠她一眼看出這次活動的外行程度：鑑賞活動必須看起來沒人住在屋子裡，否則只有連續殺人狂會想搬進來。鑑賞活動必須經營得像是無論是誰都可以住在這裡。人們不是想買畫，而是要買畫框。他們可以接受書架上的書，但是餐桌上放書絕對是禁忌。假如房仲不是人類，而莎拉又剛好討厭人類的話（尤其是會講話的人類），也許她就會向房仲指出這一點。

於是莎拉在公寓裡繞了一圈，試著表現出感興趣的樣子，模仿她看過的有興趣買主。這番裝模作樣對她來說是個挑戰，因為看來只有喜歡收集指甲剪的毒蟲想住在這間公寓裡。因此當沒人往她的方向看時，莎拉走到陽台上站在圍欄旁，凝望著大橋直到無法抑制地發起抖來，就如過去十年間重複發生的反應。那封她沒拆開的信在手提包裡。基於經驗累積，她現在幾乎能夠不流一滴眼淚地哭泣了。

陽台門並沒關緊，她能聽見講話的聲音；除了她腦中的話聲之外，還有公寓裡傳出來的。兩對夫婦正四處查看，盡量忽視一屋子醜陋的家具，幻想著換上自己的醜陋家具。比較老的那對夫婦已經結婚很久了，但是年輕的那對看來還是新婚。你可以從人們吵架的方式來判斷：在一起越久，越不需要太多對話即能引起口角。

年紀大的夫婦是安娜麗娜和羅傑。他們已經退休好幾年了，但是顯然還沒久到已經適應退休生活的程度。兩人總是為了做某件事而感到緊張，但是又沒有真正需要趕著去做的事情。安娜麗娜是情感強烈的女人，而羅傑是意見強烈的男人，如果你曾經納悶是誰寫出網路上那些過分詳細、五顆星裡只得到一顆星的家用工具評價（或是舞台劇評價、膠帶台評價、小型玻璃裝飾品評價），那就是安娜麗娜和羅傑。當然有的時候他們根本沒試過評價裡的物品，但是他們並不讓這個事實阻礙他們寫出嚴苛的評論。如果你得先試用和閱讀之後才能真正了解這樣東西，那麼你就不會有時間對任何東西產生意見。安娜麗娜的上衣顏色通常只會用在塑膠地板上，羅傑穿的牛仔褲和格子襯衫在網路上只拿到非常狠的一顆星評價，因為它們「縮水好幾公分！」。在那之前不久，羅傑的浴室磅秤才被毫不留情地評鑑為「校準錯誤！」。安娜麗娜用手掐著一幅窗簾說：「綠色的窗簾？誰會想用綠色窗簾？現在這些人做事真是難以想像，不過大概他們是色盲吧，不然就是愛爾蘭人。」她並非對著任何人說這些話，只是習慣性大聲說出自己腦中的想法，反正她已經習慣沒人聽她說話了，所以這種態度是很合理的。

羅傑邊踢踢腳板邊喃喃自語：「這一條鬆了。」所以沒聽見安娜麗娜說的話。踢腳板之所以會鬆，也許是因為羅傑已經踢了十分鐘；但是對羅傑這種人來說，事實就是事實，不管原因為何。安娜麗娜時不時輕聲告訴羅傑自己對公寓裡其他潛在買主的看法。不幸的是，她講悄悄話與靜靜思考的功力同樣強大，所以從她嘴裡大聲吼出來的悄悄話，就像你在飛機上偷偷一點一點地放屁，以為這樣就沒人會察覺。事實是，你永遠不如自己想像的低調。

「羅傑，那個陽台上的女人要這間公寓幹嘛？我一眼就看出來她非常有錢，她到底在這裡幹嘛？而且沒脫鞋。每個人都知道看房子的時候要先脫鞋！」羅傑沒回答。安娜麗娜透過陽台窗戶瞪視莎拉，彷彿莎拉才是那個放屁的人。接著她的身子朝羅傑又多傾斜了一些，悄聲說：「還有那些玄關裡的女人，她們真以為自己看起來像是買得起這間公寓嗎？腦袋裡在想什麼？」

此時羅傑已經不踢踢腳板了，他轉向妻子，深深望進她的眼裡。然後他說了五個從來沒對地球上其他女人說的字：「拜託，親愛的。」

他們已經不再吵架了，不過你可以說他們時時刻刻都在吵。當你和對方綁在一起夠久，不再吵架和不再關心對方可以說是毫無差別。

「拜託，親愛的，記得告訴每個人這間公寓需要『徹底整修』！這樣他們就不想買了。」羅傑繼續說。

安娜麗娜看起來有些困惑：「那不是很好嗎？」

羅傑嘆了口氣：「拜託，親愛的。沒錯，是對我們好。因為我們可以自己整修。可是對其他人——你能從大老遠之外就看出來他們沒人懂整修。」

安娜麗娜點點頭，皺起鼻子，煞有介事地嗅了嗅空氣。「聞起來有點潮濕，對吧？說不定是霉？」羅傑教她每次都得大聲問房仲這個問題，好讓其他潛在買主擔心。

羅傑氣餒地閉起雙眼。

「拜託，親愛的，妳應該對仲介說這句話，不是對我。」

深感受傷的安娜麗娜點了點頭，隨即大聲講出想法：「我只是在練習。」

站在陽台欄杆旁眺望大橋的莎拉聽見了他們的對話。她的體內旋攪著每次看見大橋時同樣的恐慌，同樣的反胃衝動，同樣發抖的指尖。也許她只是在騙自己總有一天情況會好轉，或變糟，變得她無法忍受，也從橋上一躍而下。她從陽台往下看，無法確定它夠高。想活下去和想尋死的人有一個共通點：假如你想從某個地方往下跳，就最好先搞清楚高度。莎拉不確定自己是哪一個。不喜歡自己的人生，並不代表你就想要替代方案。所以她用十年的時間物色，參加鑑賞活動，站在陽台上凝望大橋，企圖在自己最糟的感覺中找到平衡點。

她聽見公寓裡出現了新的聲音。是那對年輕夫妻，茱莉亞和洛。她們其中一人金髮，另一人黑髮，吱吱喳喳地拌嘴方式是年輕人特有的，總以為自己賀爾蒙裡不斷飛舞的感覺獨一無二。懷孕的是茱莉亞，但是不耐煩的是洛。茱莉亞身上穿的衣服像是她親手用被謀殺的魔術師披風做成，洛看起來則像在保齡球館外賣毒品的。洛（這雖然只是暱稱，但是因為跟了她很久，所以她已經習慣用這個名字做自我介紹，也是莎拉覺得她討人厭的眾多原因之一）正在公寓裡走來走去，朝著天花板高舉手機，不斷重複：「這裡，根本就，沒有訊號！」茱莉亞回嘴：「那可慘了，因為如果我們真住在這裡，就非得和對方**講話**不可！別企圖轉換話題，我們得決定該拿小鳥怎麼辦！」

她們很少一致同意某件事，但是說實在的，洛並不知道這個事實。洛常常問茱莉亞「妳在生氣嗎？」，茱莉亞回答「一點都不氣！」，然後洛就一聳肩，像清潔劑廣告裡的一家人那樣無牽無掛，此舉顯然令茱莉亞更火大，因為她擺明了就是在生氣。但是今天這一次，就連洛都察覺到兩人的確在吵架，因為她們吵的是鳥。洛和茱莉亞交往時曾經養過幾隻鳥，不是為了吃，而是當寵物。「難道她是海盜？」當茱莉亞頭一次和媽媽提到此事時，媽媽提出了這個疑問。但是茱莉亞能夠容忍那幾隻鳥，因為她深陷愛情之中，而且她揣測鳥多半不能活太久。

事實證明，很久。茱莉亞醒悟出這一點後，試著以成人的態度處理這個情況：在半夜溜下床將牠們從窗戶放走。其中一隻該死的笨鳥還掉到地上摔死了。鳥欸！第二天趁著洛去工作時，茱莉亞還得用汽水引誘鄰居的孩子來家裡玩，等洛發現那隻鳥的籠門大開時她才好栽贓給鄰居孩子。至於其他鳥呢？仍然紋風不動坐在自己的籠子裡。這種生物還能存活，簡直就是演化史的恥辱！

「我不會讓牠們安樂死的。我也不想再談這個。」洛的回答像是受了傷，她的雙手插在洋裝口袋裡，四處檢視公寓。她的洋裝有口袋，是因為她希望看起來很得體，卻仍然有地方放手。

「好啦好啦，那妳覺得這間公寓怎麼樣？我認為我們應該買！」茱莉亞上氣不接下氣，一來是因為電梯壞了，二來是因為洛總是對親朋好友說：「我們懷孕了。」彷彿懷孕是團隊運動；每次聽到這句話，茱莉亞都想趁洛睡著時往她耳朵裡倒滾燙的蠟。不是茱莉亞不愛洛，她很愛，愛到無法自拔，但是她們已經在過去兩星期中看了不下二十間公寓，洛總是能挑出每一間的毛病。似乎她根本不想搬家。茱莉亞每個晚上在現在的公寓裡醒來，玩每個孕婦最愛的猜謎遊戲：「是寶寶在踢我還是脹氣？」之後她就再也無法入睡，因為洛和小鳥們都在打呼。所以她極度渴望搬到任何地方，只要有一間以上的臥房就行。

「沒訊號。」洛愁苦地重複。

「誰在乎啊？我們買吧！」茱莉亞堅持。

「可是我還沒辦法決定，我得先看看娛樂室。」洛說。

「那是更衣室。」茱莉亞糾正她。

「也可以是娛樂室啊！我得去拿捲尺！」洛快活地用力點頭，因為她最迷人，偶爾也最令人抓狂的特點就是無論她們之前吵得多凶，只要一想到乳酪，她就能在一眨眼間再度開心起來。

「妳明知道我不會准妳在我的更衣室裡放乳酪。」茱莉亞嚴正宣布。她們現在住的公寓地下室有一個儲藏間被茱莉亞命名為「被放棄的嗜好博物館」。洛每三個月就會迷上某一樣事物：五○年代的洋裝或馬賽魚湯或骨董咖啡杯組或混合健身或盆栽或有關二次世界大戰的播客節目，接下來的三個月她會沉迷於充斥著住在不該有無線網路的瘋人院病人的網路論壇上，接著她又突然受夠了該主題，馬上找到下一個沉迷的目標。自從她們認識以來，洛唯一持續的嗜好是收集鞋子，她擁有兩百雙鞋子，卻總是有辦法在雨天或下雪天穿錯鞋，她的個性由此可見一斑。

「才怪，我根本就不知道！而且我還沒量過，說不定放不下我的乳酪！再說我的植物也需要……」洛說。她剛剛決定在娛樂室（其實是更衣室）裡用保溫燈種植物。或者……

在此同時，安娜麗娜的手滑過一顆抱枕，腦中想到鯊魚。她最近常想到鯊魚，因為在婚姻中，她和羅傑變得越來越像鯊魚，這就是她近來為何常常傷心地沉默著。她不停摩娑抱枕套，藉著大聲思考使自己分心：「這是宜家的？沒錯，絕對是在宜家買的。我認得出來。他們還有花卉圖案，花卉比較好看。說實在的，現在這些人真不會做事。」

你能在半夜叫醒安娜麗娜命令她背出整本宜家家居型錄。當然，並不是出於特定原因，而是如果你想的話就能這麼做，這才是重點。安娜麗娜和羅傑造訪過全國每一家宜家家居。安娜麗娜知道人們認為羅傑有很多缺點和失敗之處，但是羅傑總是在宜家店裡說他愛她。當你和某人在一起很久之後，唯有如此的小事才顯得舉足輕重。在長久的婚姻中，兩人不透過語言也能吵架，但也不需要語言說「我愛你」。最近有一回他們在宜家店裡排隊吃自助午餐時，羅傑建議他們各拿一塊蛋糕。因為他知道那天對安娜麗娜很重要，凡是對她重要的，連帶對他也重要。因為這就是他愛她的方式。

她轉移目標，摩娑著比較好看的花卉圖案抱枕，以自認為低調的方式望向那兩個女人，孕婦和她妻子。羅傑也在看她們。他的手裡拿著房仲發給他們，印有公寓平面圖的簡介，嘟囔道：「拜託，親愛的，妳看這個！他們非得叫這個小房間『兒童房』不可嗎？明明就可以直截了當說是臥室嘛！」

羅傑不喜歡在鑑賞活動中看見孕婦，因為即將成為父母的夫婦往往會出太高的價。他也不喜歡小孩的房間。這就是為何當他們穿過宜家家居的兒童家具部門時，安娜麗娜總是盡可能不停問羅傑問題。這樣做能防止他想到那股無邊的哀傷。因為這是她愛他的方式。

洛發現羅傑在看她們，咧嘴一笑，彷彿他們雙方不是競爭對手。

「嗨！我叫洛，那是我太太茱莉亞，那邊那個。我能不能借一下你的捲尺？」

「當然不行！」羅傑怒斥之餘牢牢抓住自己的捲尺、計算機，以及筆記本，用力到連眉毛都糾在一起。

「別激動，我只是想——」洛又開口。

「我們每個人都要對自己的行為負責！」安娜麗娜語氣尖銳地打斷她。

洛看起來吃了一驚。她吃驚時就會緊張，緊張令她飢餓，但是在可及的範圍內並沒有任何可以吃的東西，於是她伸手從咖啡桌上拿了一顆萊姆。安娜麗娜看見之後大聲質問：「老天爺啊，妳在幹什麼？妳不能吃那個！那是鑑賞活動專用的萊姆！」

洛放掉萊姆，將雙手插進洋裝口袋。她走回妻子身旁低聲道：「不好。這公寓不適合我們，北鼻。看起來是不錯，可是我能感覺到不好的氣場。我們在這裡絕對沒辦法放鬆，懂嗎？妳記不記得有一個月我想成為室內設計師，還跟妳說我在雜誌裡讀到『共同氣場』？我讀了之後就說我們睡覺的時候應該面朝東方？然後我忘記是妳的頭還是腳……算了，不管啦！反正我不想買這間公寓了，我們可以走了吧？」

莎拉仍然站在陽台上。她拾起破碎的感覺，轉化成略帶嘲弄的表情走回公寓裡。她才踏進公寓，孕婦就發出一聲尖叫。起初聽起來像是被踢了一腳的動物乾嚎聲，但漸漸地聽得出裡面夾帶的字了。

「不行！我受夠了，洛！我能忍受那些鳥和妳可怕的音樂品味，我也能忍受一大堆其他狗屎，可是我們今天要是沒買到這間公寓我就不離開！就算我得在這張地毯上生孩子也行！」

公寓陷入絕對的寧靜。每個人都瞪著茱莉亞，除了莎拉；因為她站在陽台門內盯著銀行搶匪。一秒鐘過去了，然後是兩秒鐘，莎拉是屋裡唯一知道即將發生什麼事的人。

然後安娜麗娜也看見那個戴著滑雪面罩的身影，哭號起來：「老天爺啊，有人搶劫！」大家的嘴在同一時間張開，卻一個字也沒說出來。凡是看見手槍的人都有可能因為恐懼而麻木，所有感官全部停擺，只剩下腦子裡最重要的求生信號將背景噪音全掩蓋過去。又過了一秒鐘，再一秒，他們只聽見自己的心跳聲。心臟先是暫停，然後飛快地跳動。一開始是不了解發生什麼事的驚嚇，之後是明確了解什麼事正在發生的驚嚇。求生本能和恐懼開始角力，在兩者之間的空隙是不合理到令人吃驚的想法。手槍就在眼前的時刻，人們很有可能會想：**我今天早上關掉咖啡機了嗎**？而不是：**我的孩子們怎麼辦**？

銀行搶匪也很安靜，而且和大家一樣害怕。過了一陣子，驚嚇逐漸轉變為困惑。安娜麗娜結結巴巴地說：「你打算**搶**我們，是吧？」搶匪看似想抗議，但是還沒來得及說話，安娜麗娜就像掐著綠色窗簾那般掐著羅傑，大吼：「把你的錢拿出來，羅傑！」

羅傑懷疑地瞇著眼端詳銀行搶匪，內心顯然正在進行複雜的天人交戰，因為雖說羅傑只想把錢用在刀口上，但也不想枉死在這間需要大幅整修的公寓裡。他從褲子後口袋裡拉出皮夾（所有男人放皮夾的地方，除了在海灘上會放在鞋子裡），卻發現裡面根本沒錢。於是他轉向離他最近的人，剛巧是站在陽台門邊的莎拉，說道：「妳身上有現金嗎？」

莎拉看似受了驚嚇。不知是因為手槍還是羅傑的問題。

「現金？開什麼玩笑，我看起來像是販毒的人嗎？」

銀行搶匪不斷調整汗濕的滑雪面罩，眼睛從兩個洞裡露出來掃視四周。

最後搶匪終於吼道：「不是……！不是！這不是搶劫……我只是……」隨即又以氣喘吁吁的聲音更正：「也對，也許是搶劫！可是不是搶你們！你們應該算是人質！我也覺得很抱歉！我今天過得不太順！」

一切就是如此開始的。

29

證人訪談

日期：十二月三十日

證人：安娜麗娜

傑　　克：妳好，我叫傑克。

安娜麗娜：我不想再和警察講話了。

傑　　克：我非常能理解。不過我只有幾個簡短的問題。

安娜麗娜：要是羅傑在這裡，他就會告訴你你們這些人有多笨，所有的人。竟然可以搞丟被困在公寓裡的銀行搶匪！

傑　　克：所以我才需要問這些問題，好趕快找到嫌犯。

安娜麗娜：我想回家。

傑　　克：相信我，我了解妳的心情，我們只想搞清楚公寓裡發生什麼事。妳能不能告訴我，歹徒拿著槍進屋之後，屋子裡有什麼動靜？

安娜麗娜：那個女人，莎拉，穿著鞋子的那個。然後另一個叫洛的，打算偷吃萊姆。你不能在鑑賞活動裡做這種事！人家有不成文的規定！

傑　　克：怎麼了嗎？

安娜麗娜：她要吃的萊姆是鑑賞活動專用的！怎麼能吃掉？仲介拿它們做裝飾，可不是給人吃的。我正要去找仲介告訴她這件事，叫她把洛趕出去，因為這種行為是不被允許的。可是就在那個時候，這個瘋子就衝進來對我們揮舞手槍。

傑　克：我懂了。接下來發生什麼事？

安娜麗娜：妳應該跟羅傑談談，他的記性很好。

傑　克：羅傑是妳的先生？你們一起去看公寓？

安娜麗娜：對。羅傑說那是很好的投資。這張桌子是宜家的？對，就是宜家的，沒錯吧？我認得這張桌子，他們也出了象牙白色，更配你們的牆壁。

傑　克：我得老實說，我並不負責偵訊室的裝潢。

安娜麗娜：雖然只是偵訊室，也不代表不能弄得美一點呀，是吧？反正都已經到了宜家。象牙白的桌子就在自助倉儲區這張桌子的旁邊。結果你們還是選了這個顏色。算了，每個人有自己的選擇。

傑　克：我會試試看跟主管反映。

安娜麗娜：那就是你的自由了。

傑　克：羅傑說公寓是「很好的投資」，代表你們不打算搬進去嘍？想買了之後轉賣？

安娜麗娜：你為什麼問這個？

傑　克：我只是想理解當時有誰在公寓裡，還有為什麼，這樣就能釐清歹徒是否和其中某人有關聯。

安娜麗娜：關聯？

傑　克：我們認為可能有人幫他逃走。

安娜麗娜：所以你們覺得可能是我和羅傑？

傑　克：不，不是，我們只需要問幾個例行問題，如此而已。

安娜麗娜：所以妳認為是莎拉？

傑　克：我沒這麼說。

安娜麗娜：你說你們認為某人幫搶匪逃走，那個莎拉鬼鬼祟祟的，我看到她的第一眼就有這種感覺，她明顯就是有錢到不可能買這間公寓。我還聽見孕婦跟她太太說莎拉的樣子很像惡女「庫伊拉」。好像是電影裡面的人？反正聽起來很可疑就對了。還是你認為幫搶匪的是伊絲帖？她已經快九十歲了喔。難道你們現在也會指控九十歲的幫凶？現代警察真是這樣做事的？

傑　克：我沒指控任何人。

安娜麗娜：羅傑和我從沒在鑑賞活動裡幫過任何人，我可以向你保證這一點。羅傑說只要我們一走進要看的屋子，就代表要開始打仗了，身邊包圍我們的通通都是敵人。所以他才總是要我告訴每個在場的人，那間房子需要下很多功夫整修，得花很多錢。還有聞起來很潮濕，諸如此類的。羅傑是非常棒的談判專家，我們已經完成幾筆非常值得的投資。

傑　克：所以這不是你們第一次買公寓翻新再賣掉？

安娜麗娜：羅傑說要是買了之後不想賣掉，那投資就根本沒意義了。所以我們買下來以後，羅傑負責整修，我處理裝潢，然後我們賣掉再買另一間公寓。

傑　克：對兩個退休的人來說，應該很費功夫吧。

安娜麗娜：羅傑和我喜歡一起做事。
傑　克：妳還好嗎？
安娜麗娜：沒事。
傑　克：妳看起來快哭了。
安娜麗娜：我今天過得好辛苦！
傑　克：對不起。我太不細心了。
安娜麗娜：我知道羅傑看起來不是特別敏感的人，但他其實是。他喜歡我們一起做事，因為他擔心不這樣做的話，我們就沒有共同的話題可以聊了。如果我們不一起做事，他才不會想和我這個無趣的人相處一整天。
傑　克：我想應該不是這樣的。
安娜麗娜：你怎麼知道？
傑　克：也許我確實什麼都不知道，抱歉。現在我想問幾個跟潛在買主有關的問題。
安娜麗娜：羅傑比他表面上看起來敏感多了。
傑　克：很好。妳能不能跟我說一說其他也在看房子的人？
安娜麗娜：他們都想買一個家。
傑　克：什麼？
安娜麗娜：羅傑說買主有兩種：想投資的，和想買一個家的。想買家的人都是情緒化的笨蛋，甘願付任何價錢，因為他們以為只要搬進新房子，所有的問題通通都會消失。
傑　克：我不太懂妳的意思。

安娜麗娜：羅傑和我不會在投資標的上投入感情。可是其他人都會。就像那兩個女人，孕婦和另一個。
傑　克：茱莉亞和洛？
安娜麗娜：對！
傑　克：妳認為她們是「想買一個家」的那種人？
安娜麗娜：擺明了就是。像她們那種人去看房子的時候，會覺得只要她們住進去，一切都會變好。她們早上醒來的時候會覺得呼吸好輕鬆。在浴室照鏡子時不會覺得胸口像有大石頭壓著。她們覺得會少吵一點架，甚至像新婚的時候那樣不由自主握住對方的手。她們是這樣以為的。
傑　克：很抱歉，我想再問一次：妳好像又想哭了？
安娜麗娜：別告訴我我在做什麼！
傑　克：好的，好的。可是妳似乎花了很多心思推斷其他人看房子的行為，可以這樣說嗎？
安娜麗娜：負責推斷的人是羅傑。你知道，他很聰明。他說我們必須了解敵人，而敵人只想拍板定案。他們只想搬進去，然後永遠不用再搬家。羅傑卻不一樣。我們曾經看過一次鯊魚的紀錄片，羅傑很愛看紀錄片，有一種鯊魚的特性是一旦停下來就會死。和牠們吸收氧氣的功能有關，牠們如果不游動就不能呼吸。我們的婚姻就會因為這樣而結束。
傑　克：對不起，我想我沒聽懂。

安娜麗娜：你知道退休最糟糕的是什麼嗎？
傑　克：不知道。
安娜麗娜：你會有太多時間可以思考。人們需要有事可忙，所以羅傑和我就變成鯊魚；如果我們不活動，婚姻就會缺氧。所以我們才買房子整修再賣掉，再買再整修再賣掉。我曾經建議試試打高爾夫球，但是羅傑不喜歡。
傑　克：抱歉打斷妳，可是我們似乎稍微離題了？妳只需要告訴我跟人質有關的細節，不是妳和妳先生。
安娜麗娜：可是那個就是問題所在。
傑　克：哪個？
安娜麗娜：我不認為他想繼續當我的先生了。
傑　克：妳怎麼會這麼說？
安娜麗娜：你知道瑞典有多少宜家家居店嗎？
傑　克：不知道。
安娜麗娜：二十家。你知道羅傑和我去過幾家嗎？
傑　克：我也不知道。
安娜麗娜：全部。每一家。我們不久之前才去了一家，我之前從不認為羅傑記得我們去過幾家。我們在自助餐區吃午餐的時候，羅傑突然說我們應該一人點一塊蛋糕。我們從來沒點過宜家的蛋糕，每次都只是吃正餐，從沒吃蛋糕。就在那個時候，我才醒悟到其實他記得我們去了幾家。我知道羅傑看起來不是浪漫的人，可是有時候他又比全世界任何人都浪漫，你懂吧。

傑　克：聽起來的確很浪漫。

安娜麗娜：他表面上看起來很呆板，可是他並不討厭小孩。

傑　克：怎麼說？

安娜麗娜：每個人都以為他討厭小孩，因為他看到房仲在平面圖上寫「兒童房」都會生氣。可是他生氣是因為小孩會害房價被哄抬到離譜的地步。他並不討厭孩子，甚至可以說很愛他們。這就是為什麼我們穿過宜家的兒童區時，我會盡量分散他的注意力。

傑　克：難為你們了。

安娜麗娜：為什麼？

傑　克：抱歉，聽起來是你們沒能生小孩，如果真是這樣，那我替你們感到遺憾。

安娜麗娜：我們有兩個孩子！

傑　克：對不起，我誤會了。

安娜麗娜：你有孩子嗎？

傑　克：沒有。

安娜麗娜：我們的孩子年紀和你差不多，可是都不想生小孩。兒子說他想專心在事業上，女兒說這個世界的人口已經太多了。

傑　克：喔。

安娜麗娜：你能想像自己身為父母有多失敗，才會害你的小孩不想當父母？

傑　　克：我從沒想過這個。

安娜麗娜：你要知道，羅傑會是很棒的爺爺，可是現在他連當我的丈夫都不想了。

傑　　克：我相信無論發生什麼事情，你們之間的狀況會解決的。

安娜麗娜：你根本不知道究竟發生了什麼事。因為你不知道我做的事，都是我的錯。可是我只想停下來。這麼多年來別的沒有，只有一戶接一戶的公寓，我已經受夠了，我也想買一個家。可是我沒有權利這樣對羅傑，我根本不該花錢找那隻要命的兔子。

30

在綁架人質的時候，如果對象全是笨蛋，事情就會比你想的棘手多了。

銀行搶匪猶疑著，滑雪面罩刺得臉癢癢的，每個人都瞪著自己。搶匪試著找話說，但是卻被舉起一隻手發言的羅傑耽擱了。「我身上沒現金！」

安娜麗娜站在他身後，馬上從他的肩膀後幫腔：「我們沒錢，知道嗎？」她搓著指尖用肢體語言幫助表達，因為安娜麗娜總是認為羅傑講的語言只有她懂，彷彿羅傑是馬，而她是懂得馬語的人，因此她總是試著為世界上其他人翻譯羅傑說的話。當羅傑在餐廳裡向侍者要帳單時，安娜麗娜一定會轉向侍者，以口型表示「麻煩，帳單」，同時做出在手掌上寫字的樣子。要不是羅傑根本懶得留意安娜麗娜的舉止，否則他絕對會認為她這麼做很惹人厭。

「我不想要你們的錢……拜託，請你們安靜……我在聽有沒有……」銀行搶匪說著，同時向公寓外面側耳傾聽，想知道樓梯間裡是否已經擠滿警察。

「如果你不要錢，那在這裡做什麼？要是想拿我們當人質的話，就應該把你的要求具體化。」陽台門邊的莎拉很不以為然，臉上的表情具體指出搶匪的表現不夠敬業。

「你們給我一分鐘思考好嗎？」搶匪要求。

很不巧的是，公寓裡的人並不想給搶匪這個方便。你也許會認為既然這個人手上有槍，別人想必會依照他的要求一個口令一個動作，然而有些畢生沒見過槍的人理所當然地認為根本不會發生綁架事件，就算真發生了，他們也不拿它當一回事。

羅傑幾乎沒見過槍，就算是電視上的槍也沒見過幾次，因為他喜歡看鯊魚紀錄片。因此他再度舉高一隻手（這次是另外一隻，表示他是認真的），清楚又響亮地要求知道：「這到底是不是搶劫？還是綁架人質？你要哪一種？」

羅傑換手舉高時，安娜麗娜看起來不太自在，因為向來當羅傑在前後幾分鐘內同時舉起兩隻手之後，都不會有好事發生，於是她用演舞台劇裡講悄悄話的音量說：「羅傑，我想最好不要挑釁。」

「拜託，親愛的，我們有權利要求準確的訊息吧？」羅傑覺得顏面掃地，隨即又轉向搶匪再問一次：「這到底是不是搶劫？」

安娜麗娜拉長身子越過他的肩膀盯著看，伸出拇指和食指，邊揮舞邊用誇張的口型說兩次「砰砰？」，又很幫忙地加上「搶劫？」。

銀行搶匪閉上眼深吸幾口氣，就像孩子在車子後座打架，你覺得精神緊繃，用比你原本預計還響亮的聲音吼他們，孩子們被嚇得馬上閉嘴，而你因此自我厭惡。因為你不想成為那種父母。之後你會用特定的語調說抱歉和解釋你愛他們，你只是希望能有片刻專心開車；銀行搶匪對公寓裡眾人講話時就是這種語調。

「你們能不能……我能不能請你們全躺在地上，安靜一下？好讓我……想一想？」

沒人真的躺下。羅傑斷然拒絕，說道：「除非先讓我們知道怎麼一回事！」莎拉也不想躺在地板上，因為：「你沒看見地板多髒嗎？難怪這些人覺得養寵物很正常，因為反正地板原本就很髒了！」茱莉亞要求豁免，因為：「聽仔細了，就算你讓我坐在沙發上我都得每二十分鐘起來一次，所以我根本不可能躺下來。」

銀行搶匪這時才注意到茱莉亞是孕婦。洛立刻跳到搶匪面前抓住他的手臂，陪笑道：「麻煩別跟我太太一般見識，她只是講話比較不經大腦，拜託，別開槍！你要我們幹嘛我們都會照做！」

「我才沒有講話不經大——」茱莉亞抗議。

「有——槍！」洛從牙縫裡逼出兩個字。上一次她的神情如此害怕，還是因為原本想拍自己的鞋子，卻不小心按到自拍鍵那次。

「看起來不像真的。」茱莉亞點明。

「那好，我們就碰運氣算了。反正頂多是要了我們孩子的小命。」洛極為不滿。在這個時候，搶匪明顯地受夠了，用手槍指著茱莉亞。

「我……沒注意到妳懷孕了。妳可以出去。我不想傷害任何人，尤其是小寶寶。我只需要思考一下。」

羅傑聽見這番話後有了個點子，如此聰明的點子也只有他羅傑才想得出來。

「沒錯！快走！妳快出去！」他高喝之後向銀行搶匪走去，嚴肅地繼續說：「我認為你可以放他們大家走，對吧？其實你只需要一個人質不是嗎？這樣一來事情就會比較簡單了。」

羅傑用拇指戳了幾次自己的胸膛，表示他應該成為人質，又說：「還有房屋仲介。我自願留下來，再加上仲介。」

茱莉亞懷疑地看著羅傑，十分不高興。

「那你可是近水樓台是吧？我們全離開，好讓你和仲介談價錢！」

「別攪局！」羅傑命令。

「我們才不會讓你一個人和仲介留在這裡！」茱莉亞怒髮衝冠。

碰了釘子的羅傑激動得臉孔下半部所有鬆垮的皮膚都在抖動。

「反正這間公寓原本就不適合妳們！買的人必須很懂整修才行！」

競爭力十足的茱莉亞不肯善罷甘休，回敬：「我太太可會整修了！」

「啥？」洛驚訝地說，不知道原來茱莉亞還有另一個太太。

安娜麗娜大聲思考：「別大吼大叫，要替寶寶著想。」

羅傑用力點頭：「沒錯！替寶寶著想！」

安娜麗娜很開心羅傑聽到她講話，但是茱莉亞的眼神暗了下來。

「我沒買到這間公寓是哪裡都不會去的，你這隻沒藥救的老山羊。」

洛攫住她的手臂咬牙切齒地說：「妳為什麼總是要和每個人起衝突？」

因為洛曾經看過相同的眼神從她眼中射出：幾年前她們頭一次約會時，茱莉亞站在一家酒吧外抽菸，洛在裡面點飲料。兩分鐘之後，一位警衛過來找洛，手向窗外一指問道：「妳跟她一起的？」洛才剛點頭，就被轟出酒吧了。原來酒吧外有指定的吸菸區，其他地方禁止吸菸。但是茱莉亞站在吸菸區外兩公尺吞雲吐霧。當警衛告訴她挪到方塊區域裡時，茱莉亞開始在邊線上下跳躍，嘲弄警衛：「現在呢？我在這裡可以嗎？如果我人站在外面，手裡拿的菸在界線裡面呢？這邊可不可以？要是我的菸在外面，可是把煙吐在格子裡？」只要茱莉亞體內有一丁點酒精，就會看不順眼任何的權威。就頭一次約會來說，這一點顯然說明了個性上的缺點，但是當洛被轟出酒吧時，她問警衛如何看出來她和茱莉亞是一起的，他粗魯地回答：「我叫她走的時候，她從窗戶指著妳說：『她是我女朋友，她不走我也不走！』」那是洛頭一次成為某人的女朋友。就在那晚，她從一股腦的喜歡變成無法回頭的愛戀。

之後的種種事實證明，茱莉亞喝醉時和懷孕時的性情一模一樣，所以過去八個月紛擾不斷——但是人生充滿驚喜。

「拜託啦，茱茱？」洛嘗試著問。

茱莉亞厲聲回應：「如果我們現在真的走人，再回來的時候這間公寓八成就已經賣掉了！我們已經看了多少間公寓？二十間？妳每一間都挑得出毛病，我受夠了！所以我一定要買這間，誰也別想跟我說我——」

「有——槍！」洛再說一次。

「這隻三公斤的猴子是要從妳的子宮裡蹦出來嗎，洛？不是吧？所以妳給我閉嘴！」

「妳不能每次吵架都用懷孕來壓我，茱茱，我們已經講過這……」洛支吾其詞，雙手用力插在洋裝口袋裡；茱莉亞醒悟到自己太過分了點，因為洛上次將雙手用力插進口袋，是鄰居孩子弄死她另一隻鳥那一回。

銀行搶匪輕輕咳了一聲說道：「不好意思，我不想打擾妳們，可是……」同時將手槍又舉高一點好讓每個人看見，記住現在是什麼情勢。

茱莉亞將雙臂抱在胸前，重複最後一次：「我哪也不去。」

洛深深嘆口氣，深到像是從井底傳上來的。她堅定地點頭。「我不會丟下她一個人離開。」這原本應該是非常感人的時刻，卻被莎拉破壞了。她教訓洛：「沒人說妳可以走。懷孕的又不是妳。」

洛的手使勁抵著口袋底，將底部都撐裂了。她低聲說：「我們兩個得一起面對這件事。」

羅傑感覺越來越喪氣，因為沒人將心思放在最重要的細節上——他還是不曉得準確的訊息。

他用兩隻手指著銀行搶匪問：「所以你究竟要什麼？蛤？你要這間公寓？」

安娜麗娜用手在空中畫了個方塊，彷彿默劇演員試著傳達「公寓」。銀行搶匪無力地對兩個人咕噥道：「我幹嘛要……你難道不能……你是說我打算搶走這間公寓？」

這個想法被高聲說出之後，就連羅傑也發現了其中的荒謬之處；但是他是即使錯到極點也永遠不會承認的男人，馬上再次強調：「你來看這裡！絕對需要大大整修！」

站在他身後的安娜麗娜用手勢表現在空中揮舞隱形的榔頭。

銀行搶匪再度輕輕咳嗽，覺得腦袋快要疼起來了，說道：「你們能不能……躺下來？一會兒就夠了。我並沒打算……我的意思是，我本來是要搶銀行的，並不想……聽著，我原本想的不是這樣！」

出於種種原因，接下來的靜默如此徹底，屋裡只聽得見搶匪的啜泣聲。如此的組合著實無法令人安心。

某個手裡握著手槍的人正在抽抽噎噎，因此屋裡其他人都不曉得該如何對應。洛用手肘推推茱莉亞小聲說：「看妳做的好事。」茱莉亞也小聲回應：「是妳自己……」羅傑轉向安娜麗娜悄聲說：「真的需要大手筆整修才行。」安娜麗娜迅速接口：「對呀，真的很需要，可不是嗎？你講的實在太對了！可是……我覺得有點潮濕的味道，是發霉吧？」

銀行搶匪仍然在啜泣。但是其他人都不想朝他的方向看，因為如同之前提過的，手握武器時的真情流露難以令觀者感到自在，因此最後只有伊絲帖輕手輕腳，小心翼翼地走過去。要嘛她見多識廣，要嘛就是她根本不識時務。伊絲帖在這個故事裡還沒太多戲分似乎有點奇怪，並不是因為她很容易被忘記，而是因為壓根很難記得有這個人。伊絲帖具有所謂的透明人格。八十七歲的她，身體糾結傴僂得就像一塊老薑。她挪動到銀行搶匪身前問道：「還好嗎，親愛的？」銀行搶匪沒回答。伊絲帖繼續自顧自地滔滔不絕：「我叫伊絲帖，今天是來替我女兒看房子的，我先生努特去停車了。這附近本來就不容易找到停車位，我想現在更難了，因為街上都是警車。對不起啊，我這麼講一定讓你擔心了。當然了，我不是說努特找不到停車位是你的錯。你感覺怎麼樣？要喝水嗎？」

伊絲帖似乎不太在意手槍，而且她看起來心腸非常好，彷彿就算她被槍殺了，也會將自己的死視作她被人注意到的讚美。銀行搶匪用紙巾擦乾眼淚，靜靜地說：「好，謝謝妳。」

「我們還有萊姆喔！」洛邊叫邊指著咖啡桌上的大碗，裡面至少有二十幾顆萊姆。萊姆似乎是很搶手的公寓鑑賞活動裝飾品，令人不得不猜想萬一房屋仲介被禁止使用萊姆裝飾，整個地球表面就會被一層厚厚的過剩萊姆覆蓋，唯有手持迷你小刀，莫名對墨西哥啤酒情有獨鍾的年輕人能夠存活。

伊絲帖拿了一杯水過來，銀行搶匪稍微揭開面罩好方便喝水。

「好一點了嗎？」伊絲帖問。

銀行搶匪輕輕點頭，將水還給伊絲帖。

「我……我對這一切感到非常抱歉。」

「喔，別擔心，親愛的，沒關係。」伊絲帖說，「我得說，我認為你不是來這裡搶著買這間公寓，是非常聰明的決定。因為那可不是明智的做法，對吧，否則警察馬上就會知道到哪找你了！你想搶的是對面那家銀行嗎？它不是現在流行的無鈔銀行？」

「對，謝謝妳提醒，我已經注意到了。」銀行搶匪咬著牙回答。

「好聰明喔！」莎拉高聲說。

銀行搶匪轉向她，猛然失去自制，又用孩子在車子後座吵架時父母大吼的方式叫道：「我當時並不知道，好嗎？每個人都會犯錯！」

無論大吼的是誰，原因是什麼，羅傑的本能反應就是吼得更大聲：「我只想要訊息！」

於是銀行搶匪又吼：「讓我想一想！」

羅傑吼回去：「你這個銀行搶匪當得很失敗，你知道嗎！」

銀行搶匪回敬以揮舞的手槍和大吼：「那是因為你運氣好！」

洛很快地踏上一步加入大吼陣容：「**夠了！大家別再吼了！對寶寶不好！**」

的確有道理。吼叫聲會令寶寶不安，洛在書裡看到的，同一本書裡也說懷孕是夫妻雙方共同的旅程。發言過後，她轉身面向茱莉亞，像是在等待領取獎牌。茱莉亞翻了個白眼說：「妳是認真的？某人拿手槍指著我們，可是妳只擔心有人講話太大聲？」

在此同時，伊絲帖溫柔地輕拍搶匪的手臂解釋：「是啊，那兩個人就要有孩子了，你曉得，雖然她們是從……罷了，你懂我的意思。」

她對搶匪眨眨眼，彷彿她的意思不言自明。但是這招似乎不管用。於是伊絲帖理了一下裙子，換個話題：「這麼著，我認為咱們沒理由把對方當敵人，何不先從自我介紹開始？我叫伊絲帖。你還沒說你叫什麼名字。」

搶匪的頭微微一斜，指著自己的面罩說：「我……這個……問題不太適合問我。」

伊絲帖馬上帶著歉意點頭，轉身面向其他人。

「那麼，我們也許就當這位朋友情願隱姓埋名吧。可是各位總可以告訴大家貴姓大名，不是嗎？」她說完後向羅傑點了個頭。

「羅傑。」羅傑咕噥。

「我的名字是安娜麗娜！」安娜麗娜非常習慣別人不問她的名字，所以自動自發說。

「我是洛，這是我太太，茱莉——噢！」洛被茱莉亞用力捏了一把。

銀行搶匪看著他們，匆匆點了點頭。

「OK，你們好。」

「我們現在已經彼此認識了，真好！」伊絲帖快活地宣布，開心得拍起手來。別看她的身子單薄，拍手聲卻驚人地響。在有人握著手槍的屋裡大聲拍手並不太妙，因為大家都把突如其來的拍手聲錯認為槍聲，霎時之間所有人都趴在地上。

銀行搶匪驚訝地看著五體投地的眾人，撓了撓頭，轉向伊絲帖說：「謝謝。妳真是幫了我大忙。」

安娜麗娜蜷著身子趴在沙發旁的地毯上，呼吸困難了半分鐘之後才醒悟到自己之所以感覺氣悶，是因為誤以為搶匪開槍的羅傑飛撲過來，將她護在自己身下。

31

證人訪談

日期：十二月三十日

證人：伊絲帖

吉　姆：我真的非常抱歉耽誤妳的時間，我們會盡快讓妳回家。

伊絲帖：喔，別擔心——老實說，今天這些事情挺刺激的。活到快九十歲，人生已經很少有什麼刺激了！

吉　姆：是的，那好。我的同事和我想請妳看看這張塗鴉。我們在樓梯間裡發現的，看起來像是猴子、青蛙，還有一頭鹿。妳看過這張畫嗎？

伊絲帖：沒，我沒看過。那真的是一頭鹿？

吉　姆：我不曉得，真的。其實我也不知道這張圖重不重要。妳能不能告訴我，妳參加鑑賞活動的目的？

伊絲帖：我跟我先生努特一起去的。不過他人不在場，因為還在找停車位。我們是替女兒去看房子。

吉　姆：銀行搶匪出現之前，妳是否注意到現場其他人有任何不尋常的舉動？

伊絲帖：喔，沒有。在那之前，我只有時間和那些女士講話……你知道……斯德哥爾摩來的。

吉　姆：哪幾位？

伊絲帖：喔，你懂我的意思，「斯德哥爾摩來的」。
吉　姆：妳眨眼似乎是表示我應該很清楚這個說法。
伊絲帖：洛和茱莉亞。她們快要有小孩了，雖然她們都是，你曉得，「斯德哥爾摩」。
吉　姆：妳的意思是同性戀。
伊絲帖：同性戀其實也沒什麼不對。
吉　姆：我並沒說同性戀不對，是吧？
伊絲帖：這個年頭是可以被接受的。
吉　姆：當然可以。我沒有別的意思。
伊絲帖：我認為那樣其實很棒，我是說真的。這年頭人們想愛誰就愛誰。
吉　姆：我必須聲明，我的看法跟妳一樣。
伊絲帖：在我那個年代，這種做法會被認為是非常不得了的，兩個……你知道……的人結婚生小孩。
吉　姆：兩個斯德哥爾摩人？
伊絲帖：對，可是我向來挺喜歡斯德哥爾摩人。因為你必須讓人們過他們想要的人生。我的意思是，我本身沒去過斯德哥爾摩，當然沒有。我可不是……我是說我從來沒……我的婚姻很美滿。我有努特，而且對傳統做法很滿意，你懂我的意思。
吉　姆：我已經完全搞不清楚我們究竟在講什麼了。

32

街道上傳來第一聲警笛，銀行搶匪衝到陽台上，從欄杆向下偷窺。網路上隨即出現第一張以手機拍下的模糊「蒙面槍手」照片。接著又出現更多警察。

「該死該死該死該死該死。」銀行搶匪低聲說著跑回公寓裡。除了茱莉亞之外的所有人都還趴在地上。

「我真的沒辦法繼續躺著，我得去上廁所！還是你要我尿在地上？」茱莉亞先聲奪人為自己辯護，雖然搶匪根本就沒有打算說話。

「反正地板已經夠髒了。」莎拉表情嫌惡地從木頭地板上抬起臉說。

洛似乎累積了許多在沒發言的情況下仍被罵個臭頭的經驗，坐起身來體諒地拍拍銀行搶匪的腿。

「別太在意茱莉亞對你大叫。她只是有點敏感，因為寶寶正在她的肚子裡跳迪斯可，懂嗎？」

「那是我的隱私，洛！」茱莉亞又吼。

茱莉亞和洛對於隱私的定義各有不同，而茱莉亞是唯一有權定義何者是隱私的人。

「我是在跟我們的銀行搶匪講話。妳只告訴我別跟其他買家說話。」洛辯解道。

「可是我不能算是銀行——」銀行搶匪才開口就被茱莉亞的話聲蓋過。

「那也不行，洛，別亂交朋友！我知道之後會怎樣：別人告訴妳他們人生裡的各種故事，等我們用比他們高的出價買到這間公寓時，妳就會覺得歉疚！」

「這種情況只發生過一次。」洛朝著茱莉亞的背影叫道。

「三次！」茱莉亞說著，伸手打開浴室門。

洛抱著歉意向銀行搶匪說：「茱莉亞說我是那種在海洋世界看過海豚就會拒吃魚肉的人。」

銀行搶匪理解地點頭說：「我兩個女兒也一樣。」

洛綻開笑容問：「你有女兒？她們多大了？」

那兩個數字似乎堵在搶匪的喉嚨裡說不出來。「六和八歲。」

莎拉清清喉嚨問：「所以她們以後也會繼承家業？」

被這句話刺傷的搶匪用力眨眨眼，垂下眼皮望著手裡的槍。

「我從來……沒做過這種事。我不……我不是壞人。」

「我也很希望你不是，因為你的表現實在不夠格。」莎拉下了評語。

「妳幹嘛這麼愛批評？」洛表示不滿。

「我不是愛批評，只是表達一下我的看法。」莎拉表達意見。

「我看妳對搶人也沒多在行。」洛說。

「我不搶人，我搶銀行。」銀行搶匪插話。

「從一分到十分，你有多厲害？」莎拉問。

銀行搶匪怯怯地看著她回答：「兩分吧，大概。」

「你想沒想過如何離開這裡？」莎拉又問。

「不要這樣咄咄逼人！批評沒辦法幫助任何人進步！」換洛批評了。

莎拉認真地打量她。「這就是妳的人格表現？妳對自己很滿意嗎？」

「比妳強。」洛回嘴。搶匪試圖緩和情勢。

「妳們能不能……拜託？我什麼計畫都沒有，所以需要思考一下。原本不該變成現在這個狀況的。」

「什麼不該？」洛問道。

「人生。」搶匪吸著鼻子說。

莎拉從口袋裡拿出手機說：「行了，我們打電話叫警察來解決問題吧。」

「不要！別打！」銀行搶匪說。

莎拉翻了個白眼。

「你怕什麼？你真以為他們不知道你在這裡？你得打電話告訴他們贖金金額，這是最低限度。」

「你打不出去，因為這裡收不到訊號。」洛說。

「難不成我們已經在監牢裡了嗎？」莎拉一邊疑惑著一邊用力搖晃手機，彷彿這樣就管用了。

洛的兩手插在口袋裡，半是自言自語地說：「其實沒訊號也不是壞事，因為我在文章裡讀過，沒盯著螢幕長大的小孩比較聰明。科技會讓大腦發展遲緩。」

莎拉嘲弄地點頭。

「真的？妳倒是跟我講講哪幾個諾貝爾獎得主是在艾美許村子裡長大的。」

「我還讀過研究說手機訊號能致癌。」洛並不放棄。

「是沒錯，但假如是緊急狀況呢？如果你真搬進這裡之後，寶寶被一顆花生噎死，全是因為妳不能叫救護車？」莎拉說。

「妳在說什麼啊？寶寶怎麼會拿到花生？」

「也許某人在半夜從妳的門縫塞進來的。」
「妳真有必要這麼變態嗎？」
「要噎死親生小孩的可不是我……」
此時突然出現在她們身邊的茱莉亞插嘴了。
「妳們現在又在吵什麼？」
「是她先起的頭！我只是想釋出善意，這跟我不想吃魚沒關係！」洛急忙為自己辯護，手指著莎拉。
茱莉亞心裡暗罵，以懷著歉意的眼神望向莎拉。
「洛跟妳說了海洋世界的事？更別提海豚根本不是魚。」
「那跟這一切有什麼關係？再說妳不是要上廁所嗎？」
「裡面有人。」茱莉亞聳聳肩說道。
銀行搶匪用一隻手拉住面罩，計算屋裡的人數，然後結巴地問：
「等等……妳說裡面有人是什麼意思？」
「就是有人哪！」茱莉亞再說一次，彷彿這樣講就能解開謎團。
銀行搶匪用力推浴室門：鎖住了。
故事從此開始跟一隻兔子有關。

33

證人訪談（續）

伊絲帖：我得先申明，我相信斯德哥爾摩是很不錯的地方，如果你喜歡斯德哥爾摩人的話。我現在也可以告訴你，我不認為努特有任何成見，因為我們年輕的時候，有一回我在他的辦公室裡清理出一整疊有關斯德哥爾摩的雜誌。

吉　姆：好極了。

伊絲帖：當時我並沒放在心上，不過努特和我因此吵了一架。

吉　姆：我了解了。所以當銀行搶匪進公寓時，妳正在和洛還有茱莉亞講話？

伊絲帖：她們養小鳥，而且總是在吵架，不過是可愛的那種吵。當然嘍，另一對夫妻也不停吵架，羅傑和安娜麗娜，可他們就一點都不可愛了。

吉　姆：羅傑和安娜麗娜吵架的原因是？

伊絲帖：兔子。

吉　姆：什麼兔子？

伊絲帖：喔，老實告訴你，這就說來話長了。他們吵公寓的成本和每坪的價格，你懂我說的。羅傑擔心大家會害價格衝高，他說房屋市場都是被混蛋房仲和混蛋銀行還有斯德哥爾摩人哄抬的。

吉　姆：等等，他說同志在操控房市？

伊絲帖：同志？他們怎麼會操控房市？講這種話太不應該了！你怎麼會這麼說？
吉　姆：因為妳說了斯德哥爾摩人。
伊絲帖：對，可是我指的是斯德哥爾摩人，不是那種「斯德哥爾摩人」。
吉　姆：有差別嗎？
伊絲帖：有哇，一個是斯德哥爾摩人，另一個是「那種斯德哥爾摩人」。
吉　姆：很抱歉，我現在已經被搞混了。讓我先以時間先後記錄下來。
伊絲帖：慢慢來，你想寫多久就寫多久，我不趕時間。
吉　姆：真是對不起，可是也許我們應該先回到第一個問題？
伊絲帖：哪個問題？
吉　姆：妳是否注意到現場其他買家有任何不尋常的舉動？
伊絲帖：莎拉看起來有些悲傷，安娜麗娜不喜歡綠色窗簾，洛擔心衣櫥不夠大，不過是可以走進去的更衣間，就是這年頭他們時興講的那種。如果不是茱莉亞這樣叫，我還不知道就是那玩意兒。
吉　姆：等等，這樣很不對勁，公寓平面圖裡根本沒有更衣間。
伊絲帖：也許平面圖上看起來比較小？
吉　姆：平面圖應該都是照比例畫的吧，不是嗎？
伊絲帖：喔，是這樣嗎？
吉　姆：在平面圖上，衣櫥只有兩平方英呎。所以公寓裡這間更衣室大概有多大？
伊絲帖：我對尺寸沒什麼概念，可是洛說要拿它當娛樂室，打算在裡面做乳酪。還有種花，總之就是種某些植物吧，茱莉亞很不喜歡這個點子。有一回洛嘗試自己做香檳，結果把茱莉亞的內衣抽屜搞得一塌糊塗。洛說那一回「吵到天都要塌下來了」。

吉　姆：抱歉，我們能不能把重點放在衣櫥尺寸上？

伊絲帖：茱莉亞堅持要拿它當更衣間。

吉　姆：所以大到能躲人？

伊絲帖：哪個人？

吉　姆：任何人。

伊絲帖：我想是吧，這重要嗎？

吉　姆：沒有，沒有，也許沒那麼重要。可是我的同事希望我問所有的證人是否知道哪裡可以躲人。妳要不要喝咖啡？

伊絲帖：來一杯咖啡當然好，我可不會拒絕。

34

銀行搶匪死死盯著浴室門，又看看眾人質，接著問道：「你們覺得裡面有人嗎？」

莎拉反問的態度幾乎像是在諷刺。「你覺得呢？」

銀行搶匪眨眼的次數多到像是在打摩斯電碼。

「所以你們確實認為裡面有人嘍？」

「你父母結婚之前和之後的姓都一樣嗎？」莎拉問。

洛替搶匪感到被冒犯，衝口而出：「妳為什麼非得找麻煩？」

茱莉亞踢了洛的腳踝，從齒縫逼出：「別管閒事，洛！」

「妳總是說我們應該教育小孩面對霸凌，我才不想站在這裡聽她教訓——」洛抗議。

「教訓誰？銀行搶匪？這就叫霸凌？腦子不清楚的人才會覺得是我在霸凌拿槍指著我們的人！」茱莉亞不高興地說。

「我才沒有拿——」搶匪才開口，茱莉亞就豎起食指警告：「你知道嗎？這些問題都是因你而起的，所以請你閉嘴。」

莎拉正在端詳衣服上的灰塵，一臉噁心的樣子，彷彿她剛從堆肥裡爬出來。她提醒道：「幸好妳們的小孩至少有一個媽不是共產黨。」

茱莉亞轉過身對她說：「**妳**最好閉嘴。」

莎拉的確閉上了嘴。沒人比她自己還驚訝這個結果。

羅傑在這時小心地站起身，扶起安娜麗娜。她深深地望進他眼底，令他不知該看哪裡才好，因為他們倆通常只有在關了燈之後才會四目交接。安娜麗娜的臉頰浮現一抹紅暈，羅傑轉身，開始心不在焉地四處敲牆壁裝忙。他總是會在鑑賞活動中敲牆壁，安娜麗娜不太理解為什麼，但是他說因為自己得知道「能不能在牆上打洞」。打洞這回事對羅傑來說很重要，所以一定得搞清楚那道牆壁是否負責支撐建築結構重量。如果打掉這道負責支撐重量的承重牆，天花板就會垮下來。敲牆壁能聽得出來這個細節，至少羅傑可以，因此他在每一次鑑賞活動裡都會敲牆壁，一敲再敲又敲。安娜麗娜有時候會想，每個人都有展露真性情的短暫時刻，靈魂會在稍縱即逝的時間裡現身之後又再度隱藏，而羅傑的顯露時刻就是敲牆壁時。因為他有時會在敲完之後呆立在原地，面露期待地看著牆壁，就像個孩子；別人都不會發現這種短暫的反應，除了安娜麗娜。他看起來像是希望總有一天會有人從牆壁另一面敲擊回應。那是安娜麗娜最喜歡看見的羅傑。

敲敲敲。敲。敲。敲。

羅傑突然停下了敲擊。因為他在側耳傾聽洛和茱莉亞以及莎拉針對浴室門的對話。當羅傑悟出來門後面可能藏著那個天下最可怕的東西時，感到背脊一陣發涼：另一位潛在買主。於是他決定立刻主導情勢：他大步朝鎖住的浴室門走去，剛抬起手準備敲門時，安娜麗娜大叫：「**別開！**」

羅傑驚訝地轉身看著妻子。她無法抑制地全身發抖，連指尖都發紅了。

「拜託……別開門。」她低聲說道，羅傑從沒見過妻子如此害怕，一頭霧水。莎拉站在他們旁邊，先看看一人，又看看另一人，接著一如預期，她走到浴室門前敲了敲。在短暫的靜默之後，某人也從裡面敲門回應。

此時安娜麗娜的淚水已經順著臉頰簌簌而下。

35

證人訪談

日期：十二月三十日

證人：羅傑

傑克：你還好嗎？

羅傑：這算哪門子問題？

傑克：你的鼻子看起來流過鼻血。

羅傑：是，沒錯，我有時候會流鼻血，那個庸醫說是因為「緊張」。別管這個，問你的問題吧。

傑克：好吧。你是和太太安娜麗娜一起去看公寓的？

羅傑：你怎麼知道？

傑克：我記在本子裡了。

羅傑：你怎麼會有我太太的紀錄？

傑克：我們必須訪談所有證人。

羅傑：你們不該有我太太的紀錄。

傑克：麻煩你保持冷靜。

羅傑：我是在保持見鬼的冷靜。

傑克：根據我的經驗，真正冷靜的人是不會講這種話的。

羅傑：我才不要回答任何有關我太太的問題！
傑克：那好，沒關係。可是你能回答跟嫌犯有關的問題嗎？
羅傑：你不先問，要我怎麼回答？
傑克：那麼先從這個問題開始好了：你認為他躲在哪裡？
羅傑：誰？
傑克：你認為還有誰？
羅傑：銀行搶匪？
傑克：不是，威利。
羅傑：那又是誰？
傑克：你不知道誰是威利？他是童書《威利在哪裡？》的主角。別管了，我只是開個玩笑。
羅傑：我沒理由讀童書。
傑克：對不起。你能不能告訴我，你認為嫌犯可能躲在哪裡？
羅傑：我怎麼知道？
傑克：我希望你原諒我這樣急於得到答案，可是我們有理由相信嫌犯還在公寓裡。我想也許你能幫我們，因為你的太太說你在看房子之前做過很徹底的研究，而且檢查過所有平面圖上的尺寸。
羅傑：你不能相信房屋仲介。他們有些人甚至不會用另一把尺確定捲尺量出來的尺寸。
傑克：我正是這樣想。你是否發現這間公寓有什麼特別之處？
羅傑：的確有——仲介是個笨蛋。

傑克：為什麼？

羅傑：牆與牆之間少了一百公分。

傑克：真的？牆與牆之間？你能不能在平面圖上指給我看？

羅傑：那裡。你一敲牆壁就能聽出來了。裡面有間距。

傑克：怎麼會這樣？

羅傑：也許是因為這間公寓和隔壁原本是一整間很大的公寓，那個時候這附近的人比較有錢，公寓也比較便宜。現在整個房市都被操控了，為了整垮平凡老百姓。這得怪房屋仲介，還有銀行。還有斯德哥爾摩人。他們把房地產和其他東西的價格都哄抬起來了。你幹嘛翻白眼？

傑克：對不起，我不應該有所回應的。可是你和太太不是在這幾年內買賣了一批公寓，發了一筆投機財？那樣不也是哄抬價格嗎？

羅傑：難道趁勢賺點錢也錯了？

傑克：我可沒這麼說。

羅傑：我很會談判，再說這又不犯法！

傑克：不，沒有。當然沒有。

羅傑：至少我認為自己很會談判。

傑克：我不太懂你的意思？

羅傑：我從前是工程師，退休之前。你的筆記裡有這一點嗎？

傑克：什麼？沒有。

羅傑：所以代表根本不重要？花了一輩子做一件工作，結果竟然不值得被你寫下來？你知道我從前那些同事退休之前都在做什麼？

傑克：不知道。

羅傑：都在假裝。就像那個女人。

傑克：你太太？

羅傑：不是，威利。

傑克：怎麼會？

羅傑：年輕人，你以為只有你這個世代的人才懂得開玩笑？

36

茱莉亞朝浴室門點了點頭，向銀行搶匪伸手命令道：「槍給我。」

「當然……不可能！妳想幹嘛？」銀行搶匪結巴地說著，將手槍藏在視線不及之處，彷彿它是一隻小貓，而有人問搶匪是否看見小貓的蹤影。

「我是孕婦，而且我想上廁所。手槍給我，讓我把門鎖轟開。」茱莉亞再度命令。

「不行。」搶匪囁嚅道。

茱莉亞雙臂一甩。

「那你自己來，把鎖轟掉。」

「我不想轟。」

茱莉亞用力瞇細著眼睛，讓人感到很不自在。

「你說不想是什麼意思？你綁架了我們，警察就在外面，現在也不曉得是誰躲在廁所裡。任何人都有可能在裡面。你得拿出一點自尊啊！不然要怎麼當一個成功的銀行搶匪？你不能總是讓別人告訴你該怎麼做！」

「可是妳不正是在告訴我怎——」銀行搶匪話還沒說完，就被茱莉亞打斷。

「我叫你轟掉鎖！」

一時之間，搶匪看似真要照茱莉亞的話做，但是廁所門發出輕微的喀啦聲，門把向下一轉，裡面傳出聲音：「別開槍。拜託，別開槍！」

身穿兔子戲服的男人走了出來。呃，若要確實地描述，那並不能算是完整的戲服。只有兔子頭，除此之外男人身上只穿了內褲和襪子。他看起來大約五十幾歲，而且講得委婉一點，與身材比例失衡的布料實在無法增添視覺美感。

「別傷害我，求求你，我只是拿人錢財做事而已！」男子高舉雙手，帶著斯德哥爾摩口音的哀叫聲從兔子頭內傳出來。他顯而易見就是斯德哥爾摩人，而且是在那裡出生長大的，不是吉姆和傑克用來形容「笨蛋」的「斯德哥爾摩人」（當然這不表示此人不是笨蛋，因為這個國家崇尚個人自由）。他也不是伊絲帖所說，完全沒什麼不對的「斯德哥爾摩人」家庭組織成員（就算他是，那麼也還是沒什麼不對）。他只是一個普普通通的斯德哥爾摩人，剛好從兔子頭裡說：「叫他們別開槍打我，安娜麗娜！」

每個人都靜了下來，尤其是羅傑。他瞪大眼睛看著安娜麗娜，而她瞪大眼睛看著兔子頭，哭了起來，她的手指在嘴唇前慌亂地揮動，躲避著羅傑驚訝的眼神。她記不得上次看到丈夫一臉驚訝是什麼時候了，照說結婚很久之後根本不該再發生這種出其不意的驚嚇。人生理當只剩一件事，只有一個人讓你極度依賴，直到你開始把她視為理所當然。就在這個當下，安娜麗娜知道羅傑徹底放棄了。她絕望地輕聲說：「別傷害他，他叫連納。」

「妳**認識**這個人？」羅傑氣急敗壞。

安娜麗娜傷心地點點頭。

「認識，但不是你想的那樣！」

「他是不是……是不是……？」羅傑掙扎著，好不容易吐出難以啟齒的詞。「……另一個潛在買主？」

安娜麗娜回答不出來，羅傑便轉過身朝浴室門踉蹌奔去，氣勢洶洶地使得茱莉亞和洛（莎拉非常幫忙地往旁邊一跳讓出跑道）不約而同用盡全身力氣拉住他，免得他一把掐死兔子頭。

「為什麼我太太在哭？你又是誰？是不是想買這間公寓？立刻回答我！」羅傑怒喝。

他並沒得到立刻的回應，這一點使安娜麗娜更難過了。羅傑還在上班的時候，永遠都是受到敬重的員工，就連他的主管都聽他的。他並非自願退休，所以對被勸退這突如其來的變化感到心情低落。他退休後的頭幾個星期會故意開車經過辦公室，有時甚至一天好幾回，期待看到裡面的人們因為沒有他而手足無措。但是他一個慌張的人也沒看到，因為要找到取代他的人並不難。於是他只好回家，公司也照常運作，這個領悟對他來說是很大的打擊，甚至從此拖慢了他的動作。

「**回答我！**」他向兔子下令，但是兔子正努力把頭拔下來。兔子頭顯然是卡住了，汗水一顆一顆從裸露的背毛逐根往下淌，就像一具極不吸引人的彈珠台。此外，他的內褲也慢慢歪斜了。

銀行搶匪一言不發地站在旁邊看著，莎拉顯然認為此時需要提供更多看法，便用手肘推推銀行搶匪。

「你不表示點什麼嗎？」

「表示什麼？」銀行搶匪不懂。

「主導局勢啊！你究竟算哪門子綁匪？」莎拉強力要求。

「我才不是綁匪，我是銀行搶匪。」銀行搶匪低聲回答。

「所以你覺得當搶匪是正確的選擇？」

「拜託，別逼我。」

「欸，你就對著兔子開一槍把事情解決，大家好歹還會稍微尊敬你一下，只要射腿就好了。」

「**別！別射！**」兔子鬼叫起來。

「不要再指揮我了。」銀行搶匪說。

「他也許是警察。」莎拉提出建言。

「我還是不想……」

「那把槍給我。」

「不要！」

滿不在乎的莎拉轉向兔子說：「你是誰？是警察還什麼？趕快回答不然我們就開槍了。」

「負責開槍的是我！更正，我不想開槍！」銀行搶匪反駁。

莎拉高姿態地拍拍銀行搶匪的手臂。

「嗯，當然是你負責，當然是。」

銀行搶匪惱怒地跺腳。

「沒一個人聽我的！你們這群最不合格的人質！」

「求求你，別開槍，我的頭卡住了。」連納在兔子頭裡哀號，又接著說：「安娜麗娜能解釋，我們……我是跟她一起的。」

羅傑突然覺得缺氧。他又轉向安娜麗娜，動作慢得就像上一次在九〇年早期，他發現安娜麗娜拿錯錄影帶錄下她要看的肥皂劇，因此意外洗掉很重要的羚羊紀錄片那次。羅傑找不出字眼形容她的背叛，當時不能，此時也不能。他們向來是用詞簡單的人。安娜麗娜曾經希望有了孩子之後就能改善情況，但是反而變得更糟。成為父母之後的許多年之中，孩子的感受能夠抽光家庭中全部的氧氣；在父母情緒上造成的壓力會令他們數年裡都沒機會告訴對方自己的感覺，而如果你很久都沒有機會，到後來往往就會完全忘記如何開口。

羅傑對安娜麗娜的愛是以其他方式表現出來的。都是些小事，比如每天檢查她附鏡子的浴室化妝櫃螺絲和轉軸，好讓它滑順地開關。羅傑知道安娜麗娜不喜歡在開浴室化妝櫃時碰上任何阻礙。安娜麗娜是在人生後半場才開始對室內設計感興趣的，但是她曾在一本書裡讀過，每一位設計師在新的設計案裡都要有一根「定位錨」：某個穩固而且定義清楚的重點，讓其他配置能夠建立其上，以其為圓心向外擴展。對安娜麗娜來說，她的浴室化妝櫃就是定位錨。羅傑知道這一點，因為他喜歡不能移動的物件，比如承重牆。你不能叫這類物件來配合你，只能自己配合它們。所以每當他們搬離一間公寓時，羅傑總是等到最後才卸下浴室化妝櫃的螺絲；搬進新公寓時將它第一個裝上。那就是他愛她的方式。然而現在不斷令他吃驚的她站在那裡，開口承認：「這是連納，他和我……那個，我們是……我們有一個……你不應該發現的，親愛的！」

沉默。背叛。

「所以你們兩個……妳和……你們兩個……背著我？」羅傑用了點力氣才說出來。

「不是你想的那樣。」安娜麗娜堅持。

「完全不是你想的那樣。」兔子也安撫羅傑。

「真的不是。」安娜麗娜補充。

「不過……也許有一點點，要看你是怎麼想的。」兔子坦承。

「安靜，連納！」安娜麗娜說。

「告訴他實話吧。」兔子建議。

安娜麗娜用力吸了口氣，閉上雙眼。

「連納是……我們在網路上認識的。並不是刻意……但就是發生了，羅傑。」

羅傑的手臂無力地垂在身側，人生頓時失去方向。最後他轉向銀行搶匪，指著兔子輕輕問道：「多少錢可以雇你給他一槍？」

「大家能不能別再叫我給誰一槍？」搶匪懇求。

「我們能讓它看起來像是意外。」羅傑說。

安娜麗娜拖著絕望的步子走向羅傑，想觸碰他的指尖。

「拜託，親愛的……羅傑，冷靜下來……」

羅傑不打算冷靜。他伸出一隻手指著兔子發誓：「你死定了！聽見了嗎？你死定了！」

驚嚇過度的安娜麗娜，口齒不清地爆出就她所知唯一能抓住羅傑注意力的話題：「羅傑，慢著！如果有人死在這裡，這間公寓就會變成凶案現場，房價會飆高，因為人人都愛凶案現場！」

羅傑聞言果然靜止不動，雖然氣得拳頭發抖，仍然勉強深吸了一口氣，稍微冷靜下來。畢竟還是別跟錢過不去。他的肩膀先放鬆下來，然後是身體其餘部分，外表和內心。他低頭看著地板，輕輕說道：「這件事有多久了？妳和這個……該死的兔子？」

「一年。」安娜麗娜說。

「一年？」

「對不起，羅傑，我這麼做都是為了你。」

羅傑的下巴出於絕望和困惑而不斷顫抖，他動了動嘴唇，可是所有的情緒全被困在體內。兔子頭似乎找到全盤解釋的機會，便用一口斯德哥爾摩腔調和比高速公路還寬廣的說法解釋：「聽著，老羅——你不介意我叫你老羅吧？別為這事生氣！女人老愛找我幫忙，你曉得，因為我很樂意為她們做她們另一半不願意做的事。」

羅傑的臉扭曲變形，全皺在一塊。

「哪種事？你們兩個究竟是什麼關係？」

「生意上的**合作關係**。我很專業！」兔子糾正羅傑。

「專業？妳付錢和他上床嗎，安娜麗娜？」羅傑驚呼。

安娜麗娜的眼睛睜大了兩倍。

「你瘋了嗎？」她嘶聲質問。

兔子朝羅傑的方向挪步，企圖釐清誤解。

「不不不，不是那種專業，我不和人上床。呃，至少不是為了工作上床。我負責攪亂房屋鑑賞活動，是搗亂專家，這是我的名片。」兔子從口袋裡掏出名片：連納不設限有限公司。有限公司，表明這檔專業是來真的。

安娜麗娜咬著嘴唇內側說：「沒錯，連納是來幫我們的。我們！」

「搞什麼鬼……？」羅傑嚷道。

兔子自豪地點頭。

「正是，老羅。有時候我是酒鬼鄰居，有時會租鑑賞活動樓上的房子，在活動進行時大聲播放A片。不過收費最高的套裝服務還是這個。」他輪流指著自己身上的白襪、內褲、裸露的胸膛，直到依然沒辦法脫下的兔子頭。然後他驕傲地宣布：「這一套叫做『拉屎兔』，你要知道這可是最貴的服務。你訂購這套服務之後，我就會在大家抵達之前先躲進廁所，然後一等其他買家打開門，就會看見全身光溜溜，套著兔子頭的男人坐在馬桶上大號。絕對沒有人能忘記。你搬進新房子的時候可以換掉有刮痕的地板和醜陋的壁紙不是嗎？可是正在拉屎的兔子如何？」兔子煞有介事地敲敲兔頭太陽穴。「全深深印在這裡面啦！只要你看過就不會想住在事發現場了，對吧？」這個說法使得現場所有人看著他，心中不禁浮起一股憐憫。

安娜麗娜伸手握住羅傑的手臂，但是他像是被燙到一般立刻掙脫開來。她抽著鼻子說：「拜託，羅傑，你記不記得我們去年在那棟九〇年代蓋的大樓裡看房子時，有個喝醉的鄰居突然出現朝所有潛在買主丟番茄醬義大利麵？」

羅傑想起那次不速之客的羞辱，響亮地哼了一聲。

「當然記得！我們用遠低於市價的三十二萬五千元買下了那間公寓！」

兔子開心地點頭。

「不是我吹牛，可是我最擅長的就是扮演亂丟義大利麵的酒鬼鄰居。」

羅傑瞪著安娜麗娜。

「妳的意思是那一次……可是……我和仲介你來我往的講價過程怎麼說？我所有的戰略怎麼說？」

安娜麗娜不敢正視羅傑的眼睛。

「每次你比價輸了就氣得不得了，我只是想要你……贏。」

她並沒說出全部實情：她只想要有一個家。她想停止。她想偶爾去看電影，看看虛構的故事，而非另一部電視上的紀錄片。她不想成為鯊魚。但是她擔心羅傑承受不了如此的背叛。

「幾次了？」羅傑用沙啞的聲音輕輕問。

「三次。」安娜麗娜撒謊。

「其實是六次！我連地址都還背得出來……」兔子出聲更正。

「閉嘴，連納！」安娜麗娜啜泣著。

連納聽話地點點頭，再度試著拔起兔子頭。他努力好一陣子之後宣布：「我想有地方變鬆了一點！」

羅傑看著地板，鞋子裡的腳趾死死地扣住鞋底，因為羅傑是用腳感覺的人。他舉步繞了大半個圈子走到陽台門旁邊，腳趾在途中不小心撞上踢腳板。他以非常、非常、非常輕的聲音咒罵該死的踢腳板和該死的兔子。

「去你的白痴……白痴……去你的白痴……」他喃喃自語，彷彿在尋找所能想到最難聽的罵人字眼。最後他終於找到了：「去你的斯德哥爾摩白痴！」他的腳趾和心一樣痛，因此他握緊了拳頭抬起眼睛，衝回公寓中央的速度快到沒人攔得住他，迅速將兔子打倒在地上。用盡他所有的愛和力量，一拳到位。

兔子向後倒在廁所地板上，很幸運的是作為緩衝的兔子頭吸收了一擊之中大部分的力量，連納其他身體部位的柔軟組織又吸收掉其餘力量（他的身體密度幾乎和餃子一樣）。等他再度張開眼睛看見天花板時，茱莉亞正俯身看著他。

「你還活著嗎？」她問。

「我的頭又卡住了。」他回答。

「有沒有受傷？」

「我想沒有。」

「那好。起來讓路，我要尿尿。」

兔子呻吟著道歉，爬出浴室。他邊爬邊遞給茱莉亞一張名片，朝她的肚子用力點頭，連兔子耳朵都遮住了他的眼睛，費力地說出：「我也幫小孩辦派對，如果妳不喜歡自己小孩的話。」

茱莉亞在他身後關上門，但是保留了名片。任何正常的父母都會這麼做。

安娜麗娜看著羅傑，但是他拒絕了她的視線。血從他的鼻孔滴下。在羅傑被診斷出工作過度疲勞後，他們的醫生告訴安娜麗娜那是因為壓力所致。

「你在流鼻血，我有面紙。」她輕聲說，但是羅傑用袖子擦掉鼻血。

「該死，我只是有點累而已！」

他大踏步走進玄關，因為他想待在另一個房間裡，但也同時出聲咒罵這間公寓一無遮蔽的開放式格局。安娜麗娜想跟過去，又醒悟到他需要有自己的空間，於是她轉身走進衣櫥裡，因為這是她所能離他最遠的距離。她在衣櫥裡的小凳子上坐下，一顆心崩解成碎片。她沒察覺襲來的冷空氣，好像有一扇窗戶沒關；彷彿更衣室裡真會有窗戶。

銀行搶匪站在公寓中央，身邊圍繞著斯德哥爾摩人：這是一種比喻，也是實情。畢竟與其說「斯德哥爾摩」代表一個地方，更像是一種表達方式，對於羅傑這類人和我們大部分的人來說，它代表所有阻礙我們快樂的討厭鬼；認為自己比我們高級的人；我們申請貸款時拒絕我們的銀行職員；在我們只想要安眠藥時問我們一大堆問題的心理醫生；搶走我們想整修的公寓的陌生老頭；偷走我們妻子的兔子。每個不把我們放在眼裡的人、不了解我們的人、不在乎我們的人。每個人的人生裡都有斯德哥爾摩人，就連斯德哥爾摩來的人生命裡也有斯德哥爾摩人，雖然對他們來說這些人是「住在紐約的人」或「布魯塞爾的政客」，或其他從別的地方來的，自認比斯德哥爾摩人高級的人。

公寓裡每個人都有屬於自己的複雜之處、內心的惡魔和焦慮：羅傑受了打擊，安娜麗娜想回家，連納無法拔下兔子頭，茱莉亞累了，洛很擔心，莎拉感到痛苦，而伊絲帖……這個嘛……沒人真正知道她的狀況。也許就連伊絲帖自己都不知道。有時「斯德哥爾摩人」可以是讚美：夢想我們去了更大的地方，能夠成為另一個人；是我們已經渴望許久卻不敢真正去做的事。公寓裡的每個人都在和自己的人生故事角力。

「對不起。」銀行搶匪忽然在籠罩眾人的寂靜中開口。剛開始像是沒人聽見，但其實他們都聽到了。多虧了單薄的牆壁和開放式的格局，這三個字甚至一路傳進衣櫥和玄關，也穿過浴室門。這些人也許沒有多少共通之處，但是都知道犯錯的感覺。

「對不起。」銀行搶匪的話聲更脆弱了。雖然沒有人回答，但事情就是這樣開始的：關於銀行搶匪如何逃脫的真相。銀行搶匪必須說出那些字，而聽見那些字的人全都需要原諒某人的機會。

當然，「斯德哥爾摩」也可以是一種症候群。

37

證人訪談（續）

傑克：好，好，我們現在能不能把焦點放在我的問題上？

羅傑：該死的兔子。就是這種人在左右市場，開銀行的和房屋仲介都是該死的兔子。操控一切，全都是假的。

傑克：你現在講的是連納？他也在我的證人名單上面，可是他從公寓走出來的時候沒戴兔子頭。你說全都是假的是什麼意思？

羅傑：每件事。整個世界都是假的，就連我以前上班的地方，大家也都在假裝。

傑克：我想針對的是看公寓這件事。

羅傑：哈，對，我是因為那個工作才生病的，顯然對你來說根本不重要。在這個消費至上的社會裡，人都是可以被取代的，不是嗎？

傑克：我完全沒有這個意思。

羅傑：有些笨蛋醫生說我是「過勞」。我才不是過勞，只是有點累。可是突然之間每個人都開始有意見，我的主管想和我談我的「工作環境」。我其實想繼續工作，你懂嗎？我是個男人。可是為了這個原因，他們一整年裡都在假裝要我做事，做那些根本不存在的案子。我對他們已經沒用了，他們只是同情我。他們不認為我知情，可是我心知肚明。我是個男人，不是嗎？你懂嗎？

傑克：非常懂。

羅傑：一個男人要別人看著他的眼睛，誠實地對他說已經不需要他了。可是他們都在假裝。現在安娜麗娜也是同樣的態度。搞了半天根本不是因為我很會談判，而是那隻該死的兔子在動手腳。

傑克：我理解。

羅傑：我可以跟你保證你不理解，你這個混蛋。

傑克：我是說，我了解你受了打擊。

羅傑：你知道在我離開之後，那家公司發生什麼事嗎？

傑克：不知道。

羅傑：啥都沒，什麼也沒發生。一切照常運作。

傑克：我很抱歉。

羅傑：我很懷疑你真覺得抱歉。

傑克：你能不能告訴我牆壁之間的空間？麻煩在平面圖上指出來。你說的是多大的空間？大到能讓一名成年男人站在裡面？

羅傑：這裡。至少有三十公分。他們當年把一間老公寓分成兩間時，八成是直接蓋一道牆，而不是把原有的牆加厚。

傑克：為什麼？

羅傑：因為他們是白痴。

傑克：所以他們直接留下中間的空隙？

羅傑：對。

傑克：你的意思是我要找的歹徒可能躲進牆裡，雖然他擠不進去？

羅傑：這並不好笑。

傑克：請在這裡等一下。

羅傑：你要去哪？

傑克：我得和我的同事談談。

38

羅傑在玄關的大門邊站了好久，一隻手指壓著鼻粱止血，另一隻手握著門把，打算離開公寓。銀行搶匪走到玄關來看到他，卻不忍心阻止，便說：「你想走就走吧，羅傑，我能理解。」

羅傑遲疑著，輕壓了一下門把像是在測試，卻沒有打開。他使勁踢了一下踢腳板，踢腳板應聲鬆脫。

「別告訴我該做什麼！」

「好。」銀行搶匪說著，沒勇氣說明那正是身為銀行搶匪的職責。

在此之後，他們沒有別的話可說了，但是在摸遍全身上下的口袋之後，搶匪找到一包棉球遞給羅傑，同時輕聲解釋：「我有個女兒偶爾也會流鼻血，所以我都會……」

羅傑滿腹狐疑地收下禮物，各塞了一顆棉花球在兩邊鼻孔裡。他仍然握著門把，卻無法說服自己的雙腳向外走。沒了安娜麗娜，那兩隻腳頓時失了方向。

玄關裡有一把長凳，銀行搶匪在一頭坐下，片刻之後羅傑也在另一頭坐下。他的鼻子終於不流血了，他用襯衫抹了抹鼻子和眼睛。良久，兩人並未再說一句話，直到銀行搶匪終於開口：「我很抱歉把你們所有人牽扯進來。我並不想傷害任何一個人，只是因為需要六千五百克朗付房租，所以才打算搶銀行。我只要有了錢就會盡快還回去的。還附上利息！」

羅傑沒回答。他抬起一隻手敲敲身後的牆壁，小心地，幾乎是溫柔地敲，彷彿他擔心敲壞了。敲，敲，敲。他的情緒還沒準備好照實說出自己的想法：安娜麗娜就是他的承重牆。於是他換了個說法：「固定還是變動？」

「什麼東西？」銀行搶匪說。
「你說會連本帶利還錢，所以是固定利率還是變動利率？」
「我倒沒想這個。」
「差別可大了。」羅傑提醒他。
彷彿銀行搶匪必須擔心的事還不夠多似的。

此時，茱莉亞從浴室出來了。她出於本能地瞪著站在客廳裡的洛。
洛一臉不解，就像她發現將盤子放進洗碗機裡的方式也有對錯之分。
「安娜麗娜呢？」
「我想她進了衣櫥。」
「一個人？」
「對。」
「妳都沒想到去看看她怎麼樣了？她才被那隻情緒表達有障礙的死豬吼，而且她所做的都是為了那隻豬，妳還沒想到去看看？也許他們就要離婚了，妳讓她一個人面對？妳怎麼這麼遲鈍？」
洛的舌頭在牙齒後方捲了起來。
「我只是……別誤會我。可是我們講的是安娜麗娜還是……妳？我的意思是，我做了什麼害妳不高興，然後妳先假裝對這件事不高興好讓我了解其實是因為——」
「妳有的時候真的蠢到不知世事欸！」茱莉亞邊抱怨邊往衣櫥走去。

「可是有時候妳說惹妳生氣的事其實並不真就是惹妳生氣的事啊！我只是想知道我遲鈍是因為我真的遲鈍還是……」洛對著她的背影高聲叫，但是茱莉亞回了一個通常只用來和開德國車的盛怒男人溝通的手勢。洛走進客廳，從大碗裡拿起一顆萊姆，出於緊張地啃了起來，連皮一起。由於莎拉站在窗戶旁，而洛就像所有聰明人一樣有點怕她，便往玄關移動過去。

玄關裡，銀行搶匪和羅傑分坐長凳兩頭。在她的婚姻中，洛總是被告誡必須「知道別人的界線！」但仍然沒什麼概念，因此她在兩人中間咕擠坐了下來。其實字典裡沒有「咕擠」這個說法，是洛的爸爸發明的。他也對人與人之間的界線沒什麼概念，洛所知的一切都是爸爸教她的，有好有壞。

銀行搶匪從長凳一邊尷尬地瞥了洛一眼，羅傑從另一頭厭惡地看著她，他們兩人被向外咕擠得有半邊臀部懸在長凳外。

「萊姆？」洛慷慨問道。兩個人都搖搖頭。洛帶著歉意看看羅傑說道：「抱歉我太太剛剛叫你情緒表達有問題的死豬。」

「她叫我什麼？」

「你沒聽見？那當我沒說。」

「那是什麼意思？『情緒表達有障礙』是什麼鬼？」

「別放在心上，因為大部分的人都不完全了解茱茱罵人的話，可是她講出來的方式就是能讓對方知道不是好話。這是需要天分的。而且我相信你和安娜麗娜不是真的想離婚。」

羅傑的眼睛瞪得好大，甚至比他的耳朵還大。「誰說要**離婚**？」

洛被萊姆皮嗆得咳嗽。她的大腦裡負責控制邏輯和理性思考的上千個微小的神經末梢都在上下跳動著大叫**別再講話**了。即使如此，洛還是聽見自己說：「沒，沒有誰提離婚！聽著，我相信船到橋頭自然直。就算不直，老夫婦離婚也算是很浪漫的事。我每次聽到這種消息都很高興，因為退休的老人家還認為自己能找到再度陷入愛河的新對象，真的是非常棒。」

羅傑的雙臂交疊在胸前，講話時雙唇幾乎紋風不動。「感謝，妳太會鼓勵人了，簡直就像勵志讀物，不過效果正好相反。」

洛腦子裡的神經總算控制住她的舌頭，因此她點點頭，用力嚥了口唾沫道歉：「對不起，我的話太多了。茱茱總是這樣罵我。她說我太正向了，反而讓別人憂鬱。她說我總是認為杯子裡半滿的水剛好夠淹死自己，而且——」

「我還真不明白她從哪得來的結論。」羅傑揶揄。

洛喪氣地回答：「她總是說我太正面。自從她懷孕以後，每件事都變得好認真，因為父母都是認真的，我想我們也在試著當合格的父母。有時候我不覺得自己準備好負責任了——我是說，就連手機叫我更新應用程式，也會讓我覺得要求太多了，所以我會對它大吼：『你簡直要把我逼瘋！』可是我不能這樣吼小孩。偏偏小孩需要時常更新，不然光是過個馬路就能送命或是吃下花生！我今天已經忘記手機放哪裡三次了，所以不確定自己是否準備好養育活人。」

銀行搶匪同情地抬頭看她。「茱莉亞懷孕幾個月了？」

洛的臉孔登時亮了起來。

「好幾個月了！隨時會生！」

羅傑的眉毛死死地糾結在一起。然後他幾乎是同情地說：「喔。那麼如果妳**不想**買這間公寓，我想建議妳別讓她在這裡生產，不然她會對這裡有感情，能害價格高得離譜。」

也許洛其實是在生氣，但是她看起來倒更像傷心。

「我會記住這一點。」

銀行搶匪在長凳另一端嘆了口氣，低落地咕噥道：「或許我今天還真做了點好事。綁架事件說不定能讓房價跌下來？」

羅傑不以為然。

「正好相反。那個笨蛋仲介也許會在下一次的售屋廣告裡加上『曾經出現在電視轉播裡』，能讓這間公寓更搶手。」

「對不起。」銀行搶匪默默地說。

洛向後靠著牆，嘴裡連皮帶肉嚼著萊姆。搶匪驚異地看著。

「我從沒看過任何人這樣整顆吃萊姆，好吃嗎？」

「不怎麼好吃。」洛說實話。

「可是能夠預防壞血病。從前的航海船常常發萊姆給水手。」羅傑發表常識談話。

「你以前是水手？」洛很好奇。

「不是，可是我看很多電視節目。」羅傑回答。

洛若有所思地點頭，也許在等某人問她問題。沒人接腔之後她自己開口說：「說真的，我的確不想買這間公寓。除非我爸先看過，而且認為可以買。我每次要任何東西之前他都會先幫我檢查東西好不好，我才做決定。我爸什麼都懂。」

「他什麼時候來？」羅傑懷疑地問，拿出筆記本和一枝印了宜家家居字樣的鉛筆，開始根據不同的單位面積價格計算了起來。他已經列出所有可能抬高價錢的元素：生產、謀殺（如果電視會轉播的話）、斯德哥爾摩人。在另一項清單裡，他寫了會使價格下跌的條件：潮濕、霉、需要整修。

「他不會來。」洛說道，接下來的話裡摻了更多氣音。「他病了。老人痴呆。現在在安養院。我真不喜歡這個說法，在安養院，而不是住在安養院裡。他本來也不會喜歡安養院的，因為那裡每樣東西都壞了，水龍頭會滴水，空調發出噪音，紗窗鬆掉了，都沒人修理。爸從前會動手修所有的東西。他總是有答案。我就連買一盒快到期的雞蛋也要先打電話問他行不行。」

「我很遺憾妳爸爸病了。」銀行搶匪說。

「沒關係。」洛輕輕回答。「不過其實是可以的。爸說蛋的保鮮期比我們以為的還長。」

羅傑在筆記本上寫下**老人痴呆**，然後悲傷地發現這件事並不令他開心。無論這次他們的競爭對手是誰，羅傑終究還是有安娜麗娜這位隊友。於是他將筆記本放回口袋裡，低聲說：「那倒是。都是政客們操控市場，要我們快點把蛋吃完。」

他曾經在電視上鯊魚紀錄片之後的另一部紀錄片裡看過這個報導。他對蛋並不特別有興趣，可是偶爾他會在安娜麗娜打起盹來後繼續看電視，因為他不希望挪動她放在自己肩膀上的頭而吵醒她。

洛搓著指尖，她是用手指尖表達情緒的人。她說：「他應該也不會喜歡安養院的暖氣。他們用的是那種現代的，依照室外溫度調整室內溫度的暖氣，所以你不能自己手動調整。」

「嗐！」羅傑很不苟同。因為他也是那種堅持手動調整自己家溫度的男人。

洛無力地笑了笑。

「可是爸很愛茱茱，你們一定不相信。我結婚的時候他好得意，他說她的腦袋還算清……」

接著她突然一股腦地說：「我一定當不了好媽媽。」

「妳會是個好媽媽的。」銀行搶匪安慰地說。

但是洛堅持：「我不行。我一點都不了解小孩。我曾經幫忙看過一次我表姊的小孩，他什麼都不想吃，還一直叫『痛痛』。所以我告訴他，會痛是因為翅膀正要長出來了，不吃飯的小孩都會變成蝴蝶。」

「很可愛的說法啊。」銀行搶匪微微一笑。

「結果原來是他得了盲腸炎。」洛繼續說。

「喔。」銀行搶匪的笑容消失了。

「就像我一直說的，我什麼都不懂！我爸快死了，而我快要有小孩，我想變成跟他一樣的父母，可是我沒機會問他我該怎麼做。當父母得知道這麼多東西，什麼都得知道，一剛開始就得知道。茱茱老是要我做決定，可是我根本不知道……我甚至無法決定要不要買蛋。我絕對做不來。茱茱說我故意找這些公寓的缺點因為我怕……我也不知道怕什麼，反正就是某個東西。」

羅傑重重靠在牆上，用宜家家居鉛筆挑著指甲縫。他非常了解洛害怕的東西：買一間公寓，發現瑕疵，承認自己就是那個瑕疵。最近這幾年，承認這個瑕疵對羅傑來說並不難，難的是他沒辦法大聲承認，因為他太憤怒了。變老能從他身上帶走一些東西使他滿腹憤怒，比如達成使命的能力，或是至少讓你所愛的人以為你能達成使命。他現在才理解，安娜麗娜將他看得一清二楚，她知道他沒有可以給她的東西。他們的婚姻成了浴室裡躲著兔子的虛假崇拜，多一間或少一間公寓根本沒有任何差異。羅傑用鉛筆挑著指甲縫直到筆尖折斷，然後他咳了幾聲，送給洛他所能想到最好的大禮。

「妳應該給妳太太買這間公寓。它沒什麼大問題，只需要一點整修，但是既不潮濕也沒發霉。廚房和浴室的狀況都非常好，管理協會的財務也很健全。有幾塊踢腳板鬆了，花一點時間就能修好。」他說。

「我不會修踢腳板。」洛低聲說。

羅傑靜默了好久，好久。最後終於——眼睛沒看洛——說出一位老人最難對年輕女子說的四個字：「妳可以的。」

39

吉姆在警察局的員工休息室裡倒了咖啡，還沒來得及喝就被還在訪談羅傑的傑克衝進來打斷。傑克大叫：「我們得回那間公寓！我知道他躲在哪裡！牆壁中間！」

吉姆完全無法理解他到底在說什麼，卻仍然照做了。他們離開警局進了警車駛回案發現場，滿懷希望在走進公寓的那刻一切都會水落石出；他們能在斯德哥爾摩人來之前找到始終被遺漏卻又顯而易見的線索，得到所有答案。

他們對了一部分：遺漏了顯而易見的線索。

公寓門口有名年輕警員，負責阻擋記者和外來人士進出公寓或是四處打探。傑克和吉姆認識這位警員，因為這座城小到他們非認識不可；有時人們會揶揄不怎麼進入狀況的新進年輕警員，說他們「不是抽屜裡最鋒利的那把刀」，這警員可說連抽屜都還進不去。他根本沒注意到吉姆和傑克經過他身旁，父子倆交換了不耐的眼神。

「要是我能決定的話，就不會派他站崗。」傑克咕噥。

「要是我得去廁所的話，也不會叫他看著我的啤酒。」吉姆回以咕噥，沒澄清看著案發現場和啤酒哪件事比較嚴重。不過今天是除夕前一天，人手極度短缺的警局並沒太多選擇。

兩人分頭搜尋。傑克先用手指關節，又換成手電筒敲擊每一面牆。吉姆想表示他自己也有很棒的想法和點子，動手抬起沙發檢查下面是否正巧躲了人。檢查完之後他就再也沒好想法和點子了。咖啡桌上有幾個披薩盒，吉姆掀開其中一個蓋子看看有沒有吃剩的。傑克見狀，鼻孔登時擴張兩倍。

「爸，你該不會真想吃剩下的吧？它們已經放在這裡一整天了耶！」

他的爸爸不情願地闔上蓋子。

「披薩又不會壞。」

「如果你是住在垃圾場裡的山羊，八成就不覺得。」傑克咕噥說完，又繼續仔細在不同高度敲擊每一面牆，敲，敲，敲。剛開始是抱著希望，但是越來越失望，他的手掌在壁紙上摸索，像是在湖裡搜尋不小心掉進去的鑰匙。他充滿自信的神態開始慢慢瓦解，終於再也阻擋不住一整天強自壓抑的不滿。

「不會吧，該死，我想錯了。他根本不可能在這裏面。」

他身後的那面牆應該正是羅傑所說有空隙的牆。但是並沒有缺口通往牆壁裏。如果銀行搶匪能躲在裏面，那麼非得有人先拆掉一部分的牆，藏起搶匪後再封住牆面，這面牆看起來太平整，油漆也非常完好。再說，他們根本就沒有時間做這些工程。傑克的咒罵中夾雜著性別詞彙和各種農場上的動物。他朝牆上靠的時候，背部喀啦作響。吉姆看到挫敗的神情籠罩著兒子的臉孔，耳朵也耷拉到肩膀上，便拿出身為父親所有的同情心，試著鼓勵兒子：「衣櫥怎麼樣？」

「太小。」傑克簡短地回答。

「只是在平面圖上看起來小而已。根據那位伊絲帖說，其實人是可以走進去的……」

「什麼？」

「她是這麼說的。我不是寫在訪談紀錄裡了嗎？」

「你為什麼不早說？」傑克匆匆問著，雙腿已經往衣櫥走去。

「我不知道這個訊息很重要。」吉姆為自己辯解。

當傑克將頭伸進衣櫥裡找電燈開關時，額頭撞上一個衣架，正好撞在原本已經腫了個包的位置。劇痛之下，他用拳頭捶了衣架一記，結果連拳頭也痛了起來。不過吉姆說得沒錯，衣櫥前半部被成排舊衣架、更舊的外套、裝滿各種比更舊還舊的雜物箱擋住視線，但其實整個空間比平面圖上標示的還大。

40

衣櫥的門上傳來敲擊聲。

叩，叩，叩。

「請進！」安娜麗娜抱著希望高聲說，接著又失望地看見來人不是羅傑。

「我能不能進來？」茱莉亞溫柔地問。

「什麼事？」安娜麗娜的臉孔朝著別處問道，因為她認為哭泣是比上廁所更隱私的行為。

茱莉亞聳聳肩。

「我厭倦外面那些人了。看來妳跟我有同感，所以也許我們有共通之處。」

安娜麗娜自認確實除了羅傑之外，已經好久沒人和她有任何共通之處了，所以這個說法聽起來滿好的。坐在凳子上的她遲疑地點點頭，半躲在成排老氣的西裝後面。

「對不起，我正好在哭。我知道今天不該出現在這裡的是我自己。」

茱莉亞環顧四周想找個坐下來的地方，最後決定從衣櫥後方拉出一把摺疊梯，在最低一階坐下之後說：「我媽知道我懷孕後說的第一句話就是：『妳現在可得開始學會躲在櫥櫃裡哭了，茱茱，因為小孩看到妳在他們面前哭會被嚇壞的。』」

安娜麗娜擦擦眼淚，從西裝下面探出頭來。「妳媽媽第一句就跟妳講這個？」

「我小時候很不好帶，所以她的幽默感也跟別的媽媽不一樣。」茱莉亞笑著說。

安娜麗娜也跟著無力地笑了笑，溫暖地朝茱莉亞的肚子點點頭。

「都好嗎？我是說，妳和……小寶寶？」

「喔，是啊，謝謝關心。我現在一天得尿三十五次，我也討厭襪子，還開始懷疑那些用炸彈威脅公共運輸系統的都是孕婦，因為她們討厭公車裡其他乘客的味道。妳相不相信，有一天坐在我旁邊的老男人竟然在吃蒜味香腸？蒜味耶！在公車上喔！除此之外，我和寶寶都還可以。」

「挺著大肚子還得當人質，妳一定覺得很糟。」安娜麗娜柔聲說。

「喔，妳肯定也同樣不好受。我只是比妳多負擔一些重量而已。」

「妳很怕那個搶匪嗎？」

茱莉亞慢慢搖頭。

「不，我其實不怕。說實話，我甚至不認為那把槍是真的。」

「我也不認為。」安娜麗娜點頭同意，雖然她一點概念都沒有。

「警察可能隨時會來，我們只要冷靜等待就好了。」茱莉亞向安娜麗娜保證。

「我希望。」安娜麗娜點頭。

「其實銀行搶匪看起來比我們還害怕。」

「是啊，妳說的應該沒錯。」

「妳還好嗎？」

「我……我也不曉得。我把羅傑傷得太厲害了。」

「喔，我能感覺出來他這些年也讓妳受了不少委屈，所以你們應該是扯平了吧。」

「妳不知道羅傑這個人。他比其他人以為的還敏感，只是稍微太堅持自己的原則了。」

「敏感和原則，我們常常聽到這兩個東西。」茱莉亞點頭，心想這兩個條件貼切地描述了人類歷史上掀起戰爭的那些老男人。

「有一回在停車場，一個留著黑色落腮鬍的年輕人問羅傑，等我們離開之後能不能讓他停進我們那一格。結果羅傑等了二十分鐘才倒車出來。因為他有原則！」

「這個人可真隨和。」茱莉亞講反話。

「因為妳不知道他這個人。」安娜麗娜又講一次，臉上帶著神遊太虛般的表情。

「請別怪我多事，安娜麗娜——假如羅傑真如妳說的那麼敏感，現在在衣櫥裡哭的應該是他才對。」

「他的敏感……藏在心裡。我只是無法理解為什麼……他一見到連納，就馬上咬定我們……有不正常的關係。他怎麼能這樣誤解我？」

茱莉亞試著在摺疊梯上找到坐得舒服的姿勢，卻在摺疊梯的金屬表面上看見自己的倒影：樣子不怎麼美麗。

「如果羅傑認為妳不忠實，那有問題的是他不是妳。」

安娜麗娜將手指用力貼住大腿，好阻止手指顫抖。她費了一番功夫之後，終於不再快速眨眼睛了。

「妳不了解羅傑。」

「我認識的男人們已經夠我了解他了。」

安娜麗娜的下巴緩慢地左右搖動。

「他是因為原則才在二十分鐘之後倒車。因為那天早上有一個人，一個政客，說我們應該停止幫助外來移民。因為他們以為來這個國家可以免費得到一切，可是社會不能這樣運作。他罵了很多髒話，說外來移民都一個樣。羅傑之前投票給那個政客的黨派，因為他對經濟和燃料稅那些東西的看法很堅決，他不喜歡斯德哥爾摩人自作主張，替住在斯德哥爾摩城外的人們決定應該怎麼過日子。他是非常敏感的。我得承認有時候他的表達方式比較尖銳，可是他有他的原則。沒人能說他沒有原則。所以那天他聽到那個政客講這番話之後，我們去了購物中心。因為那天是聖誕節前幾天，我們買完東西往回走時停車場已經很滿了，等空位的車子大排長龍。那個留黑色落腮鬍的年輕人看到我們正往我們的車子走，就降下車窗問我們是不是要離開了，如果是的話他能不能停我們的格子。」

此時茱莉亞已經準備站起身走出衣櫥了。

「妳知道嗎，安娜麗娜，我不是很想聽完這個故事……」

安娜麗娜理解地點點頭，這絕對不是頭一次別人如此評論她的故事。可是她已經習慣大聲說出腦中的思緒了，所以仍然自顧自地講下去。

「車子太多了，年輕人花了二十分鐘才開到我們的停車位這邊，羅傑拒絕在他還沒到之前離開。我沒注意到年輕人的後座有兩個小孩，可是羅傑看見了。我們離開之後，我跟羅傑說他讓我好驕傲，他說可是他對經濟或燃料稅或斯德哥爾摩人的看法仍然不會改變。然後又說他覺得那個年輕人也許認為他和那個電視上的政客是同一種人，同樣的年齡，同樣的髮色，同樣的方言，還有其他的。而羅傑不希望那位年輕人以為他們就連想法都一樣。」

安娜麗娜用衣架上的西裝袖子擦乾淨鼻子，暗暗希望那是羅傑的西裝。

她在講這件往事時，茱莉亞正試著站起來。這個動作很花時間，所以當她又癱坐回原處時也花了同樣長的時間。坐穩之後她才開口講話，剛開始聽起來就像是喘不過氣的咳嗽聲，然後她發出一陣爆笑。

「我好久沒聽過這麼貼心又荒謬的行為了，安娜麗娜！」

安娜麗娜的鼻尖抬了起來，又出於害羞而低下去。

「羅傑和我常常因為政治鬥嘴，我們的看法差異很大，可是人永遠能……我想就算妳不完全同意某人，還是能了解對方吧，妳懂我的意思嗎？我知道人們有時候覺得羅傑有點笨，但他並不是他們以為的那種笨蛋。」

茱莉亞承認：「洛和我也投給不同的政黨。」

她本想補充：講到政治，洛就像頭腦不清的嬉皮，這種事唯有在開始交往幾個月之後才會知道，可是當事人會選擇克服。因為即使有各種差異，兩個人還是能相愛。

安娜麗娜用西裝外套好好抹了抹整張臉。

「我實在不應該背著羅傑做那些事的！他的工作表現很好，夠格當主管，可是機會從沒臨到他頭上。所以他現在如果不能……贏的話，就會生氣。我要他有贏家的感覺。所以才會打電話給『連納不設限』。一開始我告訴自己只要一次就夠了……可是經驗越多就越容易。妳會告訴自己……唉，當然，妳還年輕，一定很難理解，可是……說謊變得越來越容易。我告訴自己這都是為了羅傑，其實根本就是為了我自己。我裝潢了這麼多間公寓，讓它們看起來有家的樣子，來看房子的人就會想：『喔，我就是想住在這樣的房子裡！』我只是希望有一天能輪到自己，再度安頓在某個地方。羅傑和我到處搬家已經好久了。我們只是……過客。」

「你們在一起多久了？」

「從我十九歲開始。」

茱莉亞久久地思考下一個問題，終於開口：「你們怎麼辦到的？」

安娜麗娜不假思索地回答：「你們一直愛彼此，直到離開對方就沒法過活。就算有一小段時間不再愛對方，也還是……離開對方就沒法過活。」

接下來的好幾分鐘內，茱莉亞都沒再說話。她的媽媽獨自生活，但是洛的父母結婚四十年了。無論茱莉亞多愛洛，有時這個概念仍會嚇壞她。四十年。妳怎麼能愛一個人那麼久？她的手輕輕向衣櫥牆壁一擺，朝安娜麗娜笑道：「我太太簡直要把我逼瘋，她想在這裡面釀酒和儲存乳酪。」

安娜麗娜仍然帶著淚痕的臉蛋從兩條同樣質料的西裝褲之間冒出來，像是在揭露令人害臊的祕密那樣回答：「有時候羅傑也快把我逼瘋。他拿我們的吹風機去……呃，妳猜猜看……塞在他腰上圍著的浴巾下面。吹風機不是這樣用的……不是吹那個地方。我每次看到都想尖叫！」

茱莉亞聳聳肩。

「唉唷，洛也會做一模一樣的事！噁心到讓我想吐。」

安娜麗娜咬著下唇。

「我得承認，我從來沒想過妳也會面對同樣的問題。我以為和……女人一起生活比較容易。」

茱莉亞哈哈大笑。

「妳不會光是因為性別就愛上一個人的，安娜麗娜。妳會因為對方是笨蛋而愛她。」

安娜麗娜也笑了起來，比她慣常的笑聲響亮許多。安娜麗娜的年齡是茱莉亞的兩倍，可是她們有許多相似之處。兩人都嫁給不懂各種髮質差異的笨蛋。安娜麗娜看著茱莉亞的肚子微笑。

「預產期是哪一天？」

「隨時！你聽見了嗎，小外星人？」茱莉亞的回答半是對著安娜麗娜，半是對著她肚子裡的小外星人。

安娜麗娜看似不太懂這個暱稱，但是她閉上了眼說：「我們有一兒一女，和妳一樣年紀。可是他們不想生孩子。羅傑非常無法接受。也許妳光是看他這個人不會覺得，因為妳還不是真正了解他，可是如果有機會的話，他會是很棒的爺爺。」

「可是還有很多時間啊，不是嗎？」茱莉亞不解，因為如果他們的孩子和她同樣年紀，她絕對不會想當個老媽媽。

安娜麗娜傷心地搖搖頭。

「不，他們已經下定決心了。當然那是他們的選擇，這個年頭……就是這樣。我女兒說地球上已經人口過剩了，她也很擔心氣候變遷。我不懂為什麼不能光焦慮普通的問題就好了，人真的需要找些新的問題來煩惱嗎？」

「所以她為了這些原因不想生小孩？」

「對，她是這樣說的。如果我沒誤解的話，也許我誤解了。可是如果沒有這麼多人，說不定真的對環境比較好，我也不知道。我只希望羅傑再度覺得自己很重要。」

茱莉亞不太懂話中邏輯。

「孫子孫女能讓他覺得自己很重要？」

安娜麗娜虛弱地笑笑。

「妳曾經牽著三歲小孩的手從托兒所走回家嗎？」

「沒。」

「那個時刻，妳會覺得自己從沒這麼重要過。」

她們坐在原地，沒再講話，在氣流中微微發抖。沒有一個人納悶氣流是從哪裡吹進來的。

41

伊絲帖悄無聲息地走進玄關。她蒼老乾癟的軀體如此輕盈，簡直能夠成為絕佳的獵人，若不是她話太多的話。她慈愛地逐個看著長凳上的銀行搶匪、洛、羅傑。由於三個人之中沒有人注意到她，伊絲帖便帶著歉意清清喉嚨問：「有誰餓了嗎？冷凍庫裡有吃的，我可以煮一點什麼。所以我很確定有食物，在廚房裡。人們通常都會在廚房裡放一點食物。」

除了問餓不餓，伊絲帖沒有更好的辦法傳達她的關心。銀行搶匪給她哀傷但是感激的微笑。

「有吃的聽起來很棒，謝謝，可是我不想再添麻煩了。」

洛正好相反。她興奮地猛點頭，因為她餓到願意連皮啃萊姆。

「我們能不能叫披薩？」

她因這個想法而振奮之餘，不小心用手肘撞了羅傑一記，將似乎正陷於沉思中的羅傑叫醒了。他抬起頭問：「什麼？」

「披薩！」洛再說一次。

「披薩？現在？」羅傑不以為然地看了看手錶。

銀行搶匪突然想起另一件事，無力地嘆口氣說：「不行。第一個，我身上的錢不夠叫披薩，竟然就連被我綁架的人質也會跟著我餓死……」

羅傑雙手抱胸看著銀行搶匪。他頭一次不是出於評論，而是純粹好奇地問：「我能不能問一下你的計畫是什麼？你打算如何離開這裡？」

銀行搶匪用力眨眼，然後根本懶得修飾地承認：「我不知道。我根本沒想這麼多，只是試著……我只需要夠付房租的錢，因為我正在辦離婚手續，律師說……否則他們就會把我的小孩帶走，我的兩個女兒。唉，說來話長，我不想浪費你們的……對不起，也許我應該投降。我想通了！」

「如果你現在投降走到樓下，警察有可能會殺掉你。」洛說著，語氣中並無鼓勵之意。

「講得好可怕啊！」伊絲帖說。

「那也不無可能。他們知道你有槍，所以具有危險性，這種歹徒通常都是被當場擊斃。」羅傑補充了更多資訊。

滑雪面罩的眼洞周圍突然看起來更潮濕了。

「這一把根本不是真槍。」

「看起來的確不像。」羅傑同意，雖然他對這個話題的經驗貧乏得令人吃驚。

銀行搶匪低聲說：「我真蠢。又失敗又蠢，連計畫都沒有。要是他們想打死我，就讓他們開槍吧，反正我什麼也做不好。」

銀行搶匪胸懷新生不久的決心，站起來朝公寓大門走去。

洛也隨即站起來擋住搶匪的去路。當然部分原因是搶匪談到自己的孩子，但也是因為洛在這個人生階段，對什麼事都做不好的心境非常有同感。因此她高聲說，「哈囉？所以你這樣就要放棄了？費了這麼多功夫？我們至少點一下披薩吧？在綁架電影裡警察都會拿披薩給人質吃耶！免費的喔！」

伊絲帖雙手交疊放在肚子上幫腔：「我對披薩沒有意見。妳想他們能順便送沙拉吧？」

羅傑頭也沒抬地咕噥：「免費？妳是當真？」

「跟腎結石一樣真！」洛保證，「電影裡的人質總是有披薩吃！如果我們能想出方法聯絡上警方，就能點披薩了！」

羅傑瞪著地板好久好久。然後他瞥著公寓另一頭的衣櫥門，想隔著門感覺他的妻子，他眼睛下方的皮膚不停抽動。接著，他似乎終於決定行動，因為在羅傑的經驗裡，花太多時間思考並沒好處。他趁著那股動力，雙手用力一拍膝蓋，站起身來。光是這個動作就讓他的內心感到一陣溫暖。

「好！我來處理披薩！」

他朝陽台走去。伊絲帖踩著小碎步進廚房找盤子。洛跑向衣櫥問茱莉亞想吃哪種口味的披薩。銀行搶匪被獨自留在玄關裡，手中緊抓著槍，喃喃自語：「太不合格了。你們是最不合格的人質。」

42

傑克和吉姆將整個衣櫥翻了個徹底，依然不見銀行搶匪的蹤影。衣櫥後方的大櫃子是空的，只有一些空酒瓶——哪種酒鬼會把酒藏在衣櫥裡？他們搬出所有的衣物、男人的西裝和看似是在彩色電視發明之前做的手工洋裝。但是除此以外什麼也沒有。吉姆翻找得滿頭大汗，根本沒注意衣櫥裡清冷的氣流。最後反而是傑克停下了動作，警醒地嗅著空氣，活像置身音樂節裡的獵犬。

「這裡聞起來有菸味。」他邊說邊下意識用手撫摸頭上的腫包。

「也許其中一個買主躲到這裡抽菸了，在這種情況下是可以理解的。」吉姆推測。

「如果真是這樣，菸味應該更濃。公寓裡其他地方並沒有菸味，所以可能是有人……我也不知道，讓衣櫥通風？」

「怎麼通風？」

傑克沒回答，但是在那塊小空間裡四處搜尋他原本以為是自己想像出來的氣流。突然，他拾起躺在地上的摺疊梯，撥開一堆衣服，踩上梯子，用手掌敲打天花板，直到發現蹊蹺。

「這上面有老通風管！」

吉姆還來不及反應，傑克便已經把頭探進洞裡。吉姆利用這個機會搖晃他在大櫃子裡發現的酒瓶，從並未全空的酒瓶裡喝了一口。因為酒也不會變壞。

傑克在摺疊梯頂端叫著：「這上面有很窄的通道，木作天花板上面，我想氣流是從閣樓吹下來的。」

「通道？大到能讓人爬到別的地方？」吉姆不解。

「天曉得，是很窄沒錯，可是瘦小的人也許可以……等等……」

「你看見什麼了嗎？」

「我在用手電筒照照看它通到哪，可是有東西擋在前面……好像……毛茸茸的。」

「毛茸茸的？」吉姆焦慮地重複，腦中出現所有傑克可能不想在通風管裡看見的動物屍體。就算是活生生的動物，傑克也幾乎沒一種喜歡的。

傑克咒罵著，將不明物體拖過來丟給下方的吉姆。是一顆兔子頭。

43

羅傑隔著陽台圍欄看著下方的警察，深吸一口氣之後大吼：「我們需要補給品！」

「醫療用品嗎？有人受傷了？」其中一位員警吼回來。他的名字叫吉姆，聽力不太好，之前也沒經歷過太多綁架事件。或者嚴格來說，根本一次也沒經歷過。

「不是！我們餓了！」羅傑又吼。

「氣了？」警員吉姆吼。

現場還有另一位比較年輕的員警站在他旁邊。他試著叫老員警閉嘴，好聽清楚羅傑說的話，但是老員警當然不聽他的。

「**不是！披薩！**」羅傑吼。但是因為他的兩個鼻孔裡都塞了棉花球，所以很不幸地聽起來像「彼得」。

「**彼得？有一位叫彼得的受傷了？**」老員警吼。

「**你根本沒聽我講話！**」

「**什麼？**」

「**安靜，爸，我好聽他講什麼！**」年輕員警在馬路另一邊對老員警大吼，但是羅傑已經不耐煩地離開陽台了。自從上回他最喜歡的巧克力因為名字冒犯某群人而被該死的抗議分子逼迫改名後，他的嘴從沒吐出過這麼多咒罵字眼。他氣沖沖走進公寓，在半空中揮舞筆記本和有宜家字樣的鉛筆。

「我們來列個清單丟下去。」他宣布，「你們要什麼口味的披薩？你先說！」他指著銀行搶匪命令。

「我？喔，我沒關係，任何口味都行。」銀行搶匪脆弱地說。

「你是思考有困難還是怎樣？好歹做一次決定吧！否則沒有人會把你當一回事！」莎拉從沙發上大叫（她先從廁所拿一條毛巾鋪在沙發墊上才坐下，因為天曉得誰在她之前坐過那個位子。那些人也許身上有刺青還有什麼其他的鬼東西）。

「我沒辦法決定。」銀行搶匪說。這也許是他今天一整天裡講過最中肯的話了。你還小的時候曾經希望自己成為大人，能夠自己決定一切；但是當你長大之後卻發現那是最糟糕的部分。你必須時時刻刻有想法，你必須決定投票給哪個政黨喜歡哪一款壁紙還有哪一種性偏好和哪個類型的優格最能反映你的人格特質。你必須做選擇，也被他人選擇，每分每秒，永遠。在銀行搶匪看來，這就是離婚最可怕的一點：你以為自己早先已經做完所有的決定，但是現在又得開始重新決定所有的事情。我們已經有壁紙和廚具了，陽台家具幾乎還是新的，孩子們即將開始上游泳課。我們有共同的人生，難道這樣還不夠？銀行搶匪曾經達到了人生中覺得……完整的階段，好不容易。也就是說，他沒準備好再度被丟進野外去搞清楚自己究竟是誰。銀行搶匪試圖理解這些想法，但是還沒來得及，莎拉就再度發言打斷。

「你得提出要求！」

羅傑附議：「她說得沒錯，如果你什麼都不要求，警方就會開始緊張，然後就亂開槍。我在紀錄片裡看過。如果你綁架了人質，就得告訴他們你的要求，他們好開始談判。」

銀行搶匪回答得既低落又誠實：「我只想回家陪我的孩子。」

羅傑思考了一會兒，然後說：「我幫你點火腿蘑菇披薩，每個人都喜歡火腿蘑菇。下一位！」

妳要哪種？」

他看著莎拉。她似乎處於震驚狀態。

「我？我不吃披薩。」

莎拉上館子時總是點帶殼海鮮，而且特別點明殼不可以破損或打開，如此她才能確定廚房裡沒人碰過裡面的海鮮。萬一餐廳沒有帶殼海鮮呢？她就點白煮蛋。她討厭莓果，但是喜歡香蕉和椰子。對她來說，地獄就是被卡在自助餐取餐人龍裡，排在她前面的人還感冒。

「每個人都有披薩！更何況還是免費的！」羅傑澄清時很不巧地吸了一下鼻子。

莎拉先是皺起鼻子，臉孔其餘部分隨之跟進。

「人們都用手抓披薩吃，又用同一雙手整修公寓。」

羅傑當然不讓步，他端詳著莎拉的手提包、鞋子、手錶，然後在筆記本上做紀錄。

「那我就幫妳點最貴的口味，這樣行了吧？也許他們有松露、金箔，或是瀕臨絕種的烏龜寶寶，還有貴得離譜的番茄醬。下一位！」

伊絲帖看似有點擔心無法太快做決定，於是高聲說：「我要跟莎拉一樣的。」

羅傑覷了她一眼，在筆記本上寫下「火腿蘑菇」。

輪到洛了。大概只有媽媽們和心臟電擊器製造商才會喜歡看到她的表情。

「沙威瑪披薩加大蒜醬！要雙倍的醬，還有雙倍的沙威瑪。最好烤到有點焦焦的。等一下，我去問茱茱要哪種！」

她用力敲打衣櫥門。

「**怎麼了**？」茱莉亞叫。

「**我們要叫披薩！**」洛大吼。

「**我要沒有鳳梨和火腿的夏威夷，可是要放香蕉和花生，跟他們說不要烤太久！**」

洛深深吸了一口氣，深到背部發出喀啦的響聲。她向衣櫥門更靠近一點。

「親愛的，妳能不能選菜單上有的口味，這一次就好？選一個好吃、正常的披薩？妳為什麼每次都要給他們一堆指示，害我得像在教盲人降落飛機？」

「**如果他們有好的起司我也要加！可是一定要好起司！**」

「妳為什麼不能像正常人一樣選菜單上有的口味就好了？」

不知道是否因為茱莉亞沒聽見洛的話，還是她選擇忽略，因為她又在衣櫥裡叫：

「**還有橄欖！可是不要綠的！**」

「這樣根本就不是夏威夷披薩。」洛話聲非常輕地自言自語。

「**當然是！**」

羅傑盡力記下全部細節，然後衣櫥門打開了，茱莉亞向外偷瞧了一下，冷不防用非常友善的聲音說：「安娜麗娜說她跟你點一樣的，羅傑。」

羅傑慢慢點頭，低頭看著筆記本。他走到廚房裡，免得被人看見他換了個地方記下新的一條，因為當紙張還濕的時候是寫不上字的。他回到客廳裡，兔子怯怯地舉起手。

「我想要——」兔子頭裡的聲音說。

「蘑菇火腿！」羅傑打斷他，將眼淚用力眨掉，臉上的表情像是在告訴兔子，此時不宜吃素或奉行任何莫名其妙的飲食規則，於是兔子點頭囁嚅道：「我可以拿掉火腿，沒問題，這樣也行。」

然後羅傑環視四周，想找個夠重的東西將清單綁在上面，最後找到一個很理想的圓形物體。

接著警員們聽見某人從陽台上再度大吼，傑克一抬頭，一顆萊姆正中額頭。

從那個高度丟下來，絕對可以砸出一個大包。

44

傑克只能半個身子勉強擠進衣櫥天花板上的空間，於是吉姆爬到摺疊梯上抓住傑克的腳，用全身的力氣將他拉下來，彷彿傑克是一隻爬進汽水瓶裡喝光汽水之後暴脹到擠不出來的老鼠。傑克脫困之後，和吉姆兩個人分別乒乒兩聲跌坐在地板上。他們在地板上癱倒下來，身邊推滿上個世紀的女人內衣褲，還在滾動的兔子頭揚起四處奔逃的灰塵棉絮。傑克再度吐出一串他熟知的農場動物解剖結構詞彙，然後站起來說：「所以，那上面有一套很窄的舊通風管，可是末端那一頭被封住了。菸味也許可以被吹出去，但是人類絕對不可能擠出去。根本行不通。」

吉姆看起來不太開心，主要原因是傑克看起來不開心。兒子大步走出衣櫥後，父親還站在原地，好讓兒子在客廳踱幾圈，發洩完心中的咒罵。之後，吉姆走出來時，發現傑克正站在壁爐前沉思。

「你覺得銀行搶匪有可能從這裡跑掉？」吉姆狐疑。

「難道你認為他是聖誕老公公還是什麼？」傑克回答，馬上就後悔語氣裡的不留情面。可是壁爐底有灰燼，還帶著餘溫——最近才點燃過。傑克小心地用手電筒戳著灰燼，勾出燒了一半的滑雪面罩。他將面罩對著光線仔細觀察，又看看地板上的血跡和四周家具，企圖拼湊出完整的真相。

同時，吉姆隨機地在公寓裡四處遊走。他進了廚房打開冰箱（所以也許根本不是隨機遊走）。冰箱裡有剩下的披薩，放在保鮮膜細心包好的瓷盤裡。誰會在綁架事件當中做這種事？吉姆關上冰箱走回客廳。傑克仍然站在壁爐旁，手裡拿著燒了一半的滑雪面罩，肩膀因為喪氣而低垂。

「不行，我想不通他如何離開公寓的，爸。我已經從各種可能和不可能的角度分析了，還是不懂怎麼會……」

傑克瞬間看起來極為傷心，他的父親立刻試圖藉著問他問題來激勵他。

「那血跡呢？搶匪怎麼能夠在流了這麼多血之後仍然——」吉姆才開口，就被玄關傳來的話聲打斷：是那位站崗的員警。

「呃，那不是銀行搶匪的血。」他快活地說道，一邊用手剔著牙。

「什麼？」傑克問。

「施引吸得吉雪。」員警幾乎整隻手都探進嘴裡，彷彿血跡不如他午餐時卡在牙縫裡的紀念品來得重要。他的手從嘴裡退出來，捏著一小塊腰果，重獲自由的嘴角向上一彎，顯得無比開心。

「你說什麼？」吉姆問，耐性快速地消逝。

快活的員警指著地上乾掉的血跡。

「我說：是演戲的假血。你們看它乾掉的樣子，真血不是這樣的。」他說著，手上還捏著那塊腰果，彷彿無法決定該丟掉或是裱框紀念這個絕大的人生成就。

「你怎麼知道？」吉姆問。

「我的副業是魔術師。嗯，說得準確一點，**警察**才是我的副業！」

他猜想吉姆和傑克八成會笑他，便有些愁苦地假咳一聲之後又補充：「我到處登台表演，像那一類的——老人院之類。有時候我會假裝割到自己，就用假血。我的功力其實很不錯，如果你有一疊撲克牌，我可以——」

傑克這輩子從來看起來都不像是身上「有一疊撲克牌」，他指著血跡。
「所以你很確定這不是真血？」
員警自信滿滿地點頭。
傑克和吉姆若有所思地看著彼此。雖然天花板的燈已經點亮，他們還是不約而同打開手電筒，仔細逐吋搜尋公寓。一次又一次再一次。他們觀察每一樣物件，卻仍然看不到線索。咖啡桌上的披薩盒旁有一碗萊姆。所有的玻璃杯都端正地放在杯墊上。地板上有警方畫的記號，標明搶匪手槍被發現的位置。在記號旁邊是一張上面有小檯燈的小邊桌。
「爸？我們進來的時候是在哪裡找到那支我們送進來給搶匪的手機？」傑克忽然問道。
「那裡，小桌子上頭。」吉姆說。
「那就對了。」傑克嘆了口氣。
「對什麼？」
「我們從頭到尾都想錯了。」

45

證人訪談

日期：十二月三十日

證人：「茱茱」和「洛」

傑克：由於妳們是見證重要犯行的證人，我真的必須和妳們分頭談話，而不是同時。

茱茱：為什麼？

傑克：因為就是這樣。

茱茱：對不起，你是被我媽上身了嗎？你說「因為就是這樣」是什麼意思？

傑克：妳們是罪案調查過程裡的證人。我們有規定的。

茱茱：所以我們兩個之中有人是嫌疑犯嘍？

傑克：並不是。

茱茱：那就好。我們得在一起，你知道原因嗎？

傑克：不知道。

茱茱：因為就是這樣！

傑克：老天，我真想知道去哪找比這一群還難纏的證人。

茱茱：什麼？

傑克：我什麼也沒說。

茱茱：你說了，我聽見你咕噥。

傑克：不重要。好吧，妳贏了，妳們一起談吧！

洛　：茱茱只是怕她不在場的話我會說蠢話。

茱茱：閉嘴，親愛的。

洛　：看吧？

傑克：行行好，妳們兩位別再拌嘴了可以嗎？我都已經說好了！我會同時訪談妳們兩位！可是不能像現在這樣！

洛　：你非得這麼火大？

傑克：我沒火大！

洛　：好吧。

茱茱：可以。

傑克：我需要知道妳們的真名。

洛　：這就是我們的真名。

傑克：這是暱稱吧？

茱茱：拜託，你能不能把重點放在訪談上？名字沒那麼重要吧？我得去上廁所。

傑克：好，好，當然可以。倒好像「妳叫什麼名字？」這個問題很複雜似的。

茱茱：別再嘟嘟囔囔的，趕快問你的問題吧。

傑克：是啦，我只是個小警員，所以當然一切妳說了算。

茱茱：怎樣啦？

傑克：沒事。我只是需要確定，在綁架事件當中，妳們從頭到尾都在公寓裡，是嗎？
洛　：我不懂你說的「綁架事件」，聽起來好嚴重。
茱茱：洛，拜託妳有腦子一點。如果我們不是人質，那是什麼？不小心被人用手槍威脅？
洛　：我們只是因為錯誤的決定而產生的不幸後果而已。
茱茱：因為某人絆了一跤，剛好跌進滑雪面罩裡？
傑克：麻煩二位專心在我的問題上好嗎？
茱茱：哪一個問題？
傑克：妳們兩個是不是從頭到尾都在公寓裡？
洛　：茱茱在娛樂室裡待了很久。
茱茱：那不是娛樂室！
洛　：好吧，那就衣櫃。別這麼吹毛求疵。
茱茱：妳明明就知道它的用途。
傑克：妳待在衣櫃裡？多久？我的意思是，妳在裡面待了多久才出櫃子？
茱茱：你說什麼？
杰克：我的意思是，那個，不是我的意思。
茱茱：那好，所以你究竟是什麼意思？
傑克：什麼意思也沒有。我說「出櫃」，只是指妳實際上真的待在一個……嗯，櫃子裡。
茱茱：我們從頭到尾都在公寓裡。
洛　：妳為什麼聽起來這麼氣？

茱茱：也許是因為賀爾蒙，洛？妳是不是想講這個？

洛　：沒，真的沒有。我確實沒說，所以不算。

傑克：我了解妳們今天過得很辛苦，可是我試著搞清楚每個人不同時間的所在之處。譬如披薩送到的時候。

洛　：這怎麼會重要？

傑克：那是我們所能確定搶匪還在公寓裡的最後時間。

洛　：我們吃披薩的時候，我坐在躺椅上。

傑克：躺椅在哪？

茱茱：就是沙發尾端那一段，有點像是沙發床。

洛　：那才不是——我得告訴妳多少次那跟沙發床一點都不像？妳知不知道躺椅不是沙發床？不然它早就該叫沙發床啦！

茱茱：老天爺賜給我力量吧！難道我們每次都要像那次我不懂夜壺櫃是什麼吵架嗎？你知不知道什麼是夜壺櫃？

傑克：妳問我？是裝酒的櫃子吧，不是嗎？

茱茱：看吧？我告訴過妳了。

洛　：才不是裝酒的櫃子！

茱茱：是那種放在廁所洗臉台下面的櫃子。

傑克：我一點概念都沒有。

茱茱：沒有正常人會知道。

洛　：你們是山頂洞人還是怎樣？是認真的嗎？夜壺櫃是梳妝台的親戚。你總知道梳妝台吧？

傑克：我是知道梳妝台。

茱茱：既然妳那麼懂，怎麼還會把衣櫥叫做更衣間？

洛　：因為會用衣櫥這個詞的人，多半是教大家喝各種果汁，拉了三年稀屎的部落格主；而梳妝台是正統的家具！

茱茱：你現在曉得我得忍受怎樣的行徑了吧？去年她沉迷在梳妝台和夜壺櫃裡三個月，因為她想成為櫥櫃職人。在那之前她想當瑜伽老師，在那之後她想變成避險基金經理人。

洛　：妳幹嘛每次都講得這麼誇張？我從來沒想過變成避險基金經理人。

茱茱：那不然妳本來想當什麼？

洛　：股票交易員。

茱茱：差別在哪？

洛　：我還沒研究到那裡。在那之前我就已經改成做乳酪了。

傑克：我們應該回到我的問題上了。

洛　：你看起來有點緊繃，別咬到舌頭。

傑克：要是妳們好好回答我的問題，我就不會緊繃了。

茱茱：我們坐在沙發上吃披薩，這就是答案。

傑克：謝謝妳！當時還有誰在公寓裡？

茱茱：我們兩個、伊絲帖、莎拉、連納、安娜麗娜和羅傑、銀行搶匪。

傑克：還有仲介？
茱茱：那當然。
傑克：所以仲介在哪裡？
茱茱：當時嗎？
傑克：對。
茱茱：我是你的導航還是怎樣？
傑克：我只是想請妳確認當時每個人都在桌子旁邊吃披薩。
茱茱：我想是吧。
傑克：妳想是吧？
茱茱：你有事嗎？我是孕婦，公寓裡一堆人還有槍，我腦子裡有很多得煩惱的，可不是在巴士上數小朋友背包的幼稚園老師。
洛　：這是糖果嗎？
傑克：是橡皮擦。
茱茱：別再吃了！
洛　：我只是問一下！
茱茱：你知不知道每次我們去看房子，她都會開人家的冰箱？你覺得這種行為是可以接受的嗎？
傑克：我其實不會在乎。
洛　：他們本來就想要你開冰箱啊。那不就是房屋仲介講的「宅妝」嗎，大家都知道。有一次我還發現墨西哥薄餅，可以排在我所吃過最好吃的墨西哥薄餅前三名。

茱茱：等一下，妳把薄餅吃掉了？

洛：那本來就是要給我們吃的。

茱茱：妳竟然吃掉陌生人冰箱裡的食物？真的假的？

洛：那有什麼不對？裡面是包雞肉的，至少我想應該是雞肉。不管什麼東西，放在冰箱裡一陣子之後吃起來都會像雞肉，除了烏龜。我有沒有告訴妳我吃過烏龜？

茱茱：什麼？不要！別再講了，不然我會吐。

洛：妳是什麼意思，別再講了？一直說要彼此了解的人是妳呀！

茱茱：我改變主意總行吧？現在我認為我們已經夠了解彼此了。

洛：你覺得看房子的時候吃掉冰箱裡的墨西哥餅很奇怪嗎？

傑克：請別把我扯進去。

茱茱：他覺得這種行為有病。

洛：他沒這麼說！妳知道什麼才叫有病嗎？茱茱會把糖果和巧克力藏起來，怎麼會有這樣的成年人？

茱茱：沒錯，我是會把很貴的巧克力藏起來，因為我嫁給一個無底洞！

洛：她撒謊。有一次我發現她買了無糖巧克力，無糖喔！然後還不是一樣藏起來，好像怕我連無糖巧克力都會吃光，我又不是腦子有問題。

茱茱：結果還是被妳吃光了。

洛：我是要給妳上一課，可不是因為我愛吃。

茱茱：夠了，我現在可以回答你的問題了！
傑克：哇，我還真是受寵若驚。
茱茱：你到底問不問？
傑克：當然問。嫌犯放大家離開，妳們在走出公寓時，記不記得誰跟妳們一起下樓？
茱茱：當然是全部的人質嘍。
傑克：能不能請妳依序列出走下樓梯的人質名字？
茱茱：當然可以。我和洛、伊絲帖、連納、莎拉、安娜麗娜、羅傑。
傑克：房屋仲介呢？
茱茱：喔對，還有仲介。
傑克：所以房屋仲介想必和你們在一起？
茱茱：快問完了吧？
洛　：我餓了。

46

各行各業都有外行人不懂的門道：工具和竅門以及複雜的術語。也許其中以警察為最，他們使用的語言不斷變化，老警察總是跟不上年輕警察發明的新詞。所以吉姆根本不懂那個鬼東西叫什麼，那個電話啥的。他只知道那東西的特別之處在於你不需要手機訊號就能打電話，而且傑克很高興他們的警局裡有這個東西。傑克對那東西的興奮程度，遠高於吉姆認可的標準，可是這個電話最後被送進綁架人質現場，證明它其實很有用處。想到這個方法的是吉姆，不過他一點都不自豪。在人質們被釋放之後，談判專家想藉著那具電話和銀行搶匪溝通，說服搶匪和平投降。就在此時，他們聽見那聲槍響。

當然，傑克鉅細靡遺地向吉姆解釋過那具電話的科技特色，但是吉姆仍然叫它「那個特別的電話能夠在根本沒有訊號的地方收到該死的訊號」。在他們將電話送進去給搶匪之前，傑克也告訴吉姆必須確定來電鈴聲設定無誤。毫不意外地，事實正好相反。

傑克環視著公寓內部。

「爸，你確定我們把電話送進來的時候，鈴聲打開了？」

「是，是，當然當然。」吉姆回答。

「所以是……沒設定好？」

「也許我忘了，說不定。」

傑克洩氣地用手抹著整張臉。

「所以有可能是震動模式？」

「是有可能，沒錯。」

傑克伸手觸摸當他們進公寓時擺著電話的小邊桌。只有三支腳的小邊桌挑戰地心引力似地勉強站著。他檢查地板上發現手槍的位置，然後視線沿著某條隱形的線延伸到綠色的窗簾上：牆上有彈孔。

「歹徒並沒朝自己開槍。」傑克用低沉的聲音說。

然後他想到，槍響時歹徒根本就不在公寓裡。

「我不懂。」吉姆在他身後說著，語氣不是一般父親說這句話時的惱怒，而是驕傲，並沒有太多父親能有這種經驗。吉姆喜歡聽兒子解釋推論背後的道理，但此時當傑克陳述出來時，聽起來卻一點都不滿意。「電話放在那張搖搖晃晃的邊桌上，爸，手槍一定是擺在它旁邊。人質被釋放之後，我們打電話進來，然後電話就開始震動，桌子跟著搖晃，手槍掉到地上走火了。我們以為是歹徒舉槍自殺，其實他根本不在這裡。他早就逃之夭夭了。地上的血……假血還是什麼鬼的……一定是在之前就已經潑到地板上。」

吉姆久久地看著兒子，然後撓撓鬍碴。

「你知道嗎？從某一方面來看，這是全世界最聰明的犯行……」

傑克點頭同意，摩娑額頭的腫包，接著替父親說完他的想法。「……可是從另一方面看，又像是徹底的笨蛋才會做的事。」

至少有一件說對了。

傑克深深坐進沙發，吉姆則像是被人推了一把，重重跌坐在沙發上。傑克拿起背包取出所有的證人訪談筆記，將它們散放在身側周圍，並未解釋原因。他仔細地重新閱讀一遍所有訪談，然後放下最後一頁，若有所思地輕咬舌頭，因為他的壓力釋放點在舌頭上。

「我是個大笨蛋。」他說。

「怎麼說？」吉姆納悶。

「該死！該死，該死……我真是個大笨蛋！爸，公寓裡有幾個人？」

「你是指多少個想買房子的人？」

「不是，我是指所有的人加起來。公寓裡總共有幾個人？」

吉姆作勢計算，希望藉此聽起來像是悟出了箇中蹊蹺。「我看看……七個潛在買主。或者說，那個……其實真正只有兩對，洛和茱茱，還有羅傑和安娜麗娜；伊絲帖不是真有興趣買……」

「所以有五個人。」傑克不耐煩地點頭。

「五個，對。那就是了，沒錯。然後有莎拉，我們不知道她為什麼來。連納會在這裡是因為安娜麗娜雇用他。所以有……一，二，三，四，五……」

「總共七個人！」傑克點頭。

「再加上嫌犯。」吉姆補充。

「正是。可是還要……加上房屋仲介。」

「加上房屋仲介，對，那就是九個人！」吉姆說著，對自己的數學能力感到十分滿意。

「你確定嗎，爸？」傑克嘆氣。

他望著父親良久，等待父親醒悟出來，但是吉姆毫無反應，絲毫反應都沒有。只有兩隻回瞪著他的眼睛，就像多年前他們看完一場電影後，傑克得向父親解釋：「可是，爸，那個禿頭的人死了，所以只有小男孩看得見他！」父親驚呼：「什麼？他是鬼？不會吧，他不可能是鬼，因為我們都看得見他啊！」

她被他的反應逗得大笑——吉姆的妻子和傑克的母親。老天，她笑得前俯後仰。老天，他們真想念她。她至今仍能令父子倆更了解彼此，雖然她早已不在了。

她過世之後，吉姆老得好快，不再是個完整的男人，從來不曾將吐出去的氣息再完全補充回到體內。那晚當他坐在醫院裡時，人生就像冰原上的裂縫，他的手再也抓不住裂縫邊緣，向下墜入無邊的黑暗裡。他忿忿地悄聲對傑克說：「我試著和上帝講道理，真的試了，哪有讓牧師病成這樣的上帝？她向來只為別人做好事，哪種上帝會讓她得這種病？」

對此，傑克當時無言以對，如今也沒有答案。他只是靜靜坐在候診室裡握著父親的手，直到分辨不出順著頸子流下的是誰的眼淚。隔天清晨，他們惱怒太陽仍然升起，無法原諒世界失去了她卻如常運行。

但是當時候到了，傑克站起身，拿出成年人的樣子直起背脊，走過一連串的門，停在她的房間外頭。他是自豪的年輕人，對自己的信念深信不疑；他沒有宗教信仰，母親也從未為此說過一句重話。她是那種被每個人怒吼的牧師：有宗教信仰的人吼她不夠虔誠，其他人則因為她有宗教信仰而吼她。她曾經和水手們一起出海，在沙漠裡陪伴士兵，到監獄裡探視囚犯，安慰醫院裡的罪人和無神論者。她喜歡喝小酒，也會開黃腔，無論與誰為伍。如果有人問她上帝會如何看待她的所作所為，她總是回答：「我不認為上帝和我的看法完全相同，可是我能感覺到祂曉得我已經盡最大的力量了。而且我想也許祂知道我是為祂效力，因為我總是試著幫助人們。」任何人請她總結她的世界觀，她總是引用馬丁·路德的話：「即使世界明日將要毀滅，我今日仍會種下這株蘋果樹。」她的兒子愛她，但她始終沒辦法令他相信上帝，因為就算你能對人傳教，卻無法傳授信念。但是就在那一晚，置身她曾經握過無數垂死之人雙手的醫院裡，在那條昏暗的甬道盡頭，傑克跪了下來請求上帝不要帶走他的母親。

上帝終究將她帶走了。傑克走到她的床邊用力握住她的手，彷彿希望她能醒來叫他別握這麼緊。然後他哀不可抑地說：「別擔心，媽，我會照顧爸爸。」

在那之後他打電話給姊姊。當然她一如往常保證再保證，她只需要機票錢。想當然，傑克匯了錢，但是她並沒回來參加葬禮。吉姆從未將她歸類為「癮君子」或「毒蟲」，因為做父親的無法如此。他總是說女兒「病了」，這樣講比較好聽。但是傑克毫不隱瞞地叫她：海洛因毒犯。她比傑克大七歲，如此的年齡差距使得小時候的傑克不曾視她為姊姊，而是偶像。當她離家時他不能跟她一起走；當她試著找回自己時他幫不上忙；當她沉淪時他無法施以援手。

從那時起，就只剩下吉姆和傑克了。每次她打電話來他們就會寄錢，她總是謊稱自己要回家了，她只需要機票錢，這是最後一次。也許可以多給她一些錢付清那點債，沒多少錢，她會解決的，只要他們能……他們當然知道不應該。他們一直都知道。上癮的人渴求的是毒品，他們的家人渴求的是希望。家人緊抓著那一絲希望。每一次她的父親接到不認識的號碼打來的電話，都希望話筒另一端是她；而她的弟弟恐懼的是，某人終於打來說她死了。父子倆心中永遠迴盪同樣的問題：不去找自己的女兒和姊姊，他們算是哪門子警察？什麼樣的家庭才不願幫助家庭中的一員？哪種上帝坐視牧師生病，而又是哪種女兒才不會出席葬禮？

當兩個孩子還住在家裡時，當每個家庭成員都還算快樂時，有一晚傑克問母親如何能忍受坐在臨死之人身邊，陪伴他們度過生命最後幾個小時，卻無力挽回他們的性命。母親親親他的髮心說：「小乖，你要怎樣才能吃掉一頭大象？」他的回答就像已經聽過一千次同一個笑話的孩子：「一口一口吃，媽媽。」她響亮地笑起來，第一千次的笑，就像所有的父母。然後她緊緊握著他的手說：「我們沒法改變世界，很多時候我們甚至不能改變人。只能一次一點。所以只要有機會，我們就得幫助人，小乖。我們救那些能夠救的，盡我們最大的力量。然後我們試著找到方法告訴我們自己：我們做的……已經足夠了。這樣一來，我們才能繼續活下去，不被自己的失敗淹死。」

傑克沒法幫他的姊姊。沒法幫橋上的男子。那些選擇跳的人……終究是跳下去了。我們其他人得在隔天起床，牧師走出門盡自己的職責，警察也一樣。現在，傑克看著地板上的假血、牆壁上的彈孔、放著電話的小邊桌，還有擺著披薩盒的大咖啡桌。

他看著吉姆，吉姆雙手高舉，笑得很無力。

「我放棄了。我們兩個裡面就你聰明，兒子。你想到什麼？」

傑克向披薩盒點了點頭，將頭髮撩向額頭腫包一側，重新點起名來。

「羅傑、安娜麗娜、洛、茱茱、伊絲帖、莎拉、連納、銀行搶匪，房屋仲介。九個人。」

「是九個沒錯。」

「可是萊姆砸到我頭上的時候，紙條上只點了八份披薩。」

吉姆苦思到連鼻孔都開始顫動。

「也許銀行搶匪不喜歡披薩？」
「也許。」
「可是你不這麼認為？」
「不。」
「為什麼不？」
傑克站起身，將訪談紀錄放回背包裡。他咬著舌頭。
「房屋仲介還在局裡嗎？」
「應該還在。」
「打電話跟他們說別讓她跑了！」
吉姆用力擰起眉毛，雙眉之間幾乎可以夾住迴紋針。
「可是……為什麼，兒子？怎麼會——？」
傑克打斷爸爸：「我不認為公寓裡有九個人，我想只有八個。我們一直以為有一個人也在這裡！該死的，爸，你還沒想到嗎？嫌犯根本就沒躲起來，也沒逃。她其實大大方方地走到我們眼前來了！」

47

銀行搶匪獨自坐在玄關裡。她能聽見被自己綁架的人質們講話的聲音，可是彷彿是從另一個時區傳來的。她和其他人之間就像被永恆區隔開來，包括現在的她和今天早上的她。她並不是一個人在這間公寓裡，可是全世界沒有人能和她共同面對未來，那就是生在世上最巨大的孤獨：沒有人與妳一起走向目的地。不久之後，當他們全部走出公寓時，眾人的腳只要一碰到人行道，其他人就是受害者，而她是罪犯。就算警察沒當場打死她，她也得被關在監獄裡……她甚至不知道會被關多久……幾年？她將在牢房裡老去，永遠見不到女兒們學會游泳。

女兒們。喔，女兒們。小猴子和小青蛙也會長大，學會如何撒高明的謊。她希望她們的爸爸能好好教她們，如此她們就知道撒謊，說她們的媽媽死了，而不是道出實情。她慢慢地脫下面罩。她了解到面罩反正已經不具任何功能了，抱任何的奢望都是幼稚的幻想。她本來就不可能逃出警方掌心。她的頭髮垂散在頸側，又濕又糾結。她用手掂掂手槍的重量，握住它的手勁越來越大，一點一點，連她自己都沒發現。直到她泛白的指節透露出線索；直到她的食指突然感覺到扳機。她平靜地自問：「如果這是把真槍，我會不會早就已經對自己開槍了？」

她沒時間釐清這個想法，因為某人的手指突然環住了她的。那隻手並沒從她手裡搶過手槍，只是壓低槍口。莎拉站在那裡看著搶匪，臉上的表情既不憐憫也不擔憂，但是手始終放在槍上。

打從人質事件一開始，莎拉就盡量不特別聯想任何事情，甚至可以說她拚命地什麼事也不想——在經歷了十年的痛之後，這已經成為一種求生機制。可是當她看見搶匪獨自坐在那裡拿著手槍時，某個東西從她的保護殼下竄了出來。她想起在那間有著橋上女子畫作的辦公室裡，心理醫生看著她說：「妳知道嗎，莎拉，關於人類焦慮這件事，最具人性的特點就是我們想利用混亂來治療混亂。凡是讓自己陷入災難裡的人，願意脫離那個情況的人少之又少，我們甚至希望能越快變得越混亂越好。我們明明看見別人一頭撞到牆上，卻希望我們自己能夠穿牆而過。我們越接近那道牆，就越相信會有幾乎不可能出現的解決方法奇蹟式地出現，拯救我們，而其他正在看我們好戲的人眼看就要面臨他們的撞擊。」

當時莎拉環顧辦公室：牆上沒有花俏的證書；文憑最驚人的人，反而把它們放在抽屜裡。於是莎拉帶著挖苦的語氣問道：「那妳學到人類這種行為的原理了嗎？」

「原理有好幾百種。」心理醫生微笑。

「妳相信哪一種？」

「我相信的是如果進行的時間夠久，就不可能分辨出飛行和墜落。」

莎拉通常會壓抑住自己的想法，但是這個回憶卻出現在腦海裡。因此當她發現自己置身在公寓玄關裡時，便伸手握住那隻拿著手槍的手，說出以她這個身分的女人，能對銀行搶匪身分的女人所說出最仁慈的話。只有四個字：「別做傻事。」

銀行搶匪看著她，眼神和胸膛裡同樣空虛。但是她沒做傻事，甚至報以莎拉虛弱的微笑。對她們兩人來說，那是意料外的片刻。莎拉迅速轉身走開，幾乎是害怕地回到陽台。她從手提袋裡拿出一副耳機戴上，閉起眼睛。

在那之後不久，她吃了畢生第一塊披薩。同樣地，這也是意料之外。蘑菇火腿。她覺得難吃至極。

48

警車還沒停穩，傑克就跳了下來。他衝進警察局裡跑到偵訊室，腳步快到又在偵訊室門上撞了一次已經瘀青的額頭，因為他開門的速度趕不上奔跑的速度。吉姆在他後面進來，氣喘吁吁，想要兒子冷靜下來，但是來不及了。

「哈囉！小當家——？」房屋仲介才開口，傑克就大吼著打斷：

「**我知道妳是誰！**」

「我不懂——」仲介吃了一驚。

「冷靜，傑克，拜託你。」吉姆還在走廊上喘氣。

「**就是妳！**」傑克大叫著，完全沒有冷靜下來的跡象。

「我？」

傑克的眼中閃著勝利的光芒，他俯身向著桌子另一側，緊握的拳頭高舉在半空中，咬牙切齒地說：「我早就該想通了，公寓裡根本沒有房屋仲介。**妳**就是銀行搶匪！」

49

傑克沒能一開始就推敲出銀行搶匪是誰，在事後想來當然很蠢。也許這得怪他的媽媽。她將傑克和他爸爸凝聚在一起，但是有的時候她能令傑克分心，尤其是今天，她不斷出現在他的腦子裡。那個女人過世之後仍能像在世的時候一樣給人找麻煩。也許世界的某個角落有比她更難纏的牧師，但不可能還有第三個了。她活著的時候很容易就和每個人爭辯起來，也許最常和她爭辯的就是她的兒子，就連她的葬禮過後都不曾停歇。因為和我們爭辯得最凶的人並不是與我們最不同的人，而是幾乎與我們毫無差異的人。

她過去曾偶爾去別的國家，當災難過後，救援組織需要義工時；她的做法往往招來教會裡外的撻伐。他們認為她要嘛就根本不該幫忙，要嘛就乾脆去別的地方幫忙。對於凡事只為自己的人來說，批評真正出力服務的人是易如反掌的事。有一回她人在地球另一端，試著在暴動中搶救流血的婦人，最後自己也在混亂之中被刺傷手臂。她被送往醫院，想辦法借了一支電話打回家。吉姆正坐在電視機前看著暴動新聞，等待著。他耐心地聽完電話，和平常一樣開心地鬆了一口氣，知道她沒事。但是當傑克聽見之後，立刻抓起電話怒吼，聲音大到線路因為震動而產生回音：「妳幹嘛非去不可？幹嘛冒生命危險？**妳怎麼不替妳的家人想想？**」

當然，母親知道兒子的怒吼是出於恐懼和關心，所以她以一貫的態度回答：「小乖，停在港口裡的船也很安全，但那不是造船的目的。」

傑克說了他立刻後悔的話：「妳以為上帝會因為妳是牧師而保護妳不被刀砍嗎？」

當時的她也許正坐在地球另一端的醫院裡，但是仍然能夠感覺到他無底的恐懼。因此當她悄聲回答時，聲音有一半被眼淚沖刷掉了。「上帝不會保護人不受刀傷，小乖，所以上帝才賜給我們其他人，讓我們彼此保護。」

要和這樣頑固的女人爭論是不可能的。傑克有時真討厭自己這麼佩服她。吉姆正好相反，他深愛著她，直到無法呼吸。在那次之後，她就不常出遠門了，一次也沒再去那麼遙遠的國度。然後她生病，父子失去了她，世界也少了一點守護它的力量。

所以當人質事件一開始，傑克和吉姆在新年除夕前一天站在一棟公寓的馬路邊，他們的長官叫他們等斯德哥爾摩人抵達，兩個人想起很多關於她的事，還有如果她在的話會怎麼做。接著萊姆飛出來砸到傑克的額頭，他們發現裹住萊姆的是一張披薩訂單，便立刻決定這是聯絡銀行搶匪的最佳機會。傑克馬上打電話給談判專家。雖然談判專家是斯德哥爾摩人，卻也同意他們的看法。

「是，送披薩的確能開啟溝通途徑，是沒錯。可是樓梯間裡的炸彈怎麼了？」他納悶。

「那不是炸彈！」傑克胸有成竹地回答。

「你發誓？」

「我願意以任何你想要的方法發誓，而且我可以告訴你，我媽媽教過我很多。歹徒並不危險，只是很害怕。」

「你怎麼知道？」

「因為如果他有危險性的話，就會留意自己的言行，而不會朝我們丟萊姆，替所有人質點披薩。讓我進去和他談，我可以……」傑克住了口。他差點說出「我可以救每個人的命」。但是他硬生生吞下這幾個字，繼續說：「我可以解決這件事，我有辦法擺平。」

「你跟所有鄰居談過了嗎？」談判專家想知道。

「公寓其他住家都已經淨空了。」傑克要他安心。

談判專家被卡在高速公路的車陣中，離本地還有很長的距離，就連警車都沒辦法通過，因此最後他同意傑克的計畫。但是他也要求傑克將一支電話送進公寓，好讓談判專家和銀行搶匪通話，說服他釋放人質。傑克不滿地想著：同時在事件圓滿結束後搶走所有的功勞。

「我有一支適合的手機。」傑克說，他指的就是吉姆所謂特別的電話之類的東西，能在毫無訊號的地點收到訊號。

「我會在他們吃了披薩之後打電話進去，人們吃飽以後比較容易談判。」談判專家如此說，似乎這就是現在的談判課程裡傳授的技巧。

「如果我們上去之後他不開門怎麼辦？」傑克想知道。

「你就把披薩和電話放在門口。」

「這樣我們怎麼知道他確實把電話拿進去了？」傑克問。

「為什麼不會？」

「你認為他到目前為止所做的決定都是合理，合乎邏輯的嗎？他也許會緊張起來，以為電話是某種陷阱。」

就在此時，吉姆突然有了點子，他自己比誰都吃驚。

「我們可以把電話放進其中一個披薩盒裡！」他建議。

吉姆驚訝地看著父親幾秒鐘。然後點點頭對著電話說：「我們會把電話放進披薩盒裡。」

「嗯，這是個好點子。」談判專家同意。

「是我爸想出來的。」傑克驕傲地說。

吉姆撇過臉，不願讓兒子看見自己不好意思的神情。他在孤狗上搜尋附近的披薩店，打電話給其中一家，說出極不尋常的訂單：八份披薩和一件外送人員制服。然而吉姆犯了個錯誤：他明白說出自己是警察。於是知道如何使用社群媒體閱讀本地新聞的披薩店老闆，反應靈敏地說他願意給這批披薩折扣，但是制服必須算雙倍的租金。吉姆生氣地問老闆是不是那個十九世紀中的英國聖誕節小說裡的主角，老闆冷靜地回問吉姆是否熟悉「供需理論」。當披薩和制服終於抵達時，傑克抓起它們，吉姆卻不願意放手。

「你在打什麼主意？我要進去！」傑克堅決地說。

吉姆猛搖頭。

「不行。我還是覺得樓梯間那個可能是炸彈。所以我要進去。」

「既然你覺得那有可能是炸彈，為什麼還要進去？天哪，讓我進……」傑克說著，但是他的爸爸毫不讓步。

「所以你確定那不是炸彈嘍，兒子？」

「對！」

「那好。所以我去也行。」

「你是怎麼，十一歲小孩？」

「你自己呢？」

傑克極盡所能想出反駁的話。

「我不能讓你……」

吉姆已經在換衣服了。就在大街上，氣溫還低於零度。他們沒看對方一眼。

「要是我讓你進去，你媽媽絕對不會原諒我的。」吉姆看著地面說。

「那你認為她會原諒我讓你進去？你是她的丈夫。」傑克看著馬路的另一頭說。

吉姆抬頭看著天空。

「她可是你媽媽。」

有時候你真沒辦法辯贏他，這隻老狐狸。

50

警局裡。偵訊室內。此時房屋仲介已經面無血色。她看起來害怕極了。

「銀——銀——銀行搶匪？ㄨ——ㄨ——我？怎——怎麼……」

傑克在房間裡大步繞行，手臂揮舞的幅度就像在指揮隱形的交響樂團，對自己滿意得不得了。

「我怎麼沒在一剛開始就看出來？妳根本什麼都不知道。妳所說的有關公寓的每件事都是胡言亂語。沒有哪個房屋仲介會像妳這樣不稱職！」

房屋仲介看起來快哭了。

「我已經盡力了好嗎？你難道不曉得在經濟不好的時候當仲介有多困難？」

傑克死盯著她。

「反正那不是妳真正的職業，對吧？因為妳是銀行搶匪！」

仲介的眼睛絕望地投向傑克身後的走廊，試著爭取些許後援。但是吉姆僅僅不悅地看著她。

傑克一拳捶向桌面，怒氣沖沖地瞪著房屋仲介。

「我應該一開始就曉得了。其他證人敘述整個事件時根本就沒提到妳。因為現場沒有妳這個人。說實話！妳藉著要求煙火讓我們分心，然後還大剌剌地在我們眼皮底下現身。告訴我實情！」

51

真相是？真相往往沒有我們想像的那麼複雜。我們只是希望它很複雜，因為如此一來，若我們提前發現真相，就會覺得自己很聰明。這個故事講的是大橋、笨蛋、人質事件，還有公寓鑑賞活動，不過也是愛情故事，而且不止一個。

人質事件發生之前，莎拉最後一次和心理醫生碰面時，她提早到了。她從來不遲到，但是她通常不會在說好的時刻之前走進心理醫生的辦公室。

「發生了什麼事嗎？」娜迪亞納悶。

「妳指的是什麼？」莎拉反問。

「通常妳不會提早到，有什麼問題？」

「負責搞清楚不就是妳的工作嗎？」

娜迪亞嘆口氣。

「我只是問一下。」

「那是甘藍葉？」

娜迪亞低頭看著桌上的塑膠盒，點點頭。

「我在吃午餐。」

換作另一位病人就會聽懂這句話裡的暗示。但肯定不是莎拉。

「所以妳吃全素。」她的句子並不帶問號。

心理醫生咳了一下，是當一個人被說中時，喉嚨力圖抵禦的反應。
「可是我不一定是，對吧？我的意思是，我吃全素沒錯，但是不吃素的人也能吃甘藍葉啊！」
莎拉皺起鼻子。
「可是裝在外帶的餐盒裡。有其他菜色可選，但是妳選了甘藍葉。」
「難道只有吃全素的人會這樣？」
「我能確定缺乏維他命影響了妳對財務的判斷。」
娜迪亞聞言微笑起來。
「所以妳因為我吃全素而貶抑我，還是因為我花錢買全素食物？」
娜迪亞吞下最後一口甘藍葉和她的自尊，闔上餐盒問道：「自從我們上次的面談之後妳覺得怎麼樣，莎拉？」
莎拉沒回答，而是從手提包裡拿出一小瓶乾洗手仔細搓抹手指，同時背對著辦公桌端詳書架，接著宣布：「就一位心理醫生來說，妳有太多與心理學無關的書。」
「所以妳認為那些書代表什麼意義呢？」
「身分認同。所以妳才吃全素。」
「吃全素也有可能是因為別的原因。」
「比如說？」
「對地球環境好。」
「也許。但是我認為像妳這樣的人之所以吃全素，是因為讓妳自我感覺良好。也許這就是為什麼妳的姿勢不良，因為鈣質不足。」

娜迪亞偷偷地在調整坐姿，盡量不讓自己看起來正嘗試端正地坐著。

「妳是付費來和我談話的，莎拉。就一個批評別人財務抉擇的人，妳看起來很喜歡浪費一大筆錢來談……我。妳想聊聊原因嗎？」

莎拉看似認真地考慮著，眼睛始終未曾離開書架。

「也許下一次。」

「聽起來不錯。」

「什麼東西？」

「還有下一次。」

莎拉聽見這句話之後隨即轉過身瞥了娜迪亞一眼，想確定她是否在開玩笑。但是看不出來。於是莎拉又轉過頭，往手上抹更多乾洗手，看著娜迪亞背後的窗外，數著對面建築物的窗戶數量。然後她說：「妳還沒建議我吃抗憂鬱藥物。大多數的心理醫生都會。」

「妳曾經看過很多心理醫生嗎？」

「沒。」

「所以那是妳自己的推論嘍？」

莎拉看著牆上的畫。

「我可以理解妳不開給我安眠藥，因為妳擔心我會自殺。可是如果真是這樣，妳就應該會開抗憂鬱的藥？」

娜迪亞摺起兩張沒用到的餐巾紙，放進辦公桌抽屜裡。然後點頭。

「妳說得沒錯。我是沒開藥物。因為抗憂鬱的藥是為了減緩情緒起伏，使用得當的話能夠讓人不感覺傷心，但是它往往也能讓妳不覺得快樂。」她舉起一隻手，手心平擺著朝上。「妳是會改善到……某種程度，而且妳以為吃抗憂鬱藥物的病人多半很想快樂起來，是嗎？事實並非如此。絕大多數不想再吃抗憂鬱藥物的人說，他們想重新感受哭泣。他們和心愛的人同看一場悲劇電影，所以也想……體會同樣的感覺。」

「我不喜歡電影。」莎拉澄清。

娜迪亞響亮地笑起來。

「是啊，妳當然不喜歡。可是我不認為妳需要更少的情緒，莎拉。我想妳需要感覺更多。我不認為妳憂鬱，只是孤獨。」

「這樣的分析聽起來很不專業。」

「也許吧。」

「要不我現在走出去自殺。」

「我不認為妳會這麼做。」

「不會嗎？」

「妳剛剛說還有下一次。」

莎拉的視線放在娜迪亞的下巴上。

「妳就相信了？」

「沒錯。」

「為什麼？」

「因為我看得出來妳不想讓人們太接近妳，那樣會讓妳感覺軟弱。但是我不認為妳是因為擔心受傷，而是怕傷害別人。妳比自己願意承認的還有同理心，還有道德感。」

莎拉深深地、深深地感到被冒犯，而且無法決定是因為娜迪亞說她軟弱，還是因為她說自己有道德感。

「也許我只是覺得不值得和終究會讓我厭煩的人講話。」

「妳不試怎麼知道？」

「我這不就來了嗎？而且我不需要花太久時間就已經對妳厭煩了！」

「請妳嚴肅地看待這個問題。」娜迪亞說話時並不抱著希望。莎拉一如往常地改變了話題。

「所以妳為什麼吃全素？」

娜迪亞無力地咕噥：「我們真有必要再講這個嗎？好吧：我吃全素因為我關心氣候危機。如果每個人都吃全素，我們就能——」

莎拉不以為然地打斷：「阻止冰帽融化？」

娜迪亞祭出全素者無比的耐性，因為他們和親戚共度聖誕時有許多練習耐性的機會。

「不完全如此。可是是一個大的解決方案裡的一部分。冰帽融化是因為——」

「可是我們真的需要企鵝嗎？」莎拉問得直接。

「冰帽可說是徵候，不是問題本身。就像妳的睡眠問題。」

莎拉繼續數窗戶。

「科學家說若是瀕臨絕種的青蛙滅絕，我們就會被昆蟲攻擊。企鵝呢？如果企鵝消失了會有誰受影響？也許除了那些做羽絨衣的公司？」

娜迪亞聽到這裡一頭霧水。也許正合莎拉心意。

「羽絨衣不是……怎麼……妳以為羽絨衣是用企鵝做的？是鵝！」
「所以鵝就不如企鵝重要？這種論調聽起來不像吃全素的人應該講的。」
「我沒這麼講！」
「聽起來是這樣。」
「妳已經成習慣了，知道嗎？」
「什麼？」
「只要快講到真正的感覺時就迅速改變話題。」
莎拉像是在思索這句話。然後說：「那熊呢？」
「什麼東西？」
「如果妳被熊攻擊，會殺牠嗎？」
「我為什麼會被熊攻擊？」
「因為有人綁架妳，把妳迷昏。等妳醒過來以後發現和熊一起關在籠子裡，不是熊死就是妳亡。」
「妳講得太嚇人了。而且我要指出，我受過很多心理學訓練，所以在評斷某件事的驚嚇指數時，門檻是很高的。」
「別這麼敏感。回答這個問題：就算不是為了吃掉，妳也能夠殺一頭熊嗎？我不是說妳用叉子喔，如果妳手上有刀的話？」
娜迪亞不滿。「妳又重複同樣的伎倆了。」
「什麼？」

娜迪亞看看時間，莎拉注意到了。她已經算了所有窗戶兩遍。她們花了一陣子看著彼此背後的空間，直到娜迪亞說：「那我這麼問好了：妳這樣挖苦環保運動，是因為它跟妳工作的財經領域有衝突？」

莎拉回擊的速度比她自己預料的還快，因為有時候妳不知道自己對某件事的想法多強烈，直到妳被人點名挑戰。「再也沒有比環保運動還荒謬的了！而且我並沒替財經領域說話，我是替整個經濟系統抱不平。」

「差別在哪？」

「一個是徵候，另一個是問題本身。」

娜迪亞點點頭，彷彿她聽懂了。

「經濟系統是我們創造出來的不是嗎？是人為造成的啊？」

莎拉的回答出乎意料地沒有優越感，甚至帶著同情的味道。

「這就是問題。我們把它打造得太強大了，忘記我們自己有多貪婪。妳有公寓嗎？」

「有。」

「有房貸嗎？」

「誰沒有？」

「正是。在以前，貸款是貸款人必須還清的。可是現在每個中產階級家庭都有一筆他們一輩子都存不到的貸款，而且銀行不再是借他們錢，是財務協助。房子也不再是房子了，是投資。」

「我不確定完全懂妳的意思。」

「我的意思是窮人更窮，富人更富，真正的階級區隔是能借錢和借不到錢的人。因為無論一個人賺多少錢，還是會在半夜失眠擔心沒錢。每個人都看著他們的鄰居想：『他們怎麼買得起那個？』因為每個人都是花的比賺的多。因此就連真正有錢的人都不覺得自己夠有錢，因為到了最後你還是會買比你已經有的東西更貴的版本。用借來的錢買的。」

娜迪亞看起來就像是頭一次看見溜滑板的貓。

「我曾經聽過在賭場工作的人說，沒人因為輸錢而一敗塗地；是試著贏回他們賭輸的錢，才害他們一敗塗地。妳的意思是這個嗎？所以股票市場和房地產市場才會崩盤？」

莎拉聳聳肩。

「那當然，如果妳比較喜歡這個說法。」

心理醫生冷不防問了一個連她自己都不知道為何問的問題，一把將空氣打出病人的肺。「所以如果一個是沒辦法向妳借到錢的客戶，另一個是妳借給他太多錢的客戶，妳對哪一個抱有比較深的罪惡感？」

莎拉看似不為所動，但是她用力抓住椅子扶手，緊到她放開時，手掌已經毫無血色。她輕輕按摩手掌，不讓心理醫生看見它們的蒼白，同時以計算對面窗戶來迴避對方的視線。接著她迅速地哼了一聲。

「妳知道嗎？如果擔心動物福利的人真的是擔心動物福利，就不會叫我去吃快樂的豬了。」

娜迪亞翻了個白眼。「我不認為這跟我的問題有關係。」

莎拉又聳聳肩。

「這些有關有機農場的論調，放山雞和快樂豬的廣告……叫我去吃一頭快樂的豬不是更不人道嗎？如果我吃掉一頭生活環境很糟糕的豬，不是比吃掉一頭把握每一天，有家庭和朋友的豬來得好？養豬戶總是說快樂的豬比較美味，那乾脆等豬談戀愛或有了孩子，正處於牠一生最快樂的時候，再一槍把牠打死做成真空包算了。這是哪門子人道？」

心理醫生嘆了口氣。

「我想這代表妳不想談妳的客戶和他們借了多少錢。」

莎拉的指甲尖緊緊抵進手心裡。

「妳想沒想過，吃全素的人永遠在講拯救地球，彷彿這個地球需要你們？地球就算沒有人類幫它，也還是能照樣生存幾億年。我們唯一殺的生只有人類自己。」

一如往常，這算不上是答案。娜迪亞看看時間，然後就後悔了，因為莎拉注意到她的動作之後就站起身來。莎拉向來不喜歡被請出門，所以對別人看時間的過程更為敏感：妳應該在他們第二次看時間時站起來。娜迪亞感到不好意思，結結巴巴地說：「我們還有一些時間……如果妳想……我之後沒有約診。」

「我還有事要做。」莎拉回答。

娜迪亞重整思緒，直接問道：「妳能不能告訴我一件有關妳自己的事情？」

「妳說什麼？」

娜迪亞站起來轉動頭部想抓住莎拉的視線。

「我們花了這麼多時間談話，可是我感覺妳從來不想告訴我任何真正與妳有關的事。一件事都沒有。妳最喜歡什麼顏色？妳喜歡藝術嗎？妳曾經談過戀愛嗎？」

莎拉的眉毛抬得不能再高了。

「妳認為要是我談過戀愛，現在就會睡得比較好？」

娜迪亞爆出笑聲。

「沒有。我只是納悶而已。我對妳所知太少了。」

在她們共度的時光中，此時的意義最重大。

莎拉站在椅子後方幾分鐘。然後深吸一口氣，告訴娜迪亞一件她從未告訴任何人的事：「我喜歡音樂。我會大聲……放音樂，非常大聲，我一進到家門就開始放。能夠讓我重新整理思緒。」

「只有當妳回到家之後？」

「我不能在辦公室大聲放音樂。只有非常大聲放出來，對我才有用。」

莎拉說話時輕敲額頭，彷彿想指出哪裡不管用。

「哪種音樂？」娜迪亞輕柔地問。

「死亡金屬。」

「哇。」

「這是妳的專業看法嗎？」

娜迪亞格格笑起來，既令人害臊又極度不專業——心理學課程裡肯定不會教妳如何格格笑。

「真是出乎意料之外。哪種死亡金屬？」

「聲音大到能讓腦袋一片靜默的那種。」

莎拉握住手提袋把手的指節開始泛白。娜迪亞注意到了，便從辦公桌抽屜拿出一疊紙，寫下幾個字後遞給莎拉。

「這是安眠藥的領藥單？」莎拉問。

娜迪亞搖搖頭。

「是很棒的耳機品牌。離這裡不遠有一家電子用品行，去買一組這個耳機，只要周遭的情況讓妳不想忍受，就可以在任何地方聽音樂。也許能夠幫助妳更常走出門？認識新的人？或者甚至……談場戀愛。」

當然，心理醫生馬上就後悔講了最後那一句。莎拉並沒回應。她將紙條塞進手提包裡，凝望紙條底部的字之後迅速闔上手提包。她往外走時，娜迪亞緊張地叫住她，擔心自己越過了界。

「妳不需要談戀愛，莎拉，我沒有那個意思！我只是覺得也許是時候嘗試新的東西。我想妳也許給自己……給自己機會……去受夠某人！」

莎拉進了電梯。電梯門一關上，她就想起貸款。我們願意借出的，和被我們拒絕的。然後她按下緊急停止鍵。

52

在人質事件進行當中，站在馬路邊的傑克正試著想出聯絡銀行搶匪的辦法，好避免讓吉姆帶著披薩上去。他想了又想一直想，因為年輕人總是希望對每件事都有幾乎十成的把握。若不是因為得派父親進公寓，傑克應該早就能確定樓梯間的不是炸彈了。

「等等，爸，我……」他開了口之後，舉起手機對談判專家說：「在我們送披薩進去之前，我想先搞清楚情況。我可以到對面的大樓觀察這一棟樓梯間窗戶裡的狀況。」

談判專家聽起來有些懷疑。

「這樣做有差別嗎？」

「也許沒有。」傑克承認，「可是從窗戶看，我也許能看出來那究竟是不是炸彈。在我派同事進去之前我必須確定已經沒有別的替代方案了。」

談判專家用手摀住電話，和另一個人講話，也許是另一個混蛋長官。接著他繼續說：「好，可以。」

他沒告訴傑克，自己很驚訝傑克在非常時刻仍然稱他的父親為「同事」。

於是傑克跑進對街的大樓裡。談判專家還在電話線上。傑克往上跑了一層樓半之後，談判專家狐疑地問：「你……在幹嘛？」

「我正在往樓上跑。」傑克回答。

「沒有電梯嗎？」

「我不喜歡搭電梯。」

談判專家聽起來在用手機敲頭。

「所以你打算進入一棟有炸彈和持槍綁匪的大樓，可是怕坐電梯？」

傑克不高興地回答：「我不怕坐電梯！我怕蛇和癌症，我只是不喜歡電梯！」

談判專家聽來像是在笑。

「你不能叫人來支援嗎？」

「我們所有可以調派的人員都在這裡了，全部。他們正在防守封鎖線和淨空附近的建築物。我已經打電話請求支援，但是他們都在等他們的太太。」

「這是什麼意思？」

「他們都在喝酒。所以必須由太太開車載他們來。」

「喝酒？現在才幾點？新年除夕前一天？」談判專家不懂。

「我不知道斯德哥爾摩怎樣，但是我們這裡對新年是很認真的。」傑克回答。

談判專家笑起來。

「斯德哥爾摩人對任何事都不認真，你也知道。至少對他們來說沒什麼重要的事。」

傑克露齒一笑。他又往上踏了幾階，遲疑片刻之後問了一個之前就想問的問題：

「你曾經處理過人質綁架事件嗎？」

談判專家靜默了一會兒才回答：

「有，我處理過。」

「結果如何？」

「他放了人質，我們談了四個小時之後他才投降出來。」

傑克俐落地點點頭，停在倒數第二高的樓層。他用一副小望遠鏡從樓梯間窗戶偷看。他能看見對街樓梯間地板上的電線，從一個盒子裡伸出來。盒子上面有某人用麥克筆寫的幾個字。他不是很確定，可是從他的角度看來，那幾個字很像聖誕節。

「那不是炸彈。」他朝電話說。

「你覺得是什麼？」

「像是戶外用的聖誕燈飾。」

「那好。」

傑克繼續往上跑到頂樓——如果銀行搶匪沒拉上百葉窗，他也許能看到公寓裡的情況。

「你用什麼辦法叫他出來的？」他問。

「誰？」

「那個綁匪。上次那回。」

「喔。跟平常一樣，就是學校教你的那一套。不要用否定字眼，避免不行和不能。試著找到你們的共通點，還有找出他的動機。」

「你真是這樣讓他投降走出來的？」

「不是，當然不是。我只是在開玩笑。」

「你說真的？」

「對，我是說真的。我們談了四個鐘頭之後，他忽然不講話了。當然，我們在學校裡學到的第一件事就是……」

「和他不停對話？不能讓電話中斷？」

「沒錯。我不知道該怎麼辦，就碰運氣問他想不想聽個好笑的故事。他大概沉默了一分鐘之後說：『所以咧？你到底講不講？』於是我告訴他兩個愛爾蘭人在船上的故事，你聽過嗎？」

「沒聽過。」傑克說。

「好，兩個愛爾蘭兄弟在海上釣魚。一陣暴風雨吹過來，他們兩支槳都沒了，所以以為肯定得淹死。突然其中一人看見水裡有東西，抓過來之後發現是一個瓶子。他們拔開瓶塞，噗的一聲，出現一個精靈。精靈給兩人一個願望，任何願望都可以。兩兄弟看看身邊，他們被困在還在吹暴風雨的海上，又沒有槳，離岸邊還有十幾公里。第一個兄弟還在想要許什麼願的時候，第二個兄弟就興沖沖地說：『我希望整座海洋都是健力士啤酒！』精靈瞪著他，像是在說他是個笨蛋，然後說：好，可以，就這樣說定了。然後噗一聲！海洋全變成健力士啤酒，精靈就消失了。第一個兄弟瞪著第二個兄弟大罵：『你這個笨蛋！我們只有一個願望，結果你希望海水變成健力士！你知不知道自己幹了什麼蠢事？』第二個兄弟羞愧地搖搖頭。第一個兄弟雙手向外一甩說……」

談判專家戲劇化地停下來，但是還沒來得及說出最後的笑點，傑克就在電話那一端插話：

「**現在我們得尿在船裡了！**」

面子掃地的談判專家不滿地大聲問傑克，聲音大到電話都震動起來。

「所以你已經聽過了嘛？」

「我媽媽喜歡好笑的故事。所以綁匪真的因為這樣就投降了？」

電話那頭安靜得有點久。

「也許他怕我再講另一個故事。」

談判專家這麼說的時候，聽起來似乎很想笑，卻抑制住了，傑克留意到這一點。此時他已經跑到頂樓看著對街大樓的陽台。他驚訝地停住腳步。

「搞什……真奇怪。」

「怎麼了？」

「我能看見人質被挾持的公寓陽台，可是有一個女人站在陽台上。」

「女人？」

「對，還戴著耳機。」

「耳機？」

「沒錯。」

「哪種耳機？」

「市面上有多少種耳機？哪一種有差別嗎？」

談判專家嘆氣。

「好吧，的確是個蠢問題。她大概幾歲？」

「五十幾。也許更老。」

「比五十幾更老，還是五十幾快六十？」

「老天……我不知道！反正是一個女人，看起來很普通的女人。」

「好，好，冷靜下來。她看起來害怕嗎？」

「她看起來……很無聊。總之看起來不像有危險。」

「這樣聽起來是挺奇怪的綁架狀況。」

「沒錯。而且樓梯間裡的絕對不是炸彈。他原本打算搶的還是無鈔銀行。我從一開始就講了，我們面對的絕對是業餘。」

談判專家想了一會兒。

「是啊，你講的也許沒錯。」

他試著聽起來有自信，但是傑克能聽出來他的遲疑。兩個男人沉默許久之後，傑克說：「請告訴我實話，上次你處理的那樁綁架事件最後究竟如何？」

談判專家嘆氣。

「綁匪把人質都放了。可是我們還來不及進去，他就舉槍自殺了。」

這幾句話在接下來的一整天裡迴盪在傑克的腦中，浮在所有思緒的表面。

他正往回走下樓梯，談判專家就清了清喉嚨說：「好，傑克，我能不能問你一個問題？你為什麼拒絕了斯德哥爾摩的機會？」

傑克想撒謊，卻覺得力不從心。

「你怎麼知道？」

「我上路之前和其中一位長官談過，問她你們那裡現場有誰。她說我應該和傑克談，因為你很行。她還說她給過你幾次調遷的機會，你卻總是回絕。」

「我已經有工作了。」

「可不能和她想給你的比。」

傑克自我防衛地反駁：「喔，所以你們斯德哥爾摩人全以為世界繞著你們那座該死的城轉。」

談判專家笑起來。

「聽著，在我生長的那座小村落，你得開四十分鐘的車才買得到牛奶。在那裡，我們會覺得你們這座小鎮是大都會。對我們來說，你也是斯德哥爾摩人。」

「每個人都是別人眼中的斯德哥爾摩人吧，我猜。」

「所以這就是你的問題嘍？你是擔心自己要是答應調去新的工作，會沒辦法調適？」

傑克在褲子上擦著雙手。

「你是我的心理醫生還是啥？」

「聽起來你是需要心理醫生。」

「我們不能把重點放在眼前的任務上嗎？」

談判專家遲疑了一陣，深吸一口氣之後問道：「你爸知不知道他們給你別的機會？」

傑克很想破口大罵，但是談判專家沒運氣聽見，因為此時傑克望向對面的樓梯間窗戶，看到父親已經違反他「在路邊等」的叮囑了。

「搞什麼鬼？」傑克驚呼之餘，掛掉電話拔腿就跑。

53

莎拉才剛踏到陽台上就被傑克看見了。那時她才剛告誡玄關裡的銀行搶匪別做傻事，感覺自己比任何時候都還需要新鮮空氣。如果你只看見莎拉向陽台走去的背影，便很有可能會認為她當時非常不耐煩。你必須看見她的臉孔，才能了解她其實感到脆弱。她剛剛才在公寓裡被自己嚇了一跳，她失控了，有了感覺。對其他人來說，這種反應可能根本不會造成太大的困擾，比如說發現你和父母的音樂品味相同；或者一口咬進看似巧克力的食物，卻發現是鵝肝醬。但是發生在莎拉身上，卻能釋放出一波徹底的恐慌。難不成她漸漸有了同理心？

她仔細地用乾洗手摩搓雙手，一遍一遍計算對面大樓的窗戶數量，試著深深呼吸。她在這間公寓裡太久了，這些閒雜人等縮減了她和他人之間慣常的距離，她很不習慣。在陽台上，她緊緊貼著公寓外牆，不讓下面街道上的人看見她。她將耳機罩在耳朵上，音量調到最大，讓震耳欲聾的音樂淹沒她腦子裡震耳欲聾的噪音。直到重低音鼓聲比她的心跳聲還重。

就在此時此刻，也許她找到了：和自己的休戰狀態。

她能看見冬天開始若無其事地進駐這座城。她很喜歡一年當中這個時節的寧靜，卻從不喜歡它的霧氣。雪在秋天降落時已經把該做的都做了：解決所有的葉片，小心地將夏天從人們的記憶中掃走。冬天需要做的差事只剩下吹進些許冷冽的空氣，卻能搶走所有的功勞，就像一個只在烤肉架旁站了二十分鐘，卻一輩子沒料理過一整桌晚餐的男人。

她沒聽見陽台門打開，但是當連納走出來站在她身邊時，她能感覺一只毛茸茸的耳朵滑過她的頭髮。他輕敲其中一邊耳機。

「怎麼？」她帶著怒氣。

「妳抽菸嗎？」連納問。因為即使他沒辦法拔下兔子頭，兔鼻位置仍然有一個小洞能讓他抽菸。

「當然不抽！」莎拉說著，將耳機罩回耳朵上。

連納吃了一驚，雖然驚訝的表情被藏在毫無變化的兔子頭裡面。莎拉看起來像是會抽菸的人，並不是因為她喜歡，而是因為她想汙染別人吸進的空氣。兔子又敲敲耳機，她十分不情願地拿下耳機。

「那妳在陽台幹嘛？」他想知道。

莎拉盯著他看了好久，先是他的白襪子，然後是赤裸的腿，鬆緊帶失去彈性的內褲，然後是他毫無遮掩的胸膛，上面的胸毛已經開始變白了。

「你真以為自己有立場質疑別人的人生選擇？」她問著，但是語氣沒有她自己希望的那麼厭煩，這個表現令她深感不耐。

他抓了抓毫無生氣的大兔子耳朵回答：「我也不抽菸，算不上。只是在派對裡抽。還有當我被綁架的時候！」

他笑了，她面無表情。他迅速安靜下來。她將耳機戴上，但是他當然又馬上敲了敲耳機。

「我能不能跟妳在這裡站一會兒？我擔心要是進屋子去，羅傑又會扁我。」

莎拉沒回答，只是自顧自戴好耳機。兔子再度敲了一下。

「所以妳是來逛野生動物園的？」

她驚訝地怒視他。「這是什麼意思？」

「只是我的觀察而已。每場鑑賞活動裡都有像妳這樣的人。不是真的想看房子，只是好奇。逛野生動物園，看看別人的生活方式。幹我這一行就會觀察出這些東西。」

莎拉的眼神能毒死人，可是嘴巴保持緊閉。被人看穿並不舒服，若發生了，妳只能將衣服拉得更緊，尤其是通常都是妳看穿其他人的話。她的直覺是說出更冷酷的話拉開兩人之間的距離，但是她卻發現自己問道：「你不冷嗎？」

他搖搖頭，她不得不矮身避過其中一只橫掃而來的耳朵。然後他拍拍毛茸茸的臉，輕笑道：「不冷。據說百分之七十的體溫是從頭部散失的，所以既然我被卡在這裡面，我想自己應該只散失百分之三十。」

通常這種話不應該出自於穿著內褲站在幾近零度空氣中的男人，莎拉如此想著。她又將耳機戴回頭上，希望這樣就能擺脫對方。可是他還沒再次敲她的耳機之前，她就已經猜到他的句子會以「我」開始。

「我其實是演員。這個干擾鑑賞活動的事業只是副業。」

「真有意思。」莎拉的口氣，唯有電話推銷員的小孩才會當成她在鼓勵繼續對話。

「對文化工作者來說，最近的局勢有點困難。」兔子點點頭。

莎拉放棄了，將耳機拉下掛在脖子上之後反擊：「所以你認為對局勢同樣困難的公寓賣家搗蛋是有理的嘍？為什麼你們這些『文化工作者』唯有在你們有利可圖的時候才覺得資本主義好？」

這番話一骨碌地溜出了她的嘴，她自己也不知道為什麼。她能從他的雙耳之間看見後方的大橋。兔子耳朵在十二月的風中若有所思地擺動。

「恕我說一句，在我看起來妳不像是會替想賣房子的人感到抱歉的那種人。」他說。

莎拉更生氣了。

「我根本不在乎誰買誰賣。我在乎的是你不知道自己的『副業』其實就是操弄經濟系統！」

連納在兔子頭裡苦苦尋思之際，兔子頭掛著一副齜牙咧嘴的傻笑。然後他說出莎拉認為愚昧無比的話，無論出自兔子或人類：「經濟系統跟我有啥關係？」

莎拉摩搓雙手，計算窗戶。

「市場應該要能自我調整，可是像你這樣的人破壞了供需平衡。」她沒好氣地說。

無庸置疑，兔子說出最容易預料的回答：「才不是這樣。要是我不做，也有別人會做。我又沒有犯法。公寓是大多數人所做的最大投資，而且他們想用好價錢買到，所以我只是提供服務讓——」

「公寓根本就不應該是投資。」莎拉陰鬱地回答。

「不然它們應該是什麼？」

「家。」

「妳是共產黨不成？」兔子笑了一聲。

莎拉聽見這句話真想朝他的鼻子揮拳，但是她指著兩只兔耳之間說：「十年前那場金融危機，有一個男人從那座橋跳下去，只因為地球另一端的房屋市場崩解了。無辜的人丟掉工作，有罪的人反而拿到分紅，你知道為什麼嗎？」

「妳這樣講就太誇——」

「因為有你這種不在乎系統平衡的人。」

連納姿態頗高地在兔子頭裡笑著。他仍然對於這場爭辯的對手是何方神聖毫無概念。

「妳別激動，金融危機是銀行的錯，我可沒建立——」

「遊戲規則？你想講的是這個嗎？你不負責建立規則，只負責玩遊戲？」莎拉有氣無力地打斷他，看起來寧願先喝一肚子硝化甘油再到彈跳床上猛跳一陣，也不想聽陌生男人向她剖析金融責任歸屬。

「對！呃，不，不是！可是……」

莎拉已經花了一輩子在會議室裡和戴著袖釦的目標市場周旋，所以早已能夠預測眼前這傢伙的獨角戲台詞。因此她決定節省自己的時間，也別讓他多費唇舌。「讓我猜猜你接下來想說什麼：你不在乎這間公寓的賣家，也不在乎羅傑和安娜麗娜，你只在乎你自己。可是你會為自己辯護，說個人是不可能在房地產市場裡動手腳的，因為市場並不真的存在，只是一個結構。只是數字和電腦螢幕。所以你一點責任都沒有，對吧？」

「不……」連納才開口，連一口氣都還沒吸完，莎拉就大步向他逼近。

「然後你會鬼扯一些大眾心理學的謬論，說什麼錢沒有真正的價值，因為它也只是一種結構。又會講到歷史，什麼像你這種聰明的人如何教我這個笨蛋經濟學理論，還有股票市場是怎麼回事。也許你還會想告訴我一九〇二年的河內為了消滅鼠疫，鼓勵市民抓老鼠，拿被殺死的老鼠尾巴去向警方領賞。結果造成什麼結果？人民開始繁殖老鼠！你知不知道有多少男人曾經告訴我這個故事，想藉此說明普通人有多自私，多不可信？你知道地球上每天有多少單身女子碰上你這種男人，自以為你這個狹礙的男人腦袋裡所有的點子都是你們給我們女人的天賜大禮？」

此時連納已經朝陽台圍欄連退三步了。但是莎拉正在興頭上，他才說：「我——」她就繼續罵：「你怎樣？你怎樣？你不貪心，貪心的是別人？你要講這個是嗎？」

兔子猛搖耳朵。

「不，不是，對不起。我不知道有人從那座橋上跳下去。妳知道……？」

莎拉的雙頰猛烈跳動，耳機下的頸子通紅。她已經不再是對連納說話，但是連她自己也不知道她講話的對象究竟是誰，可是她知道自己等著這場嘶吼已經等了十年，對誰嘶吼都行，尤其是對她自己。她繼續咆哮：「像你我這種人就是問題所在，你還不懂嗎？我們總是為自己辯護說我們只是提供服務，我們只是整個市場裡的小角色，每個人都應該為自己犯的錯誤負責；他們太貪，他們不應該把他們的錢給我們。然後我們竟然有臉說不知道股市為何崩盤，城市裡滿是老鼠……」

她的眼睛因為氣憤圓睜，鼻孔裡不斷噴出小小的霧氣。兔子沒答話，兩隻無法眨巴的眼睛看著她，等著她的脈搏回復控制。然後從兔子頭裡傳出一聲乾咳。莎拉起先以為老混蛋心肌梗塞了，隨後才醒悟出那是連納的大笑聲，從肺腑深處發出的笑聲。他將雙臂大大打開。

「我真聽不懂妳在說什麼，我是講真的。我放棄了，算妳贏，算妳贏！」

莎拉瞇細雙眼，先是因為驚嚇，然後是因為生氣。和兔子講話比和其他人講話容易，因為她不需要看著連納的眼睛，她還沒準備好直視連納眼睛會對她造成的後座力。她向前傾身，貼在大腿上的手指伸得直直的，然後屈起，又伸直，一遍又一遍。接著她用比較冷靜的聲音說：「我贏了？那安娜麗娜和羅傑也贏了嗎？羅傑想變有錢，而安娜麗娜想要他快樂，可是他們費了這番功夫，頂多只是讓他們拖延將來絕對會到來的離婚。不過你八成會很快樂，因為到時候他們就得買兩間公寓了。」

這句話造成一個效應。連納首次提高音量。

「不！不會那樣！因為……因為……我不相信！」

「那你相信什麼，連納？」莎拉反擊。她的聲音——無論背後的原因為何——終於在此時破碎了。她緊緊閉上眼睛，舉在耳機旁的雙手握著拳頭。她等著別人問她這個問題等了十年。所以當他說出回答時，她幾乎癱倒在地上。

「愛。」

連納如此無心地選擇說出這個字，彷彿它無關緊要。莎拉卻沒準備好聽見這個答案，人是會被這樣的場面激怒的。此時連納的聲音隔著兔子頭聽起來更加模糊，像是受了傷。「妳說得好像我很高興別人離婚。沒有哪個人去看過兩千間公寓之後，還認為世界上的愛比不愛還少。」

就連莎拉對此也無話可回應。而且他到現在看起來都還不冷，這個套著兔子頭的蠢貨，她覺得更不耐煩了。別再講愛了，麻煩你感覺一下冷吧，看在老天的分上，就跟其他那些正常的白痴一樣，她如此想著，同時準備用更具殺傷力的話來回擊。然而，她聽見自己問：「你的理論基礎是？」

兔子耳朵抖了一下。

「所有沒賣掉的公寓。」

莎拉的手指在脖子上搜尋著耳機。這個答案並不全然荒謬，所以讓她感到惱怒。為什麼連納不能好好當個笨蛋呢？一個浪漫的笨蛋幾乎讓人無法忍受，而且「幾乎」能讓戴著耳機的女子陷入瘋狂。

因此她保持緘默，望向遠方的大橋。然後放棄似地嘆了一口氣，從手提包裡拿出兩根菸。她將一根插在兔鼻上，另一根放進自己嘴裡。兔子還算聰明，沒提起她稍早說自己不抽菸的宣告。她也很滿意他沒提起。她遞給他打火機，他雖然燒著了鼻子附近的毛，卻總算能用手拍熄火焰。她對此也還算滿意。

他們慢慢地抽著菸。然後連納說話了，語氣凝重卻不帶一絲指控。他的視線越過眼前的屋頂說：「妳想怎樣評斷我都行，可是安娜麗娜是唯一幾個讓我不得不……為她說話的客戶。她並不想幫她的先生發財，只想讓他覺得自己被需要。每個人都認為她應該服從，被壓抑，她總是為了他的事業屈服，犧牲自己。可是妳知道她從前的工作嗎？」

「不知道。」莎拉承認。

「她是某家大型美國工業公司裡的資深分析師。我一剛開始還不相信，因為她看起來比一窩小貓還混亂……可是這間公寓裡沒有比她還聰明、教育程度更高的人了，我可以向妳保證。他們的小孩還小的時候，羅傑的事業才剛要起步，她自己更是前途無量，所以羅傑拒絕了升遷的機會好在家裡照顧小孩，讓她安心出差。原本只打算這樣過幾年的，可是她的工作發展越來越好，羅傑卻總是原地踏步，他們的薪水差異越來越大，兩個人就越來越難交換角色。最後孩子們長大了，安娜麗娜也達到她所有的目標，她跟羅傑說『輪到你了』，可是羅傑已經沒有任何升遷機會，他太老了。他們兩個從來沒辦法談這件事，因為他們沒機會練習適當的說法。所以現在她想彌補羅傑，不斷搬家，整修公寓，這樣他們才有……共同的計畫。羅傑沒有孩子可以照顧了，所以他覺得自己變得沒有用處。可是安娜麗娜只想要一個家。妳可以對我有各種意見，可是妳絕對不能說我不想幫他們兩個。」

莎拉又點了另一根菸，只為了讓眼睛能盯著發亮的菸頭。

「是安娜麗娜告訴你這些的？」

「妳要是知道人們告訴我的事，肯定會驚訝。」

「我一點都不驚訝。」莎拉輕輕說。

她想告訴他自己需要距離，她沒辦法停止摩搓雙手，她計算每個房間裡的每樣東西因為這樣能讓她平靜，她喜歡報表和收支預算因為她喜歡秩序；但是她也想告訴他，自己窮一生之力效勞的經濟系統此時正是全世界的大問題，因為我們讓這個系統變得過於強大了。我們忘記自己有多貪婪，而且最重要的是我們忘記自己有多脆弱。所以它正在壓垮我們。

這些全都是她想說的，但是在人生的這個階段，她已經習慣別人要嘛不懂，要嘛就不想懂。因此她就那麼靜靜地站著，內心深處但願自己能夠一直保持沉默。

他們又各自抽了一根菸。莎拉不如自己希望那般討厭他的存在，她在這一天中的經歷又已經超出她所能消化的，因此當兔子耳朵再度朝她的方向搖動起來時，她的手指立刻開始摩挲耳機邊緣。她看得出來，他想找出話題來問她，繼續兩人之間的對話。男人令莎拉最厭煩的就是這一點。因為他們只有兩個問題：「妳做哪方面工作？」和「妳結婚了嗎？」

然而這個奇特的連納卻有膽問：「妳在聽什麼？」

該死。莎拉想著。**你為什麼不覺得冷**？**還有別對我感興趣**。她張開嘴，有許多想講的話，可是最後只說出：「銀行搶匪很快就會放棄了。警察隨時會衝進來。你應該去套上一條褲子。」

兔子失望地點點頭。他留下她獨自戴著耳機，音樂放到最大聲，一遍一遍地數窗戶。

這不是那種能讓人寫成詩的愛情故事。
但是在此時此地，他們兩個徹底被彼此打敗了。

54

伊絲帖謹慎地敲敲衣櫥門。開門的是茱莉亞。

「我只是想讓妳們知道披薩已經在路上了，我猜妳一定餓壞了，為了兩個人吃，可憐的孩子。妳現在想吃點什麼嗎？冷凍庫裡有食物。我是說，大部分的人都會在冷凍庫裡放一些吃的。」伊絲帖提議。

「不了，謝謝，妳人真好。可是我不餓。」茱莉亞微笑。她很高興知道伊絲帖的關心，應該有更多人像她這樣，想知道妳餓不餓，而不是只問妳感覺如何。

「那麼，我就不打擾妳們了。」伊絲帖說著，邊掩上門。

「妳想進來嗎？」茱莉亞問。但是說實話，她的態度像是在說她希望答案是不想。

「好啊！」伊絲帖興奮地說，同時踏進衣櫥將身後的門關上。她將摺疊梯向旁邊推，坐在衣櫥裡最後一個可以坐下的地方：放在衣櫥後方的箱子。她雙手交疊放在膝蓋上，溫暖地微笑說道：「哎，這裡感覺還真不錯，對吧？我好幾年沒吃披薩了。當然我得承認，銀行搶匪和人質這些事對我們來說並不好受，可是我不得不認為，有名女搶匪挺令人欣慰的，妳們不覺得嗎？至少讓別人看看我們女人的能力！」

茱莉亞將拇指頂在雙眼中央的特定位置用力按住，勉強控制住自己說：「嗯。雖然她用手槍威脅我們，可是……女人當自強！」

「我不認為那是真槍！」安娜麗娜迅速插話。

茱莉亞閉上眼睛，免得被發現她在翻白眼。伊絲帖不解地笑著問：

「喲，我可沒打算進來這樣打斷妳們的，看看我這個笨老太婆。妳們剛剛在講什麼？」

「婚姻。」安娜麗娜抽了抽鼻子。

「喔！」伊絲帖歡呼一聲。彷彿她最喜歡的猜謎電視節目開始了。

她的態度稍微軟化了茱莉亞的態度，開口問伊絲帖：「妳說妳先生叫努特？你們結婚多久了？」

伊絲帖在腦子裡計算著，直到數字不夠用。「努特和我結婚一輩子了。人老了以後就會這樣，就好像他出現之前我從來沒有人生。」

茱莉亞得承認自己很喜歡這個答案。

「你們怎麼有辦法維持這麼久的婚姻呢？」她問。

「妳會為了婚姻奮鬥啊。」伊絲帖誠實地說。

茱莉亞看來不太喜歡這個答案。

「聽起來不怎麼浪漫。」

伊絲帖會意地咧嘴一笑。

「你們必須永遠聽對方的話，但倒也不是永遠。因為如果你們總是聽對方的話，那麼就有可能在事後不會原諒對方。」

茱莉亞用指尖不快樂地滑過眉毛。

「洛和我從前很合得來。我們太合得來了，所以就連翻臉都沒關係。有時候我會故意跟她翻臉，因為我們在另外一方面……很合得來。可是現在，喔，我不知道。我對我們兩個沒那麼有信心了。」

伊絲帖玩著她的婚戒，舔了一下嘴唇。

「我們剛開始談戀愛時，努特和我協議好哪種吵架方式是可以的，因為努特說蜜月期遲早會過去，然後不管你願不願意，都會開始吵架。所以我們說好了，就像日內瓦協定那樣的戰爭條約。我們保證無論我們多生氣，都不能故意說話傷害對方。我們不能光是為了贏而吵，因為遲早有一個人會吵贏，這樣下來沒有哪一段婚姻能長久維持的。」

「這個方法管用嗎？」茱莉亞問。

「我不知道。」伊絲帖承認。

「不知道？」

「因為我們的蜜月期還沒結束。」

到這個時候，實在沒有理由不喜歡她了。伊絲帖環顧衣櫥一會兒，像是要試著記得什麼，然後站起身打開箱子。

「妳在幹嘛？」茱莉亞不解。

「只是瞧瞧。」伊絲帖帶著歉意說。

安娜麗娜不太高興，因為她認為看房子的時候，探人隱私是有限度的。

「妳不能這樣！妳只能看已經打開的櫃子！廚房的櫃子除外。妳可以打開廚房櫃子，可是只能幾秒鐘，看看裡面有多大，但是不能碰裡面的東西或是批評屋主的生活型態。看房子是……有規矩的！妳也可以打開洗碗機，可是不能打開洗衣機！」

「妳好像看了太——多房子了……」茱莉亞對安娜麗娜說。

「我知道。」安娜麗娜嘆氣。

「這裡有酒！」伊絲帖開心地驚呼，從箱子裡拿出兩瓶酒。「還有開瓶器！」

「酒？」安娜麗娜重複著，也突然快活了起來，所以如果能發現酒，到處探人隱私也是被允許的。

「要不要來一點？」伊絲帖問道。

「我是孕婦。」茱莉亞提醒她。

「所以不能喝酒？」

「任何有酒精的東西都不行。」

「可是……葡萄酒呢？」

伊絲帖的眼睛出於善意而瞪得大大的。因為酒畢竟只是葡萄而已，小孩都喜歡葡萄。

「葡萄酒也不行。」茱莉亞耐心回答，同時想起在產前檢查時，助產士問她們是否喝酒，洛回答：「喝個不停！我現在可是為了三個人喝呢！」助產士不知道洛在開玩笑，所以氣氛變得有些僵硬。茱莉亞此時想起這件事便微笑起來。當妳嫁了一個笨蛋就得常常面臨這種狀況。

「我做錯什麼事了嗎？」伊絲帖焦慮地問著。她先就著瓶子喝了一口之後將酒瓶傳給安娜麗娜。安娜麗娜不假思索地牛飲了兩口，完全不像她的作風。這一天對他們所有人來說都是奇怪的一天。

「不，沒事。我只是想到我太太做過的一件事。」茱莉亞一邊微笑著說，一邊試著收起笑容，結果卻造成混淆的效果。

「茱莉亞的太太是個笨蛋！就像羅傑！」安娜麗娜好心地向伊絲帖解釋，同時又灌下一口酒，比她嘴裡能容納的量還大，一些酒因此從她的鼻子裡嗆了出來。茱莉亞向前傾身拍著安娜麗娜的背。伊絲帖從安娜麗娜手中拿過酒瓶，又減輕了酒瓶裡的液體重量。然後她靜靜地說：「努特不是笨蛋，他真的不是，可是他花了這麼久的時間停車。我真希望他在這裡，我才能……唉，我不打算獨自被綁架的。」

茱莉亞微笑。

「妳不是一個人，妳還有我們。而且這個銀行搶匪看起來不打算傷害大家，所以我相信一切都會沒事的。可是……我能不能問妳一件事？」

「當然可以，親愛的。」

「妳本來就知道這個箱子裡有酒嗎？要是妳不知道，又怎麼會往裡面看？」

伊絲帖臉紅了。她沉默很久之後才承認：「我通常把酒藏在家裡的箱子裡，努特從前老覺得這樣很蠢。我的意思是，他現在也覺得很蠢。可是我們通常會假設別人的做法和我們一樣，所以我想假如住在這裡的人擔心來看房子的人看到酒瓶之後想：『這傢伙是個酒鬼』，那麼衣櫥就是最適合藏酒的地方了。」

安娜麗娜又灌下兩口酒，大聲打了個嗝，補充道：「酒鬼家裡不會有沒開的酒，只有空酒瓶。」

伊絲帖感激地向她點點頭，想也不想地回答：「謝謝妳這麼說，努特會同意妳的說法的。」

老太太的眼中閃爍著光芒，但並不是因為酒精。茱莉亞用力皺著眉頭思索，就連髮型都變了個樣。她向前傾身，雙手輕柔地放在伊絲帖的手臂上，輕輕說：「伊絲帖，努特沒去找停車位，對不對？」

伊絲帖薄薄的嘴唇傷心地縮在一起，當她終於說出實話時，話聲是勉強從雙唇間飄出來的。

「沒。」

55

證人訪談

日期：十二月三十日

證人：連納

傑克：讓我先確定我的理解是否正確：你不是以潛在買主的身分參加鑑賞活動，而是被安娜麗娜雇來搞破壞的？

連納：正是，連納不設限就是我。你要不要一張名片？我也接單身漢趴踢——如果某個男的搶走你女朋友還娶了她，那一類的趴踢。

傑克：所以這就是你的職業？破壞鑑賞活動？

連納：不是，我是演員。可是這陣子機會不多。我曾經參與過本地劇團的《威尼斯那邊的商人》。

傑克：威尼斯。

連納：不是，本地的！

傑克：我的意思是那齣劇叫《威尼斯商人》，不是《威尼斯那邊的商人》，無所謂。你能不能告訴我任何其他有關銀行搶匪的細節？

連納：我不認為還有別的，我已經告訴你所有我記得的細節了。

傑克：好吧，那麼我恐怕得請你在這裡再待一陣子，萬一我們想到其他問題的時候好問你。

連納：沒問題！

傑克：喔，還有最後一件事：你知道煙火是怎麼回事嗎？

連納：什麼意思？

傑克：銀行搶匪要的煙火。

連納：煙火怎麼了？

傑克：這個嘛，當某人綁架其他人時，在正常情況下不會在釋放人質之前要求煙火的。往往都是要錢。

連納：不是我挑你毛病，正常情況下應該是根本不會為了煙火綁架人質。

傑克：也許吧，但是難道你不認為要求煙火很奇怪？你們被釋放之前，那是綁匪要求的最後一樣東西。

連納：我也不知道。因為過新年吧，而且每個人都喜歡煙火，不是嗎？

傑克：養狗的人可不喜歡。

連納：啊。

傑克：你這是什麼意思？

連納：我只是有點驚訝，我以為所有的警察都喜歡狗。

傑克：我沒說我不喜歡狗！

連納：大多數的人都會說是狗不喜歡煙火，可你說是養狗的人。

傑克：我對動物沒有特別的喜好。

連納：抱歉，這是職業病。我的職業必須得會觀察人。

傑克：演員？

連納：不是，另一個職業。還有，其他人也都還在警局裡嗎？

傑克：誰？

連納：你知道啊，其他那些也在公寓裡的。

傑克：你指的是某個特定的人嗎？

連納：比如說莎拉。

傑克：比如說？

連納：你的表情好像在說我問了不得體的問題。我只是隨口問問。

傑克：對，莎拉還在這裡。你為什麼問？

連納：喔，只是想知道一下。有時候我會對人好奇，如此而已。而且她是我這麼久以來頭一個完全沒辦法讀懂的人。我試了，可是完全搞不懂她。你笑什麼？

傑克：我沒笑。

連納：你明明就在笑！

傑克：抱歉，我不是有意的。只是我爸講過的某句話，沒什麼。

連納：什麼話？

傑克：他說人會和他不了解的人結婚，然後用下半輩子的時間試著搞懂對方。

56

「死亡，死亡，死亡。」伊絲帖在衣櫥裡想著。許多年前她讀過一篇文章，提到她最喜歡的作家在講電話時會以這六個字當開場白。「死亡，死亡，死亡。」講完之後就可以開始討論其他的話題了。

人到了某個年紀之後，一接起電話講的通常都不是新生，而是另一個相反的可能。伊絲帖在這幾年中已經能夠體會箇中滋味了。

同一位作家也寫過：「過日子的方式就是和死亡為友。」可是伊絲帖發現要這麼做比較難。她記得從前曾給孩子們唸床邊故事，彼得潘說：「死去是一場大得不得了的探險。」伊絲帖想，也許對進行那場探險的人來說是吧，對於被撇在後面的人可不然。等著她的只有那一千個日出，人生就像一座美麗的牢房。她的臉頰抖動著，提醒她自己已經老了，她的皮膚如此單薄，即使是別人感覺不到的微弱氣流也能隨時鼓動她的皮膚。她對年老並沒意見，對孤單卻另當別論。

她和努特的相遇不是一則愛情故事，不像她曾讀過的任何愛情故事，而更像孩子找到完美的玩伴。直到最後，當努特碰觸伊絲帖時，她都還能感覺像是在爬樹或從防坡堤上跳進海裡。她最想念的是他被逗得大笑，笑到連早餐都噴了出來。年紀越大，這種事就越好玩，尤其是他裝了假牙之後。

「努特死了。」她頭一次說出這句話，喉頭用力嚥下一口唾沫。

茱莉亞低頭看著地板，欲言又止地靜默著。坐在一旁的安娜麗娜試著想出點什麼話來說，然後湊向伊絲帖，用酒瓶輕點她的肩膀。伊絲帖拿過酒瓶啜了兩小口，在傳回酒瓶之前又半是自言自語地說：「可是努特的停車技術很好，他能在很小的空間裡並排停車。所以在我實在很難過的時候，在我看到好笑的事，想著『他一定會笑到早餐都噴到壁紙上了』的時候——我就會幻想他只是在外面停車。他不完美，沒有人是完美的，可是每次我們出門要是下雨了，他就會在門外先讓我下車，讓我能暖暖地等他……停好車子。」

一陣沉默用力擠進三個女人之間，漸漸消融掉她們的詞彙，直到她們完全不知道還能說什麼。死亡，死亡，死亡。伊絲帖想。

努特躺在病床上臨死的那幾個晚上，她問他：「你怕不怕？」他回答：「怕。」接著，他的手指梳過她的髮間，補充道：「可是能夠享受一點平靜安寧也挺好的。妳可以把這句放在墓碑上。」伊絲帖被這句話逗得大笑。他離開她之後，她哭到無法呼吸。從那之後，她的身體就再也不是從前那個樣了，她變得彎曲佝僂，再也沒挺直過。

「他就是我的回音。我現在做任何事都安靜多了。」她對衣櫥裡另外兩位女人說。

安娜麗娜又坐了一會才張口說話。因為雖然她已經開始微醺，卻仍然知道在這種情況下不該表現得貪心。不過事實證明她白白沉默了，因為當她大聲說出腦中的想法時，就連好意和一群奔馳的野馬都無法掩蓋聲音裡滿懷的希望。

「所以……既然妳的丈夫並沒真的在停車，我能不能問問，妳是否真是替女兒看房子，還是說……」

「沒有，沒有，我的女兒和她先生小孩們住在一棟很好的房子裡。」伊絲帖羞怯地回答。

事實上，就在斯德哥爾摩郊外。但是伊絲帖沒說，因為她不認為這場對話需要變得更複雜。

「所以妳只是來……看看？」安娜麗娜問。

「別這樣，安娜麗娜，她不是來跟妳和羅傑搶這間公寓的！別這麼遲鈍！」茱莉亞生氣了。

安娜麗娜凝視著瓶子裡，喃喃道：「我只是問問。」

伊絲帖感激地輪流拍拍她們兩人的手臂，輕聲說：「別為了我翻臉，親愛的。我太老了，擔當不起。」

茱莉亞不高興地點點頭，將手放在肚子上。安娜麗娜也是同樣的動作，只是手換成酒瓶。

「妳的外孫們多大了？」安娜麗娜問。

「都是青少年嘍。」伊絲帖說。

「喔，那可真不妙。」安娜麗娜誠懇地說。

伊絲帖微微一笑。如果你和青少年一起生活，就會知道他們只為了自己而存在，他們的父母則忙著處理生活中各種恐怖的事情，青少年的和他們自己的。他們的生活中容不下伊絲帖，她只會成為累贅。他們很高興伊絲帖接聽他們祝賀生日的電話，但是其他的時間裡，他們認為時間對伊絲帖來說是靜止的。她是他們在聖誕節和仲夏節拿出來展示的裝飾品。

「不……我不是來這裡買公寓的，我只是沒什麼事做。有時候我只是出於好奇去看房子，聽人們講話，看看他們的夢想。人們在看房子的時候夢想總是最大。努特拖了很久才走，在安養院躺了好幾年，我不能開始用已經沒了他的方式生活，可是他……又不是真正的活著。所以我的人生就像是暫停了。我每天搭公車去安養院陪他坐著，讀書給他聽。剛開始還大聲唸，到後來就只是唸給我自己聽了。那幾年就是這樣，可是至少我有點事做，人需要有事做。」

安娜麗娜想，沒錯，就是這樣，人需要有事做。

「人生過得很快。至少工作時的人生是如此。」她大聲地思考，而且當她發現茱莉亞竟然聽得見她的思緒時嚇了一跳。

「妳從前做什麼工作？」茱莉亞問。

安娜麗娜的肺吸飽一口氣，既遲疑又驕傲。

「我以前是一家工業公司的分析師。其實我是資深分析師，可是我盡量不表現出來。」

「資深分析師？」茱莉亞重複著，立刻後悔自己的語氣。

安娜麗娜看出她眼中的驚訝，但是她已經習慣了，所以並不覺得被冒犯。通常她會換個話題，但是今天也許是因為葡萄酒占了上風，因為她又大聲思考，毫不遲疑地。「沒錯，我是。但不是我想要的。我的意思是，當主管這件事。公司總裁說就是因為這個原因，他才要我當主管。他說領導別人不一定是告訴別人做什麼，而是讓屬下做他們擅長的。所以我試著當個老師，而不是主管。我知道人們很難相信我從前是主管，可是我不算是糟糕的老師。我退休的時候，有兩個屬下說他們原本沒醒悟到我是他們的主管，直到聽見別人感謝我所做的工作。也許有很多人會被這樣的話冒犯，可是我覺得……很好。如果妳有辦法讓別人認為他們靠著自己的力量完成任務，那麼妳就算成功了。」

茱莉亞微笑起來。

「妳真是深藏不露，安娜麗娜。」

安娜麗娜看起來像是從沒有人如此讚美她。可是傷心和痛惜又掃過她的眼睛，她迅速閉上雙眼，接著慢慢張開。

「每個人都認為我……當人們遇見我們的時候，多半認為我總是活在羅傑的陰影下。其實並不是這樣，羅傑應該也要有發揮潛力的機會，他有很大的潛力。可是我的工作……一帆風順，越來越好，所以他拒絕了升遷的機會，好負責接送孩子去幼稚園那一類的瑣事。我的工作常常需要出差，我們總是想也許下一年會輪到他。結果永遠也沒發生。」

她陷入沉默。茱莉亞頭一次不知該說什麼。伊絲帖看起來像是在找地方擺放雙手，最後終於再度打開木箱，將手伸進裡面。她的手從箱子裡拿出來時，握著一盒火柴和一包菸。

「老天爺啊！」她愉悅地驚呼。

「到底是誰住在這間公寓裡啊？」茱莉亞很好奇。

「誰想來一根？」伊絲帖問。

「我不抽菸！」安娜麗娜立刻澄清。

「我也不抽，至少現在不抽。我戒菸了，大部分的時間不抽。妳抽嗎？」伊絲帖問茱莉亞，然後很快地補充：「喔，我猜懷孕的人應該都不抽。我年輕的時候孕婦們可是照樣抽，只是抽得少一點。可是我猜妳完全不抽？」

「完全不抽。」茱莉亞耐著性子回答。

「現在的年輕人啊，太在意自己對小孩的影響了。我在電視上看見一位小兒科醫生說，一個世代之前的父母會來找他說：『我們的孩子會尿床，他有問題嗎？』現在一個世代之後，父母來找他說：『我們的孩子會尿床，是我們有問題嗎？』你們為了所有的事情自責。」

茱莉亞向後靠著牆壁。

「我們也許會跟妳那個世代犯同樣的錯誤，只是不同版本而已。」

伊絲帖在雙手之間捏弄那盒菸。

「我從前常在陽台上抽菸，因為努特不喜歡我在屋裡抽菸的菸味，而且我喜歡陽台上的風景。我們可以一眼看見大橋，就跟這間公寓的景一樣。我從前很喜歡那座橋。可是之後……唔……妳們也許記得十年前那個從橋上跳下去的人？報紙上都在報導那件事。我……確認了他跳下去的時間，發現在那不久之前我才在陽台上抽菸。努特在屋裡叫我，說電視上有樣東西要我看，我就趕緊進屋去了，留下菸灰缸裡還燃著的菸。那人就是在那個時候爬上圍欄跳下去的，我從那次之後就不在陽台上抽菸了。」

「喔，伊絲帖，別人從橋上跳下去自殺不是妳的錯。」茱莉亞試著安撫伊絲帖。

「也不是橋的錯。」安娜麗娜補充。

「什麼？」

「有人從上面跳下去自殺不是橋的錯。我也記得這件事，因為羅傑對這件事感到很難過。」

「他認識那個跳下去的男人？」伊絲帖問。

「喔，不認識。可是他很懂橋。羅傑之前是工程師，負責蓋橋的。不是那一座橋，可是如果妳和羅傑一樣對橋感興趣，就會對所有的橋都很感興趣。他們在電視上談那個男人，似乎這件事得怪那座橋似的。羅傑聽了很不高興。他說橋是為了拉近人與人的距離。」

茱莉亞不禁認為這是既奇怪又浪漫的說法。也許這就是為什麼——或許也是因為她又餓又累——她突然說出：「幾年前我和我的未婚妻在澳洲的時候，她說要去橋上高空彈跳。」

「妳的未婚妻？妳是指洛？」伊絲帖點點頭。

「不是，是我之前的未婚妻。」

那是個很長的故事。說到底，假使要從頭說起的話，每個故事都很長。比如說這個故事假若只和衣櫥裡的三個女人有關，就會短得多了。不過，這個故事當然是跟兩位員警有關，而且其中一位正沿著樓梯往上走。

57

傑克在進入對街大樓前曾告訴父親在原地等他，絕對哪裡也不要去，尤其是人質事件正進行中的大樓。在這裡等就是了，兒子說。

當然，父親沒照做。

他拿起披薩走向頂樓的公寓。等他下來時，已經和銀行搶匪講過話了。

58

衣櫥裡的茱莉亞很顯然立刻後悔自己提到前未婚妻，於是她加上：「我認識洛的時候已經訂婚了。可是那個故事說來話長，請當我沒說。」

「我們有很多時間聽很長的故事。」伊絲帖請她別在意，因為她又在箱子裡找到另一瓶酒。

「妳的未婚妻想跳橋？」安娜麗娜警覺地問。

「對，高空彈跳。妳的腳上綁著彈力繩。」

「聽起來好瘋狂。」

茱莉亞的指尖按摩著太陽穴。

「我也不喜歡這個點子。但是她老是想做一些事，體驗一切。就在那趟旅行裡，我醒悟到自己沒辦法和她一起生活，因為我沒有精力不斷體驗新事物。我開始渴望過著普通的生活，那些無聊的事，可是她討厭無聊。所以我提前一星期從澳洲回來，用我的工作當藉口。然後我第一次親了洛。」

茱莉亞說這句話時開始格格笑起來。一部分是因為害羞，也許另外一部分是因為這許多年來，她頭一次回想起她和洛愛上彼此的過程。在共同生活一陣子之後，我們多半會忘記當初相愛的過程。當我們即將成為父母時，記得自己曾愛過別人似乎就成了不可能的事。

「妳們怎麼認識的？妳和洛？」伊絲帖問著。她的嘴角沾了幾滴酒。

「第一次見面？是因為她來我的店裡。我有一家花店，她想找鬱金香。那是我去澳洲之前幾個月。我當時也沒想太多，她有種……吸引力，當然嘍，每個人都看得出來……」

伊絲帖忙不迭地點頭。「那正是我的第一印象！她真的好漂亮！很有異國風味！」

茱莉亞嘆氣。「異國風味？因為她的髮色和妳我的不一樣？」

伊絲帖看起來不太高興。「這年頭不能這麼說？」

茱莉亞不知該如何解釋她的妻子並不是進口水果，於是便吸了口氣繼續講：「不管怎樣，她很有魅力，非常有魅力。當時的她比現在還有魅力。就連……別告訴她，不管她做了什麼……都還是很吸引人！我那時的確很想……跟她在一起，可是我已經訂婚了。但她不斷回來買鬱金香，有時候一星期來幾次。而且她能讓我笑，是大笑那種，沒有原因的笑，這種人並不常碰到。我有一次和我媽媽提到這件事，她說：茱茱，妳沒辦法和只有外表漂亮的人長久過下去的，可是好笑的人可以維持一輩子！」

「妳的媽媽是個聰明人。」伊絲帖說。

「是啊。」

「她退休了嗎？」

「對。」

「她從前是做什麼的？」

「打掃辦公室。」

「妳爸爸做什麼呢？」

「打女人。」

伊絲帖像是無法動彈，安娜麗娜吃了一驚。茱莉亞看著她們兩個，想到自己的媽媽。媽媽最美麗之處在於她永遠正面迎擊人生，無論人生丟過來何種挑戰，她都堅持做個浪漫的人。幾乎沒有人有這種決心。

「可憐的孩子。」伊絲帖輕聲說。

「真是個混蛋。」安娜麗娜喃喃道。

茱莉亞聳聳肩，像個太快長大的孩子那樣將感覺抖掉。

「我們離家出走，他也沒來找我們。我其實並不恨他，因為媽媽不讓我恨。他那樣對待她，她還是不讓我恨他。我總是想要她認識新的人，心地善良會逗她笑的人，可是她都說有我就夠了……可是……當我向她提起洛的時候，媽媽在我身上看見某樣東西，而我也在她身上看見同樣的東西。也許聽起來……我不知道怎麼解釋。是她曾經經歷過，然後完全放棄了希望的某樣東西。妳們懂我的意思嗎？我想……這就是那種感覺嗎？每個人都在談的，那樣真實的東西？」

安娜麗娜抹去下巴上的殘酒。

「結果發生什麼事？」

茱莉亞眨眨眼，先是很快，然後慢慢地。

「我的未婚妻還在澳洲。有一天洛來我的店裡，那天早上我和媽媽講過電話，我告訴她我不知道洛怎麼想的，或甚至有沒有感覺，媽媽還笑了。她說：聽我說，沒人那麼喜歡鬱金香的，茱茱！我當時還想否認，可是媽媽說我花了這麼多時間想洛，其實已經算是有二心了。她說洛就是我的『花店』，我聽了就哭起來。所以洛進來的時候我站在花店裡，我……因為她說的話害我笑得好厲害，口水還不小心噴到她臉上。她也在笑。我想是她先鼓起勇氣的，因為我做不到，她問我要不要和她去喝點東西。我說好，可是到了那裡之後我太緊張了，結果喝得很醉。我到門外去抽菸，和警衛起了衝突，他不讓我再進去。我指著窗戶裡面站在吧檯旁邊的洛，說她是我的女朋友。警衛走回去告訴她之後，她走出來，就是這樣。我打電話給未婚妻取消婚約。也許從此之後她玩得開心得不得了。可是我……該死，我就是愛跟洛一起無聊。這樣講聽起來很瘋狂嗎？我喜歡和她吵沙發和寵物，她就是我的每一天。我的……全世界。」

「我喜歡每一天這個說法。」安娜麗娜承認。

「妳的媽媽沒錯，讓妳笑的人才能維持一輩子。」伊絲帖重複，想到一位英國作家曾經寫過，全世界沒有什麼比笑聲和好的幽默感更具感染力。然後她又想到一位美國作家寫過，孤獨就像飢餓，在妳再度開口吃東西之前是不曉得自己有多餓的。

茱莉亞想的是她的媽媽。當她告訴媽媽自己懷孕之後，媽媽先看了看茱莉亞的肚子，然後又看看洛的肚子，開口說：「妳們當初是如何決定哪個人……負責上床？」當然，茱莉亞對這個問題很不耐煩，諷刺地回答：「我們猜拳決定的，媽！」媽媽認真地又審視兩人問道：「所以誰贏了？」

這句話仍然讓茱莉亞忍俊不禁。她對衣櫥裡的女人說：「洛會是最棒的媽媽。她能逗任何小孩笑，就像我媽媽。因為她們的幽默感一直停留在九歲。」

「妳也會是很棒的媽媽。」伊絲帖向她保證。

茱莉亞眨眼的時候，輕輕地牽動著眼袋。

「我不知道。每件事感覺起來都很重要，其他的父母都好……有趣。他們很愛笑又很會說笑話，每個人都說妳應該跟小孩玩，可是我不喜歡玩，從小就不喜歡。所以我擔心我的小孩會很失望。每個人都說等我懷孕之後事情就會不一樣，可是我並不真的喜歡小孩。我以為我的感覺會變，可是現在我看到朋友的小孩時，還是覺得他們好煩，又沒有幽默感。」

安娜麗娜的發言簡短有力。

「妳不需要喜歡全部的小孩，只要喜歡一個就行了。再說小孩不需要全世界最棒的父母，只要他自己的父母。讓我跟妳實話實說吧，他們其實只需要一個司機。」

「謝謝妳這些話。」茱莉亞誠實地回答。「我只是擔心我的小孩不快樂，擔心他會繼承我所有的焦慮和不確定。」

伊絲帖輕輕拍著茱莉亞的頭髮。

「妳的小孩絕對會沒事的，妳看著吧。而且能夠面對許多特殊狀況。」

「這樣講讓我放心多了。」茱莉亞微笑。

伊絲帖繼續輕輕拍著她的頭髮。

「妳會盡自己一切的力量對吧？妳會用生命保護這個孩子？妳會對他唱歌，唸書給他聽，向他保證明天一切都會更好？」

「是啊。」

「妳會好好教育他，讓他長大之後不會成為擠地鐵時不拿下後背包的笨蛋？」

「我會盡量的。」茱莉亞保證。

伊絲帖又想到另一位作家了。那位作家在一百年前曾寫道，你的孩子不是你的孩子，而是渴望實現自己的，生命的兒女。

「妳會沒事的。妳不需要很愛當媽媽，不用一直都愛。」

安娜麗娜插嘴：「我不喜歡小孩大便，真的不喜歡。剛開始還好，可是等小孩大概一歲的時候就像拉不拉多。是成犬喔，不是那種幼犬，可是——」

「可以了。」茱莉亞點頭想讓她住嘴。

「到了某一個年紀的便便質感會變得像黏膠，黏在妳的指甲下面，然後妳在上班途中抹臉的話——」

「謝謝！夠了！」茱莉亞向安娜麗娜保證，但是安娜麗娜克制不住自己。

「最糟的是他們帶朋友回家玩，害妳的馬桶上突然之間出現一個五歲的陌生人要求妳幫他擦屁股。我的意思是，自己小孩的便便還能忍受，可是其他小孩的——」

「謝謝妳！」茱莉亞斷然地說。

安娜麗娜癟起嘴，伊絲帖吃吃笑著。

「妳會成為好媽媽的，而且妳是一個好太太。」伊絲帖補充。雖然茱莉亞還沒提到讓她焦慮的後者。茱莉亞張開放在肚子上的手掌，盯著自己的指甲說：

「妳真的這麼認為嗎？有時候我覺得自己只會碎唸洛，雖然我很愛她。」

伊絲帖微笑起來。

「她知道的，相信我。她還是能讓妳笑嗎？」

「是啊，老天，真的。」

「那就代表她知道。」

「妳不曉得，我是說，哇，她時時刻刻都能讓我笑。我和洛第一次……妳懂我講的……」茱莉亞才笑起來就停住了，因為她不知道該用哪個字眼才不會嚇著這兩位女人。

「怎麼？」安娜麗娜一頭霧水地問。

伊絲帖用手肘推推她，使了個眼色。

「妳知道嘛，就我們第一次『去斯德哥爾摩』。」

「喔！」安娜麗娜恍然大悟，從頭到腳都紅了起來。

可是茱莉亞似乎沒聽見她的驚呼。她的目光變得模糊；她的記憶某處有個笑話，她原本想講洛在計程車裡講過的笑話。可是她發現自己說出的是另一件事。

「其實……挺蠢的，我原本已經忘記這件事了。那時我剛洗了衣服，有張白色的床單掛在臥室門上晾乾。洛打開門的時候床單直接打在她臉上，結果勾起了她的心事。她盡量不表現出來，可是我能感覺到她的恐懼，所以我問她怎麼了。一開始她還不想說，因為她不想害我心情不好，至少避免在交往初期就告訴我，因為她怕我會在我們認真交往前就和她分手。可是我當然一直囉嗦，因為我很會囉嗦，結果我們一整晚坐在那裡，洛告訴我他們一家人是怎麼到瑞典來的。他們穿過山區逃出來，當時還是冬天，每個小孩都得揹一張床單。要是聽到直升機的聲音，就得躺在雪地裡躲在床單下面，才不會被發現。而他們的父母會往不同方向跑，這樣假使直升機開槍，就只會打正在移動的目標，而不是……我那時不知道該怎麼……」

她崩裂了，就像一灘水上薄薄的冰面，一剛開始只是眼睛周圍細如髮絲的皺紋，然後是剩下的整個人，她的上衣領口顏色變深了。她腦中想著那晚洛得告訴她的一切，恐怖的人在彼此身上施加的殘酷手段，以及無比瘋狂的戰爭。然後她想著洛經過這些之後卻仍然想辦法長成一個能逗別人笑的人。因為她的父母在穿越山區的過程中教她曉得，幽默是靈魂的最後一道防線，只要我們還笑得出來，就表示我們還活著，所以蹩腳的揶揄和放屁笑話是他們對抗絕望的表現。在她們共度的第一晚，洛告訴茱莉亞這些；那天之後，茱莉亞決定和她共度全世界的每一天。

像這樣的事情，能讓妳忍受與一屋子小鳥共同生活。

「一段從花店開始的關係。」伊絲帖緩緩點頭。「我喜歡這個故事。」她靜靜地坐著幾分鐘，然後猛然說出：「我也有過一段關係！努特從來都不知道。」

「老天爺啊！」安娜麗娜驚呼，開始覺得情勢一發不可收拾。

「沒錯，而且是不久之前。」伊絲帖嘻嘻一笑。

「對方是誰？」茱莉亞問。

「我們同一棟樓裡的鄰居。他看很多書，跟我一樣。努特從來不看書。他總是說作家們就像永遠找不到重點的音樂家。可是我們在電梯裡遇到這個鄰居的時候，他的手臂下永遠夾著一本書，我也是。有一天他把書遞給我說：『這本我已經看完了，我覺得妳可以看看。』然後我們就開始交換書看。他看的書都好棒，我沒有辦法描述，可是感覺就像和一個人一起旅遊，去哪裡不重要，就像去外太空旅行。這樣過了好一陣子，我開始把我喜歡的那一頁摺起來，而他會在頁面空白的地方寫下評語，只是一些很短的字，『很美』，或『的確』。妳們曉得，這就是文學的力量，能夠像人與人之間的情書一樣，只能藉著強調出別人的情緒來傳達自己的。有一個夏天，我一打開一本書就從書頁裡流出沙子，我那時就知道他太喜歡那本書了，甚至捨不得放下來。我時不時會拿到一本頁面皺皺的書，所以知道他肯定哭過了。有一天我在電梯裡告訴他這件事，他說我是唯一懂得他這一點的人。」

「然後你們就……」茱莉亞調皮地點點頭。

「喔，不，沒有，沒有……」伊絲帖尖聲反駁，看起來像是她會說也許自己但願那件事曾經發生，可是當然事實並非如此。

「我們從來沒有，我沒辦法……」

「為什麼不行？」茱莉亞問。

伊絲帖笑起來，既自豪又渴望。這是到了某種年齡才有的態度，或是某個人生階段。

「因為妳只跟一起去派對的舞伴跳舞。努特就是我的舞伴。」

「所以……後來怎麼了？」安娜麗娜想知道。

伊絲帖的呼吸並沒變快，因為她的人生沒有大祕密。說完這個祕密之後，可說就完全沒有祕密了。

「有一天他在電梯裡給我一本書，裡面有一把他公寓的鑰匙。他說他沒有親戚住在那附近，所以他希望大樓裡有某個人有備用鑰匙，『萬一發生什麼事』。我沒說話，也沒做什麼，可是我感覺得出來也許……也許他希望，發生什麼事。」

她微笑起來，茱莉亞也是。

「所以你們一直都沒有……？」

「沒有，沒有。我們只是交換書而已，一直到幾年後他過世。他的心臟有問題。他的手足打算賣掉公寓，但是看房子的時候他的家具都還在，所以我也去看了，假裝自己對那間公寓有興趣。我在他的家裡到處看，我的手摸著他的廚房流理台，衣櫥裡的衣架。最後我發現自己站在他的書櫃前面。那種感覺真是奇怪，透過某人看的書徹底了解一個人，我們以同樣的方式喜歡同樣的思想。我給自己幾分鐘想像我們在彼此生命中的角色，如果一切都和現實不同的話，如果換一個時空會怎麼樣。」

「然後？」茱莉亞輕聲問。

伊絲帖笑起來。驕傲，快樂。

「然後我就回家了。可是我還保留著他的公寓鑰匙，從來沒告訴努特。這是我自己的外遇。」

衣櫥內沉默了一陣子。最後安娜麗娜壯起膽子說：「我從來沒有過外遇，可是我換過髮型設計師，而且在之後好幾年都不敢經過之前那家髮廊。」

這則軼事並不精彩，可是她希望有參與感。她從來沒時間談婚外情，人們到底都是哪來的閒工夫呢？安娜麗娜想，除了那些壓力，還要適應新的男人。她花了一輩子工作之後趕回家，日復一日，永遠因為覺得扮演不好任何一個角色而自責。在那些情況下，很容易就能同情能力不夠好的人。所以也許就是為什麼在公寓裡所有抱持同樣想法的人之中，安娜麗娜率先表態大聲說出：

「我認為我們應該幫銀行搶匪。」

茱莉亞抬起頭，兩人交會的眼神中有著全新的敬意。

「沒錯！我也這麼認為！我剛剛還在想這件事。我不認為她是蓄意的。」茱莉亞點頭。

「可是我不知道我們能怎麼幫她。」安娜麗娜承認。

「那倒是，警察一定已經包圍這棟樓了，我不覺得她能從哪裡逃走，好可憐。」茱莉亞嘆氣。

伊絲帖又喝了幾口酒。她將那包菸在手裡翻來覆去，因為實在不能在孕婦面前抽菸，真的不行，除非是喝醉了，就能心安理得地說妳沒注意到附近有孕婦。

「也許她能喬裝改扮？」她突然說出口，講「改扮」時有點口齒不清。

茱莉亞不解地搖搖頭。

「什麼？誰能喬裝改扮？」

「銀行搶匪。」伊絲帖說著，又從瓶子裡痛飲一口。

「扮成誰？」

伊絲帖聳聳肩。

「房屋仲介。」

「房屋仲介？」

伊絲帖點頭。

「自從銀行搶匪出現之後，妳看過仲介的蹤影嗎？」

「沒……沒有，妳這樣一說倒沒錯……」

伊絲帖再喝一些酒，又點點頭。

「我能夠確定外面那些警察會認為看房子的時候一定有仲介。所以如果……」

茱莉亞瞪著她，然後開始大笑起來。

「所以如果搶匪假裝投降，釋放所有人質，仲介就能大大方方和我們其他人一起走出去了！伊絲帖，妳真是天才！」

「謝謝。」伊絲帖說著，用一隻眼緊貼著瓶口向裡面覷著，看看還有多久她就能開始抽根菸。

茱莉亞掙扎著以最快的速度站起身，打算走到衣櫥門邊叫洛過來向她解釋這個新計畫。但是正當她要開門時，門上傳來敲擊聲。敲的人並不用力，卻足以令衣櫥內的三個女人像一窩被撒了滿頭亮片的小狗般驚跳起來。茱莉亞打開一道門縫，兔子站在門外，在有限的表情變化中勉強看得出有些尷尬。

「對不起，我不是有意打擾妳們。可是有人叫我套上褲子。」

「你的褲子在這裡？」茱莉亞不懂。

兔子撓撓脖子。

「沒有，我的褲子在廁所裡，活動開始之前就擺在那裡了。可是我後來洗手的時候打濕了褲子，又看到洗手台旁邊的香氛蠟燭，就想也許可以用蠟燭烘乾褲子。結果就……那個……褲子燒了起來。我只好在褲子上面灑更多水滅火，搞到整條褲子都濕透。後來活動開始，我聽見你們全進來了，那個銀行搶匪開始大叫，所以實在不是時候……總之長話短說，我的褲子還是濕的。所以我想可以……」

兔子頭朝衣櫥裡掛著的西裝擺了一擺，表示他希望借穿一條。他的兔子耳朵無意間打到茱莉亞的額頭，她不自禁向後退了一步，而兔子顯然將這個動作誤認為請進的表示。

「很好，別客氣，進來……」茱莉亞惱怒地說。

兔子感興趣地觀望四周。

「這裡頭可真舒服啊！」他說。

安娜麗娜消失在西裝下，又擦了擦眼睛。伊絲帖點起一根菸，因為她認為已經無所謂了，安娜麗娜不認同地瞥了她一眼，伊絲帖辯護道：「唷，反正會從通風口吹出去嘛！」

兔子微微側頭，然後問道：「什麼通風口？」

伊絲帖咳了起來，不曉得是因為香菸還是兔子的問題。「我的意思是……這裡頭似乎有什麼通風管路，但這只是我的猜測而已。不過天花板有氣流往下吹喔！」

「妳在說什麼？」茱莉亞問。

伊絲帖又咳起來，然後她停住了咳嗽。然而咳嗽聲仍然不止，天花板上面有人。

他們面面相覷，兔子和三個女人。說得委婉一點，一群多樣化個體擠在一座衣櫥裡，處於被銀行搶匪打斷的公寓鑑賞活動中。也許曾經有更奇怪的事情發生在這座城的居民身上，但是並不會比這一次奇怪太多。伊絲帖想，要是努特現在打開衣櫥門，一定會爆笑不已，早餐會噴得到處都是，她真希望事實如此。天花板裡的咳嗽仍然持續，就像在電影院裡那種拚命抑制卻只會變本加厲的咳嗽。

茱莉亞將摺疊梯拽往衣櫥後方，伊絲帖從木箱上起身，安娜麗娜扶著兔子站上摺疊梯。他用力推天花板直到它鬆動起來。原來那一片是個拉門，上面是一塊很窄小的空間。

仲介就坐在裡面。

59

此時在警察局裡，傑克的嗓子幾乎因為盛怒變得嘶啞。

「說實話！妳為什麼要煙火？真正的房屋仲介在哪裡？真的有仲介嗎？」

房屋仲介在衣櫥天花板裡窩了好幾個小時，外套就像鬥牛犬的鼻子一樣皺巴巴的。她試著解釋一切，但是假如現代生活和網際網路教我們懂得一件事，那就是不能因為自己是對的，就期望在爭辯中占上風。仲介無法證明她不是銀行搶匪，因為此時她唯一能證明的理由就是指出銀行搶匪的下落，但是她壓根不曉得。傑克拒絕相信仲介真的只是仲介，因為假如她是仲介，就代表他遺漏了非常明顯的線索，並且表示他根本就沒那麼聰明。他沒有接受這個打擊的心理準備。

吉姆在整場訪談裡靜靜地坐在一旁，如果這能稱為訪談的話。因為事實上只有傑克不停地鬼吼鬼叫。吉姆將一隻手放在兒子肩膀上說：「我們休息一下吧，孩子？」

傑克用力盯住吉姆的眼睛說：「你被耍了，爸，你難道還不了解嗎？你送披薩上去的時候，被她耍了！」

受了打擊的吉姆，在兒子宣告他是笨蛋的吼叫聲中耷拉下肩膀。

「我們不能休息一下？一下就好？喝杯咖啡……還是水……？」

「除非我先搞懂事情真相！」傑克怒吼。

他搞不懂的。

60

事件的真實經過是，傑克剛掛了談判專家的電話往馬路對面的大樓衝去，就看到吉姆走出那棟大樓。傑克想當然地對吉姆不顧他的告誡自作主張跑進大樓去很光火，但是吉姆盡了最大的力量安撫傑克。

「別這麼緊張，兒子。放輕鬆。樓梯間那個不是炸彈，只是一盒聖誕燈飾。」

「**我知道！你為什麼在我回來之前自己跑進去？**」

「因為我知道要是我等你的話，你絕對不會讓我進去的。我跟銀行搶匪講過話了。」

「我當然不會讓你……等等，你什麼？」

「我說我跟銀行搶匪講過話了。」

然後吉姆確實地告訴他發生了什麼事。或許該說他「盡力」接近事實。因為說實在的，吉姆的確沒有講故事的天分。他的妻子總是說他每次講笑話都先從笑點講起，然後在中途停下來大叫：「不對，等一下，在這之前還有一件事，親愛的，那個笑點之前還有什麼事？」然後試圖從頭再講起，卻仍然講錯。他從來不記得電影結局，所以無論他重看同一部電影多少次，到最後仍然會訝於凶手真正的身分。他對派對遊戲或電視猜謎節目也不在行：他的兒子和妻子都很喜歡這兩種娛樂：火車上的明星們必須解答線索才能知道火車往哪裡駛去，吉姆的妻子總愛模仿他坐在沙發上，在同一個回合中胡亂猜測目的地是西班牙首都、非洲某個國家，或是挪威的小漁村。「看吧！我猜對了！」他永遠在節目最後如此宣告，惹得傑克很不高興。「你每個地方都猜遍了，不能算猜對！」而他的妻子呢，只顧著開懷大笑。吉姆好想念那些時光。不管她是和他一起笑或是笑他，他都不在乎，他只要她笑就好。

所以吉姆趁傑克不注意時溜進大樓裡，因為吉姆知道他的妻子也會做同樣的事。當他走到放著那個盒子的樓梯間時覺得自己非常非常蠢，原來聖誕燈真的只是聖誕燈。可是她包準也會對這件事一笑置之的。於是他繼續向前走。

頂樓有兩間公寓。人質事件發生在右邊那一間，左邊那間的屋主是那對在香菜和果汁機上不對盤的年輕夫婦，吉姆在不久前才和他們通過電話（他們分居的原因細節已經超過任何正常人想知道的程度了）。他因為想謹慎一點，便從門上的投信口往裡面偷窺了一下。屋裡沒亮燈，地上的郵件顯示已經有一陣子沒人在家了。此時吉姆才敢放心按下銀行搶匪和人質置身的公寓電鈴。

好一陣子沒回應，久到他又按了一次電鈴。最後他發現原來電鈴不管用，便伸手敲門。他就連敲門也得敲好幾次，最後總算有人開了一道門縫，某個穿著西裝，套著滑雪面罩的男人向外瞧。先看看披薩，再看看吉姆。

「我身上沒有現金喔。」戴著面罩的男人說。

「沒關係。」吉姆說著，將披薩向前遞出。

面罩男表示可疑地瞇細眼睛。

「你是警察嗎？」

「不是。」

「你就是。」

吉姆注意到男人的口音轉變了幾次，彷彿他沒辦法下定決心。而且很難確定他的外型，甚至無法確定他是高還是矮，因為他自始至終沒完全打開門。

「你從何判別我是警察呢？」吉姆無辜地問。

「因為送披薩的從來不會免費送披薩。」

吉姆看不出來否認的利基點為何，便說：

「你猜得沒錯，我是警察。可是我是自己行動的，而且沒帶武器。裡面有人受傷了嗎？」

「沒有。至少他們踏進門來的時候沒受傷。」銀行搶匪說。

吉姆友善地點點頭。

「我在街上的同事開始緊張了，因為你還沒提出任何要求。」

面罩男吃了一驚，眨著眼說：「我要求了披薩。」

「我的意思是……交換人質的條件。我們不想看到任何人受傷。」

滑雪面罩男接過披薩盒，豎起一根指頭說：「給我幾分鐘！」

他關上門，消失在公寓裡。一分鐘過去了，然後是另一分鐘。正當吉姆準備再度敲門時，門打開了幾公分。面罩男看著他說：「煙火。」

「我不懂這是什麼意思。」吉姆說。

「我要煙火。可以從陽台上看到的那種，然後我就會放人質走。」

「你說真的？」

「而且不要便宜貨，別想糊弄我！要好的煙火！不同顏色的那種，看起來像下雨那樣，每種都要。」

「然後你就會放人質走？」

「然後我就會放人質走。」

「這是你唯一的要求？」

「沒錯。」

吉姆下了樓，走到街上的傑克身旁，告訴他整個過程。

可是我得重申，吉姆真的很不會講故事。根本就是沒救了。所以他也許並沒清楚記得每個細節。

61

羅傑在一開始時說對了。這棟大樓頂樓也許曾經是單獨一大戶公寓。然後在安裝了電梯之後，那戶公寓就被分成兩間單獨的公寓售出，隨之而來的是各種有創意的改裝方式，包括在客廳加蓋雙層牆壁，棄用衣櫥上方的通風管路。於是通風管被原封不動地遺忘了許多年，最後如同向來被認為活著多餘的老人們，忽然又重現江湖。因為在老建築裡，冬天的冷風經過閣樓往屋子裡吹：閣樓裡的隔熱工程通常做得不夠緊密，冷空氣便以氣流形式吹進衣櫥裡。你必須剛好坐在一個裝滿葡萄酒的木箱上才會注意到。當然，這也是很好的抽菸地點，如果你喜歡這樣想的話，但是除此之外，通風管路在這麼多年來並無用武之地。直到某位房屋仲介發現那塊空間足夠讓身材嬌小的仲介躲在裡面，不被武裝銀行搶匪開槍打死。

天花板上的空間如此窄小，只能讓她勉強擠進去，因此連納勢必會被卡住。就當他用力掙扎脫困時，兔子頭終於被拔了下來。他從活動門向後一倒，跌下摺疊梯，重重地摔在地上。嚇壞了的房屋仲介繞過兔子頭，從活動門向下看連納是否死了，結果她自己也失去平衡從活動門洞掉下來，跌在連納身上。安娜麗娜的腳被他們兩人壓在身下，順勢跌了下去。最後是搖搖擺擺的摺疊梯向旁邊一倒，過程中乓的一聲撞到活動門把它關了起來。兔子頭就這樣留在天花板上了。

羅傑、洛、銀行搶匪三人在公寓裡聽見騷動，趕緊衝過來看看發生什麼事。衣櫥裡的每個人正在試著爬到外面，衣櫥外的每個人都在想辦法搞清楚該拉哪一隻手還是腳，有點像企圖解開纏在一起，多年累積下來的聖誕燈，而且還得和妻子爭吵妓女戶，直到你受夠了，將一堆燈串塞進盒子裡想：「等我明年聖誕節再整理這團亂七八糟的東西！」

當他們終於全部站起來時，不約而同地盯著連納的內褲，因為要不看也很難，就連連納自己都沒發現，直到安娜麗娜驚叫：「你流血了！」

連納此時已經擺脫了兔子頭，用力向前伸出脖子看著肚子以下的位置。的確有血從他的內褲裡流下來。

「喔，不妙。」他呻吟之後，將手伸進內褲裡拉出一小包破掉的袋子，那種你在高速公路上丟出車窗外時希望孩子沒看見的袋子。他往廁所跑，但是途中絆到客廳地毯邊緣跌了個狗吃屎，那一袋假血從他手中飛出之後在地板上爆炸四濺。

「搞什麼……？」羅傑大叫。

連納喘吁吁地說：「別緊張！這是假血！我放了一袋在內褲裡，因為有時候《拉屎兔》戲碼需要多一點花招，才能真正嚇跑看房子的人。」

「我可沒訂這個服務！」安娜麗娜迅速指出。

「沒錯，這是額外的套裝選項。」連納笨拙地爬起來。

「去找一條褲子穿上。」茱莉亞嚴厲地說。

「對，拜託快去。」安娜麗娜懇求。

連納聽她們的話往衣櫥走去。他回來時莎拉正好從陽台走進來。那是她第一次看見衣著整齊的連納，而且沒有兔子頭。她對自己說：好歹有點進步了。她並不討厭他。

其他人站在原地瞪著地毯和地板上的假血，不確定該如何是好。

「顏色很漂亮。」洛說。

「非常摩登！」伊絲帖點頭同意，因為她最近在電台節目裡聽過，時下的流行文化是謀殺。

羅傑此時此刻覺得非常需要知道訊息，便轉向房屋仲介質問她：「妳到底躲在哪裡？」

仲介感到很不好意思，整了整過大又很皺的外套。

「呃，那個，活動開始的時候我在衣櫥裡。」

「為什麼？」羅傑問。

「因為我很緊張。每次有大型鑑賞活動之前我都會這樣，所以我會把自己鎖在浴室裡幾分鐘，對我自己信心喊話。就是那種：『妳可以的！妳是堅強獨立的房屋仲介，這間公寓一定會被妳賣出去！』可是那時浴室裡有人，我只好跑進衣櫥。然後我聽見……」

她有禮貌但是緊張地指向站在屋子中央，一手拿面罩一手持槍的女人。伊絲帖好心地介入說：「是的，這位就是銀行搶匪，可是她一點都不危險！她只是挾持我們而已，但是很照顧我們，還幫我們訂披薩！」

銀行搶匪抱歉地向房屋仲介點點頭說：「對不起。別擔心，這不是真槍。」

房屋仲介放心地露出笑容繼續說：「我在衣櫥裡聽見有人說『有人搶劫』，所以我就做出直覺反應。」

「妳說直覺反應是什麼意思？」羅傑想知道。

房屋仲介開始撢起她的外套。

「其實我之後幾個星期還有幾場鑑賞活動。小當家房仲公司對客戶們有責任，所以我覺得自己不能死，死掉是非常不負責任的做法。然後我發現天花板上的活動門，就爬上去躲起來了。」

「一直躲到現在？」羅傑很詫異。

房屋仲介用力點頭，用力到背部發出喀啦聲。「我原本希望從另一頭爬出去，可是沒辦法。」

她看起來像是想到某件重要的事情，兩手一拍之後高聲說：「喲，老天，我在這裡聊天聊到忘了最重要的：**誰當家**？各位能來參加鑑賞活動真是太棒了，有沒有人想直接出價？」

現場眾人看起來不太熱中回答這個問題，因此仲介快樂地張開雙臂。

「你們想再到處看看嗎？沒問題！我今天沒有別的鑑賞活動！」

羅傑的眉毛重重垂下來。

「妳為什麼要在除夕前一天辦鑑賞活動？我從來沒看過這種奇怪的時間，而且我可以告訴妳，我看房子的經驗很豐富。」

仲介看起來就像剛從狹隘的空間被放出來那樣快活。

「這是屋主幾個要求裡的一個，而且我並不介意，因為對小當家房屋仲介公司來說，每天都是看房日！」

聽到這句話，其他人有志一同地翻了個白眼，除了伊絲帖。她發著抖問道：「這屋裡很冷，是吧？」

「的確是！比羅傑預算內的還冷！」想讓氣氛輕鬆起來的洛大聲說完就後悔了，因為羅傑的神情並沒因此看起來輕鬆一點。

此時茱莉亞幾乎全身都在痛，而且已經失去耐性，便擠開大夥走過去關上陽台門，然後回到壁爐邊開始挑揀柴火。

「我們最好趁披薩送來之前生個火。」

銀行搶匪站在公寓中央，手裡仍然拿著惹了不少麻煩的槍。她看著這群人質又多了一位，不禁猜想自己的刑期又會依比例增加了。因此她嘆氣道：「你們不需要等披薩了，你們現在就走吧。我會投降讓警方做……唉，不管他們想怎麼做。你們先走，我在這裡等，這樣就不會有人受傷了。我真的沒想要……挾持任何人。我只是需要錢付房租，這樣我前夫的律師才不會把女兒從我身邊帶走。這實在……對不起……我是笨蛋，你們無辜被我牽連了……對不起。」

眼淚順著她的雙頰流下來，她也沒有忍住眼淚的打算。也許是因為她看起來太弱小了，打動了其他人的心。也或許他們反省了今天的經歷，以及這些經歷對他們的意義。突然之間，他們全都想提出反駁意見，搶著講話。

「可是妳不能就這樣……」伊絲帖先開口。

「妳又沒傷害任何人！」安娜麗娜接口。

「一定有辦法解決這件事的。」茱莉亞點頭。

「也許我們能找到逃脫的出路？」連納提議。

「在妳放我們走之前，我們得蒐集所有的資訊！」羅傑宣布。

「何況根本還沒開始出價。」仲介提醒大家。

「我們還是可以等披薩來吧，不行嗎？」洛期待著。

「沒錯，讓我們先吃點東西。情況變得挺不錯的，對吧？像這樣認識大家？都要謝謝妳呢！」伊絲帖十分開心。

「我很確定警察不會開槍打妳的，至少不會開很多槍。」安娜麗娜安慰搶匪。

「乾脆我們大家跟妳一起出去好吧？如果我們同時出去，他們就不會開槍！」茱莉亞堅持。

「一定有出路的。既然能偷偷進來，就一定能偷偷出去。」連納指出。
「讓我們大家全都坐下擬出一個計畫！」羅傑發號施令。
「然後出價！」仲介抱著希望說。
「邊吃披薩！」洛說。
銀行搶匪逐個看著他們良久。然後感激地輕聲說：「你們真是最糟的人質。」
「來幫我擺桌子。」伊絲帖邊說邊拉著搶匪的手臂。
搶匪並沒反抗，和伊絲帖一起進了廚房。她拿著玻璃杯和盤子回來，茱莉亞繼續生火，莎拉和自己在內心角力一陣之後，在茱莉亞開口之前就將打火機遞給她。
羅傑站在壁爐旁，不知道該幫什麼忙，便問茱莉亞：「妳知道怎麼生火嗎？」
茱莉亞瞪他一眼，原本她會說她媽媽教過她如何生火，語氣會凶狠到羅傑無法確定被火燒的是不是她爸爸。可是他們這一天都累了，都聽了其他人的人生故事，所以要他們討厭其他人有點難，因此茱莉亞異常慷慨地說：「我不會。你能示範給我看嗎？」
羅傑慢慢點頭，蹲下來開始和木柴講話。
「我們可以的……我想我們應該可以，除非你……我們一起絕對可以。」他喃喃說著。
她用力嚥下一口唾沫，點點頭。
「我們一起吧。」
「謝謝妳。」他靜靜地說。
然後他示範他慣常的生火方式。
「冒這麼多煙是正常的嗎？」茱莉亞很狐疑。

「這些木頭不太對勁。」羅傑不高興地說。

「真的？」

「我跟妳說，這些木頭不對。」

「你開了通風閘嗎？」

「我當然開了該死的通風閘！」

茱莉亞打開通風閘。羅傑以細不可聞的聲音咒罵著，茱莉亞忍不住笑了起來，然後他也開始笑。他們沒看對方，但是煙刺激了他們的眼睛，淚水開始滾滾而下。茱莉亞瞥他一眼。

「你的太太人很好。」他說。

「妳的也是。」他回答。

他們同時戳著壁爐裡不同的木塊。

「如果你和安娜麗娜真的想買這間公寓，那就——」茱莉亞還沒講完就被他打斷：

「不用，不用。這間公寓很適合小孩。妳和洛應該買下來。」

「我不認為洛想買，她沒有一個地方看得順眼。」茱莉亞嘆口氣。

羅傑更用力戳著火。

「她只是怕自己對妳和寶寶來說不夠好。妳必須告訴她這些都是鬼話連篇。她擔心自己一個人不會修踢腳板，所以妳得告訴她，沒做之前沒有一個人會修什麼狗屎踢腳板。每個人都得有第一次！」

茱莉亞咀嚼著這番話。她盯著爐火，羅傑也是。兩人看著不同的木塊，火苗都很小，煙卻很大。

「我能不能講一點比較個人的意見，羅傑？」過了一會兒，茱莉亞輕聲問。

「嗯。」

「你不用對安娜麗娜證明任何事。你不用對任何人證明任何事。因為你已經夠好了。」

兩人繼續戳著爐火，眼睛都被煙燻得一塌糊塗。他們沒再多說什麼。

此時門上傳來敲門聲。因為門外的警察終於悟出門鈴不管用。

62

「我去開門。」

「不行！如果是警察怎麼辦？」洛大呼。

「也許只是送披薩的。」銀行搶匪猜測。

「妳瘋了嗎？警察才不會把披薩小弟送進人質事件現場！我是說，妳有槍而且很危險！」洛說。

「我才不危險。」銀行搶匪被刺傷了。

羅傑從煙已經小多了的壁爐邊站起來，用一根木柴指著銀行搶匪，彷彿那根木柴是他的手。

「洛說得對。如果妳去開門，警察很有可能會對妳開槍。最好是我去！」

茱莉亞附議，雖然羅傑不太高興她答應得這麼爽快。「對！讓羅傑去！誰知道，我們也許能想出幫妳逃走的辦法，警方就永遠不知道妳是女人了。每個人都會假設銀行搶匪是男人！」

「怎麼會？」羅傑不懂。

「因為女人通常沒這麼蠢。」莎拉很幫忙地插話。

銀行搶匪遲疑地嘆了口氣。但是安娜麗娜向公寓中央踏出非常非常小的一步，悄悄說：「拜託你別開門，羅傑。萬一他們開槍怎麼辦？」

羅傑的眼裡進了一些煙，雖然壁爐已經不再冒煙了。他並沒說話。於是連納踏上一步說：

「唷，讓我來！面罩給我，我來假扮綁匪。再怎麼說，我也是個演員——我曾經在本地的劇團裡演過《威尼斯那邊的商人》。」

「不是應該叫《威尼斯商人》嗎？」安娜麗娜很疑惑。
「是嗎？」連納反問。
「喔，我喜歡那齣戲，裡面有一段很美的台詞，跟光有關的！」伊絲帖快樂地說，但是怎樣也想不起那句台詞。
「老天爺，別再拌嘴了，好好專心一分鐘！」茱莉亞受不了了，因為門上又傳來敲擊聲。
連納點點頭，向銀行搶匪伸出手。「給我面罩和手槍。」
「不行，給我，讓我去！」羅傑生氣地說，胸中升起需要被認可的渴望。
兩個男人用最具威脅性的眼神正視對方。羅傑看起來像是要再給連納一拳，尤其是現在已經沒有兔子頭擋住了。可是也許連納看出來羅傑的自尊被傷得多重，所以在羅傑握起拳頭之前，連納就開口：「別對你太太生氣，羅傑。把氣出在我身上。」
羅傑看起來仍然很生氣，但是連納的話肯定正中他心裡的某個部分，在他的怒氣上敲了一個洞，他慢慢地消了氣。
「我……」他咕噥著，並沒看安娜麗娜。
「讓我去。」連納要求。
「拜託你，親愛的。」安娜麗娜輕聲懇求。
羅傑抬起眼睛看著她的下巴，看見它在顫抖。於是他讓步了。這原本應該是感人的一刻，如果他能忍住不說：「如果真的會發生，我希望他們打你的腿，連納。」
他實際上的口氣倒還算友善。

就在那時，伊絲帖想起來劇裡的台詞，便高聲朗誦起來：「那燈光是從我的廳堂發出來的。它的光照耀得多麼遠！一件善事也正如這支蠟燭，在這罪惡的世界上發出廣大的光輝。」

她又記起了另一段台詞「憂愁令我如此糊塗」，但是她沒再大聲朗誦出來了，因為她不想破壞氣氛。銀行搶匪看著這位小老太太。

「對不起，我現在才記起來妳在等妳先生——努特，是嗎？我剛……的時候他去停車，他一定擔心死了！」她受了罪惡感驅使而著急起來。

伊絲帖拍拍搶匪的手臂。

「沒事，別擔心。努特已經死了。」

銀行搶匪的臉色刷地變白了。

「妳在這裡的時候？他在這段時間裡……喔，老天爺啊……」

伊絲帖搖搖頭。

「不，不是，不是。他已經死了一陣子了。不是全世界都繞著妳轉啊，親愛的。」

「我……」銀行搶匪只能說出這個字。

伊絲帖又拍拍她的手臂。

「我說努特去停車，是因為有時候我覺得孤單，假裝他會出現能讓我好過一點，尤其是每年的這個時候。他從前很喜歡新年，我們總是站在廚房窗戶前看煙火。其實……我們好多年都是在陽台上看的……但是自從十年前橋上發生那件事，我就沒辦法繼續站在那裡了。說來話長。總之呢，努特和我會站在廚房裡看著窗外的煙火……喔，我好想念這些特別的往事，甚至比其他往事還想念。努特很愛煙火，所以我在新年的時候都會格外孤單。我真是個傻老太婆。」

每個人都安靜下來聽她敘述。這原本應該是感人的一刻，如果莎拉沒在屋子另一頭清喉嚨：

「每個人都以為最多人在聖誕節自殺，根本就是迷思。更多人在新年自殺。」

就是這句話破壞了氣氛。想否認都很難。

連納看著羅傑，羅傑看著銀行搶匪，銀行搶匪看著眾人。然後她下了決心似地點點頭。當公寓門終於打開時，警察吉姆站在門外。稍後，他回到街上告訴兒子自己和銀行搶匪講過話了。

63

傑克大步走出偵訊室，因為盛怒而疲憊不堪。房屋仲介仍然坐在偵訊室裡，嚇壞了，看著兩位員警之中年輕的那一個向著走廊另一頭衝去。然後她抱著希望轉向比較老，還坐在偵訊室裡那位看起來很傷心的員警。吉姆看似手足無措，或許可以說全身都不對勁，只好將一杯水推向仲介。雖然她用十根指頭緊緊抓住玻璃杯，它還是顫動不已。

「你必須相信我，我發誓我不是銀行搶匪……」她哀求。

吉姆向外看了一眼走廊，他的兒子正在走廊上踱步，用拳頭捶打牆壁。吉姆向仲介點點頭，遲疑了一下，又點頭，克制住自己，最後用手輕按了一下仲介的肩膀承認：「我知道。」

她看起來很驚訝。他看起來很羞愧。

當老員警——他從沒覺得像現在這麼老過——抬起手後，轉動了一下手上的婚戒。這是長年的習慣，但是能帶給他安慰。他一直覺得關於死亡最困難的就是文法。他常常會說錯話，傑克卻幾乎不糾正他，做兒子的也許總是狠不下心。傑克每六個月左右就會提起這枚婚戒：「爸，你該拿掉它了吧？」父親點點頭，彷彿他只是忘了，然後將戒指再往指根推得比平常更緊，低聲說：「我會，我會。」結果他從來沒拿下來。

關於死亡最困難的是文法，是時態，是當她看見他沒徵求她的同意就買了新沙發時卻不發火。她永遠不會正在做什麼。她不會正在往回家的路上。從前的她會。而且她那一次真的因為吉姆沒徵詢她的意見就買了沙發而大為光火，老天，她發了好大的火。她能繞過半個世界遠赴地球最混亂的角落，但是當她回到家時一切必須和她離家時一模一樣，否則她會生氣。當然那只是她眾多習慣和怪癖之一：她會在早餐穀片上倒油蔥酥，在爆米花上倒奶油白醬，如果你在她身邊打哈欠，她會將一根手指伸進你嘴裡，看看自己能否在你的嘴閉上之前抽出手指。有時候她在吉姆的鞋子裡放玉米片，有時候則往傑克的口袋裡放一點白煮蛋和醃鯷魚。當他們發現被作弄之後的表情讓她忍俊不禁，笑得一次比一次開心。令人想念的就是這些小事：她從前會做這件事，她從前會做那件事。她曾經是，她如今是。她曾經是吉姆的妻子。傑克的母親如今已經不在了。

文法是最糟糕的事。吉姆想著。所以他真的想要兒子擺脫這個負擔，解決整個案子，救每個人的命。可是看起來他的做法並不奏效。

吉姆走進走廊看著傑克。在這裡他們單獨面對面，不會有人聽見他們的對話。兒子喪氣地轉過身。

「一定是房屋仲介幹的，爸，一定是……」他用力地說，但是聲音到了句尾卻越來越微弱。

吉姆心痛地慢慢搖頭。

「不，不是她。你衝進公寓時銀行搶匪已經不在那裡了，兒子，這一點你沒說錯。可是她也沒和人質一起出來。」

傑克的眼睛瘋狂地掃視走廊，他握緊拳頭，想找一個可以擊打的目標。

「你怎麼知道，爸？你該死的怎麼可能知道？」他大叫著，像是對著海洋大叫。

吉姆用力眨眼，彷彿試著安撫波濤。

「因為我沒告訴你實話，兒子。」

接下來，他開始說出實情。

64

所有人質都在同時間被釋放。從某個角度來說，故事猛然結束，正如它突然開始。他們拿起私人物品，安靜地走出警察局後門。門關上之後，站在後門樓梯上的眾人驚訝地看著彼此：房屋仲介、莎拉、連納、安娜麗娜、羅傑、洛、茱莉亞、伊絲帖。

「警察跟你們說了什麼？」羅傑趕緊問其他人。

「他們問了一狗票問題，可是我和茱茱裝笨！」洛開心地宣告。

「妳們可真機靈。」莎拉說。

「所以警察讓你們走的時候，沒特別說什麼？」羅傑想知道。

他們全都搖頭。那位年輕的警察傑克從這個偵訊室走到那個偵訊室，除了說他們可以走了之外沒說別的，還說他很抱歉花了這麼久時間。他只是謹慎地加上一句，說他們不能從警局大門離開，因為記者全等在外面。

於是這一小群人聚在警局後面，緊張地看著彼此。最後安娜麗娜問了他們全都在想的問題：「她……沒事吧？我們離開公寓的時候，我看見一位警察站在樓梯間，那位老的。我還想：她現在得怎麼溜進另外一間公寓？」

「我也是！警察跟我說手槍是真的，還說他們聽見公寓裡有槍聲，我以為……呃……」房屋仲介點著頭，不想說完她的想法。

「除了我們還有誰能幫她逃走？」羅傑很想知道正確的資訊。

沒人有解答。但是伊絲帖低頭看著手機上的簡訊，慢慢點了個頭。然後她放心地微笑起來。

「她說她很好。」

安娜麗娜聽了之後也跟著微笑。

「幫我們跟她說嗨。」

伊絲帖說她會。

在他們身後，一個二十來歲的女孩獨自從警局出來。她試著看起來有自信，但是雙眼卻迫切地搜尋可以前進的方向，可以依靠的人。

「妳還好嗎，親愛的？」伊絲帖問。

「怎麼了？妳為什麼這麼問？」倫敦不客氣地回答。

茱莉亞看著倫敦外套上的名牌；自從她放下工作到警局受偵訊，都一直戴著名牌。

「妳就是銀行被搶的時候，在櫃檯的行員？」

倫敦遲疑地點頭。

「喔，老天，妳當時很害怕嗎？」伊絲帖問。

倫敦點點頭，並不是因為她想點頭，而是因為她的身體不聽腦子使喚。

「當時不怕。當……事情正在發生的時候。可是之後很怕。當我……那個，發現也許是真槍的時候。」

其他站在台階上的人都會意地點頭。洛的雙手插在外套下的洋裝口袋裡，頭向對街的小咖啡館一斜，問道：「妳想不想喝杯咖啡？」

倫敦本想撒謊說她還得去別的地方，見別的人，因為畢竟明天就是除夕。但是她只說出：「我不喜歡咖啡。」

「他們一定有別的妳會喜歡。」洛保證。

這樣的保證很貼心，於是倫敦緩緩點了個頭。洛成為她許久以來的第一位朋友。說不定是有生以來第一位。

「等我！」茱莉亞說。

「怎麼？怕我自己一個人會被搶還是怎樣？」洛露齒一笑。

茱莉亞板起臉。洛清清喉嚨低聲說：「好啦好啦，這個笑話開得太快了。我懂，我懂！」

她們向對街走的時候，倫敦悄悄對洛說：「那個笑話不太得體。」

「妳是怎樣，風紀股長嗎？」洛嘟囔。

「親愛的，如果妳被打死了我就把妳的鳥全都送人！」茱莉亞在她們後方大叫。

「這句話才叫好笑！」倫敦格格笑起來。她已經很久沒有可以笑的事情了。也許從來沒有。

幾天之後她收到一封信，寫信的人是一名想道歉的銀行搶匪。對二十歲的女孩來說，在接下來許多年中沒有別的事比這件事更有意義。事實上應該說直到她陷入愛河之前。但是那又是另一個不同的故事了。

茱莉亞給每個人一個擁抱，也被每個人回抱。輪到伊絲帖時，年輕女子和比她老得多的婦人彼此凝望許久。伊絲帖說：「我想送妳一本書，是我最喜歡的詩集。」

茱莉亞微笑。

「我在想也許我們之後可以再碰面，妳和我。時不時見個面。說不定我們可以在電梯裡交換書。」

「怎麼說呢？」伊絲帖感到詫異。

茱莉亞轉向仲介。

「妳會處理好文件吧？」

仲介興奮地點頭，興奮到幾乎跳起來。羅傑發現自己也在嘻嘻笑，心情突然愉悅起來。

「所以妳和洛決定買那間公寓？談了個好價錢？」

茱莉亞搖頭。

「不，不是那間。我們買了另外一間。」

聽到這句話，羅傑放聲大笑。他已經很久沒大笑了。安娜麗娜看見他的樣子，開心地坐下來，坐在台階正中央，在嚴冬裡。

65

真相真相真相。

於是，吉姆回到路邊告訴傑克適才在大樓裡發生的來龍去脈，他已經和銀行搶匪講過話了。可是那並不是事情真正的經過，不完全是。其實應該說根本不是。一部分是因為吉姆非常不會說故事，但絕大部分是因為他非常會撒謊。

因為當吉姆送披薩上去時，開門的不是連納，而是銀行搶匪。羅傑和連納搶著要求戴滑雪面罩，但是在靜默許久之後，她拒絕了。她看著他們，聲音裡透露出溫柔的感激，然後對他們堅決地點了個頭。

「很顯然地，我現在已經不夠格當我女兒的榜樣，叫她們別做蠢事了。可是至少我可以讓她們看看如何為自己的行為負責。」

所以吉姆又敲門的時候，她開了門，沒戴面罩。她的頭髮披散在肩膀上，髮色和吉姆女兒的一樣。有時候兩個陌生人只需要一個共通點就能同情彼此。她看到他手上的婚戒，又舊又變了形，褪色的銀色戒指。他也看到她的，很細，不顯眼，沒有寶石的金色戒指。他們倆都還沒拿下婚戒。

「你是警察嗎？」她迅速發問，吉姆被問個措手不及。

「妳怎麼……」

「如果你們已經認定我有槍又很危險，就絕不會把披薩小弟送進人質事件現場！」她笑著說。但與其說是笑容在臉上綻開，倒更像是她的表情在崩解。

「不，不是的……呃，也對……而且沒錯，我是警察。」吉姆點頭承認，將披薩盒向前一送。

「謝謝。」她用一隻手拿過披薩盒，另一隻手拎著手槍。吉姆的眼睛緊盯著它。

「一切還好嗎？」要是她還戴著面罩，吉姆就絕不會問這個問題。

「今天不太順。」她說實話。

「裡面有沒有人受傷？」

她驚恐地搖頭。

「我沒……」

吉姆看著她，留意到她顫抖的手指和下唇上的牙印子。他沒聽見公寓裡傳來哭聲，也沒人吼叫，根本沒人聽起來很害怕。

「我需要妳把手槍放下來一會兒。」

銀行搶匪帶著歉意點頭。「我能不能先給他們披薩？他們都餓了，今天對他們來說也很辛苦……我……」

吉姆點頭。她轉身消失了一下子，回來時手上已經沒有披薩盒，也沒有手槍。她的身後有人大叫：「這不是夏威夷！」另一個人笑著說：「妳根本對夏威夷一點概念都沒有！」那人在笑。接著是已經不再陌生的眾人此起彼落的談話聲。人質挾持事件的現場究竟應該是什麼景況，很難確切界定，但是這個局面絕對不能說是人質挾持。吉姆認真地看著銀行搶匪。

「我能不能問問，妳到底如何陷入這個局面的？」

如今已沒有武裝的銀行搶匪用力吸了一口氣，身材彷彿瞬間膨脹了一倍，然後又縮回原來嬌小的身形。

「我也不知道該從何說起。」

然後吉姆做了一件非常不專業的事。他伸手擦去一顆銀行搶匪面頰上的淚珠。

「從前我太太很喜歡一個笑話。妳該怎麼吃掉一頭大象？」

「我不知道。」

「一口一口吃。」

她笑了。

「我的小孩會喜歡這個笑話的，她們有要命的幽默感。」

吉姆將手放在口袋裡，重重坐在隔壁公寓門口。銀行搶匪遲疑了一下，也盤著腿坐了下來。

吉姆微笑。

「我太太也有要命的幽默感。她喜歡大笑，找麻煩。年紀越大就越愛找人麻煩。她總是說我人太好了，被牧師這樣講是不是很糟？」

銀行搶匪靜靜地笑，然後點頭。

「她都找誰麻煩？」

「每個人。教會、教區、政客、相信神的人，不相信神的人……她把保護弱者當成她的工作：遊民、外來移民，甚至罪犯。因為在聖經裡的某個地方，耶穌說：『我餓了，你們給我吃；我作客旅，你們留我住；我病了，你們看顧我；我在監裡，你們來看我。』然後祂又說我們為弱者做的就是為祂做的。我太太對這些文字認真得要命，所以才會找麻煩。」

「她去世了嗎？」
「對。」
「我很遺憾。」
他領情地點頭。他想，說也奇怪，都已經這麼久了，他卻無法理解她已經不在人世的現實。他的心仍然無法習慣當他打哈欠時再也沒有格格笑的傻瓜會把手指伸進他嘴裡；或是在他上床睡覺之前往他的枕頭套裡倒麵粉。現在沒人和他爭執。或正愛著他。根本不可能習慣這樣的文法時態。他哀傷地笑笑說：「現在該妳了。」
「該我做什麼？」銀行搶匪問。
「講妳的故事。講妳為什麼會在這裡。」
「你想聽多長的故事？」
「妳要多長就多長。一口一口。」
這個建議聽起來很好。於是銀行搶匪告訴他：
「我先生離開我了。應該說是他把我踢出家門。他和我的主管有曖昧，他們愛上對方，同居了，搬進我們的公寓裡，因為公寓只登記在他名下。每件事都發生得好快，我不想把事情鬧大或是惹……麻煩。為了孩子好。」
吉姆緩緩點頭。他看著她的戒指，把玩著自己的戒指。再沒有比婚戒更難拿掉的了。
「女兒還是兒子？」
「都是女兒。」
「我是各有一個。」

「我……總有一個人得……我不希望她們……」

「她們現在在哪？」

「和她們的爸爸在一起。我今天晚上原本應該去接她們的，我們要一起慶祝新年。可是現在……我……」

她講不下去了。吉姆若有所思地點著頭。

「妳打算拿搶來的錢做什麼？」

她回答時，臉上的迫切揭露出心裡的混亂。「付房租。我需要六千五百克朗。我先生的律師威脅我說要是我沒地方住，他們就會把孩子帶走。」

吉姆伸手扶住樓梯欄杆，免得因為心痛而倒地。同理心就像眩暈症。六千五百克朗，因為她相信沒有這筆錢就會失去孩子，她的孩子。

「有一條規定，應該說是法律，沒人能帶走妳的孩子，只因為妳……」他講到一半時又想了一下，繼續說：「可是現在他們可以……因為妳威脅銀行，又……」他的聲音變小了，幾乎破碎。

「妳這個可憐的孩子，怎麼會搞成這樣？」

年輕女子盡力驅動舌頭、張開雙唇，因為她就連最細的肌肉都即將失去生機。

「我……我是笨蛋。我知道，我知道，我知道。我不想給我先生找任何麻煩，也不想讓女兒們曉得，我以為自己可以解決。可是我只帶來更多麻煩。是我的錯，都是我的錯。我已經準備好投降了。我會讓人質走，我保證，槍還在裡面，那也不是真槍。」

吉姆忍不住想，這個搶銀行的理由真不是普通的差勁：因為害怕起衝突。他試著視她為罪犯，試著不在她身上看見自己的女兒，結果兩件事都徒勞無功。

「就算妳放走人質投降，還是得坐牢，就連手槍是假的也一樣。」他遺憾地說。當然，他當警察已經夠久了，看得出來那是把真槍。他知道她沒機會，雖說一般正常人都會同情她的遭遇，但妳還是不能搶銀行，不能拿著手槍到處跑，如果這樣的歹徒被抓到，絕對應該受懲罰。所以吉姆當場決定她唯一不受懲罰的辦法就是躲避懲罰，也就是說不被抓到。

他在樓梯間裡四處巡視。銀行搶匪身後的公寓大門上是房屋仲介的廣告牌：「吉屋出售！小當家房屋仲介公司！誰當家？」吉姆瞪著它看了一會兒，奮力在記憶中搜索。

「真奇怪。」他終於說話。

「什麼東西？」銀行搶匪問。

「小當家房屋仲介公司。這個名字……挺蠢的。」

「也許吧。」銀行搶匪點頭同意，在此之前並未多加思考這個名字。

吉姆揉揉鼻子。

「或許只是巧合，可是我不久之前才和隔壁這間公寓的屋主講過電話。他們正分居中，因為一個人喜歡香菜，另一個人也喜歡，只是沒那麼喜歡，可是顯然對泡在網路上的年輕人來說這就夠了。」

銀行搶匪的嘴角試著上揚成微笑。

「這年頭已經沒人想過無聊的日子了。」

她想，最糟的事情，也就是她的情緒最無法接受的狀況就是，她還愛著丈夫。每一次她想到這個事實，體內的每一根血管就像要爆炸。她發現自己無法停止愛他，即使他對自己做了這些事之後仍然不能，她會不自禁懷疑是否都是她的錯。也許她不夠有趣——也許如果妳不夠有趣，就不能期待別人想與妳廝守。

「妳說對了！正是如此！對年輕人來說每件事都得像一見鍾情，連稍微乏味都不行，他們的注意力就跟小貓看到會閃閃發亮的橡皮球那樣短。」吉姆同意，然後突然興奮起來說道：「所以他們正在分居，想賣掉公寓。其中一個記不起來房屋仲介的名字，只說那個名字很蠢。妳知道我的意思嗎？小當家房屋仲介公司——正好就是一個很蠢的名字！」

他指著有廣告牌的公寓大門，又指向對面的公寓大門。這個城市太小了，不可能有太多名字很蠢的仲介公司。甚至沒大到有好幾家名字比「剪立美」還蠢的髮廊。

「對不起，可是我不太懂你的意思。」銀行搶匪說。

吉姆撓撓鬍碴。

「我只是在想……那位仲介也跟你們在公寓裡嗎？」

銀行搶匪點頭。

「是啊，她快把大家搞瘋了。我拿披薩進去的時候，她正在命令羅傑站在陽台旁邊，然後她站在公寓另一頭向他丟鑰匙，讓他知道因為公寓是開放格局，所以他能在屋裡丟東西。」

「結果呢？」

「羅傑蹲下去閃過了，鑰匙幾乎打破窗戶。」銀行搶匪笑著說。那是友善的笑容，吉姆如此想。不是想傷害別人的笑容。他又看了看廣告牌。

「我不知道……這個想法也許……可是假如是和隔壁同一位仲介，那麼也許她身上有隔壁的鑰匙，就可以……」

他說不下去了。

「你的意思是？」銀行搶匪問。

吉姆整理好思緒，站起身，清了清喉嚨。

「我的意思是如果這位仲介也負責賣隔壁公寓，而且帶了鑰匙，那麼也許妳就能躲在隔壁。其他警察來的時候不會打開所有公寓找妳，至少不會馬上。」

「為什麼不會？」

吉姆聳聳肩。「因為我們沒那麼厲害。每個人都會先著重在救出人質，如果妳叫人質離開時把門帶上，那麼大家都會假定銀行搶匪……妳……還在公寓裡。這間公寓。然後等我們打破大門衝進去發現妳已經不在了，卻不能也連帶打破隔壁的門，那樣會惹大麻煩的。妳也知道那些官僚政策。我們必須先帶人質到局裡做筆錄，我不知道……然後妳也許就能想辦法離開這棟大樓。而且妳知道嗎？要是有誰發現妳在隔壁公寓裡，妳正好可以假裝是住戶！我們從一開始就認定銀行搶匪是男人了。」

銀行搶匪仍然雙眼圓睜，無法理解。

「為什麼？」她又問。

「因為女士們通常不會……做這種事。」吉姆盡量委婉地說。

她搖搖頭。

「不，我是說，為什麼？你為什麼幫我？你是警察呢！你不應該這樣幫我的！」

吉姆虛弱地點頭。他將雙手在褲子上擦了擦，然後雙臂抱胸。

「我的太太從前會套用某個人的話……怎麼說來的？他說就算他知道明天地球會毀滅，他還是會在今天種下一棵蘋果樹。」

「說得真好。」搶匪輕聲說。

吉姆點頭同意。他用手背抹了抹眼睛。

「我不想……逮捕妳。我知道妳犯了大錯，但是……這種錯是難免的。」

「謝謝你。」

「妳得進去問仲介有沒有隔壁的鑰匙。因為我兒子很快就會失去耐性衝進這裡，到時……」

銀行搶匪的眼睛眨巴了好幾下。

「什麼？你的兒子？」

「他也是警察，而且會是第一個衝進去的。」

銀行搶匪喉嚨一緊，聲音變得薄弱。

「他聽起來很勇敢。」

「那是因為他有個勇敢的媽媽。她也會為了兒子搶銀行，如果不得已的話。我們認識的時候，我根本不相信上帝。她很漂亮，跟我正好相反。她很會跳舞，我就連站都站不穩。可是我們頭一次見面的時候就發現我們唯一共通之處大概只有對工作的看法。我們只能盡所能拯救人。」

「我不知道我值不值得被你拯救。」銀行搶匪低聲說。

吉姆點點頭，看著她的眼睛。這位誠實、得體的男人，即將做出有違他畢生職責所在的行動。

「這樣的話，十年後再來找我，告訴我我做錯了。」

他轉身要走。她遲疑了一下，用力吞口唾沫叫道：「等等！」

「怎麼了？」

「我能不能……現在要求人質交換條件是不是太晚了？」

「怎麼回事……？」

他挑起眉毛，然後用力皺眉，剛開始是出於驚訝，接著幾乎是感到不耐煩了。銀行搶匪試著做出決定。

「煙火。」最後她終於說，「裡面有一位老太太過去總是和先生一起看煙火，老先生已經走了。她被我耽擱了一整天，我想回報她一些煙火。」

吉姆露齒一笑，點頭答應。

然後他走下樓，開始對兒子撒謊。

66

銀行搶匪走回公寓裡面。公寓地板上有血跡，但是壁爐裡的火劈哩啪啦地燒得正旺。洛坐在沙發上吃披薩，逗茱莉亞笑。羅傑和房屋仲介在爭論平面圖上的尺寸，不再是因為羅傑想買這間公寓了，而是因為「傳達正確訊息是見鬼地重要」。莎拉和連納站在窗戶旁，她正吃著一片披薩，連納興致盎然地看著她臉上一副噁心的表情。她看起來不喜歡他，真的，可是她似乎也不討厭他。他倒是覺得她好不可思議。

安娜麗娜獨自站著，手裡拿了個盤子。但是盤裡的披薩沒被動過，而且已經冷了。這時仍然是茱莉亞先看見她，從沙發裡站起身走過來問：「妳沒事吧，安娜麗娜？」

安娜麗娜遠遠望向羅傑。自從兔子從廁所跳出來後他們還沒真正講過話。

「沒事。」她說謊。

茱莉亞握住她的手臂，鼓勵多於安慰。

「我不能確定妳認為自己犯了什麼錯，可是妳雇用連納好幾次，只為了讓羅傑感覺自己是個贏家，是我聽過最傻、最奇怪，又最浪漫的事了！」

安娜麗娜若有所思地戳著披薩。

「當初羅傑應該有升遷的機會。我總是想明年就輪到他了。可是時間過得比妳想的還快，那麼多年一下就過去了。有時候我覺得就算兩個人一起生活好多年，又有了孩子，人生還是有點像在爬樹。爬上爬下，爬上爬下，妳只能試著適應每件事，不出錯，妳只顧著爬爬爬，一路上根本很少看見另一個人。妳年輕的時候還不會發覺，但是等你們有了孩子之後，有時候會覺得幾乎見不到當初和妳結婚的那個人。你們最重要的角色成了父母和隊友，婚姻伴侶反而變成其次。可是你們還是得繼續爬樹，繼續偶爾在途中見到彼此。我總是以為人生就是如此，這樣是很正常的。我們只能撐過每個考驗。然後我一直告訴自己，要緊的是在同一棵樹往上爬。因為我想遲早……這樣講聽起來很虛假……我想我們遲早會爬到同一根樹枝上。然後我們就可以坐在那裡手牽手觀賞風景。那就是我想等我們老了應該做的事。可是時間過得比你想的還快，永遠沒輪到羅傑。」

茱莉亞還握著她的手臂，但是已經是安慰多於鼓勵。

「我媽總是說我不應該因為做我自己而道歉，永遠不為了我對某件事在行而道歉。」

安娜麗娜遲疑地咬了一口披薩，邊嚼邊說：「好有智慧的媽媽。」

她們靜靜地站在那裡。

然後傳來一聲砰然大響。

一聲，兩聲。幾分鐘後又出現破空的尖嘯和爆炸聲，又多又密集，令人根本來不及計數。連納離窗戶最近，所以他率先驚呼：

「快來看！是煙火！」

吉姆派了警局裡的年輕警察去買煙火，到大橋下點燃。連納、莎拉、茱莉亞、洛、安娜麗娜、羅傑、房屋仲介全跑到陽台上。他們驚異地欣賞著。那些煙火可不是可憐兮兮的小爆竹，而是真的煙火：各種色彩，如下雨一般，貨真價實。因為吉姆剛好也喜歡煙火。

銀行搶匪和伊絲帖在廚房窗戶旁看煙火，挽著彼此的手臂。

「努特會很喜歡。」伊絲帖點頭說道。

「我希望妳也喜歡。」銀行搶匪好不容易說出來。

「喜歡極了，妳這個貼心的孩子。我太喜歡了，謝謝妳。」

「我很抱歉給你們帶來這麼多麻煩。」銀行搶匪抽著鼻子。

伊絲帖不高興地噘起嘴。

「也許我們能向警方解釋，告訴他們都是誤會？」

「不行，我不認為這樣行得通。」

「也許妳可以逃走？躲起來？」

伊絲帖聞起來有酒味。她的眼珠子有點失焦。銀行搶匪本想回答，又認為讓伊絲帖知道的越少越好，如此一來這位老婦人被警方問話時就不用撒謊。因此她說：「不，我也不覺得有可能。」

伊絲帖握住搶匪的手。除此之外她不知道還能做什麼。煙火很漂亮，努特想必會喜歡。

煙火放完之後，銀行搶匪回到客廳裡，其他人從陽台走進來。銀行搶匪試著對仲介低調地打個手勢表示她想講句話，但很不巧的是，仲介正忙著和羅傑討論萬一茱莉亞和洛打算買這間公寓的話該付多少錢。

「好，可以！可以！」仲介終於失去耐性。「我可以降一點價，可是只是因為我兩個星期之後會開始賣另一間公寓，所以不希望兩間彼此競爭！」

羅傑、茱莉亞、洛聞言全都將頭一歪，還因此撞在一起。

「哪個……另一間公寓？」羅傑問。

房屋仲介哼了一聲，氣自己未能守口如瓶。

「對面那間，電梯另外一邊的。我連網站都還沒放上去，因為如果同時賣兩間的話，會同時拉低兩間的售價，有能力的仲介都知道這一點。另一間公寓和這間一模一樣，只是衣櫥小一點，可是手機訊號非常完美，這年頭的人好像非得要有訊號不成。屋主夫婦正分居當中，還在我的辦公室裡大吵一架。他們已經搬走所有的家具了，只留下一台果汁機。我了解為什麼沒人要那個果汁機，因為顏色真的很可怕……」

房屋仲介又喋喋不休許久，但是已經沒人聽她說話了。羅傑和茱莉亞看看彼此，又看看銀行搶匪，最後看著仲介。

「等等，妳是說妳也負責賣隔壁那間公寓？電梯另一邊那間？而且……現在沒人住在裡面？」茱莉亞為了確認再問一次。

仲介住了嘴，開始用力點頭。茱莉亞看著銀行搶匪，兩個人都在打一樣的主意，能夠打破眼前的僵局。

「妳有隔壁公寓的鑰匙嗎？」茱莉亞的臉上帶著期待的微笑，深信這條路能讓整件事有個完美的結局。

可惜房屋仲介回看茱莉亞的眼神像是在說這個問題再荒謬也不過了。「我怎麼會有？我還要兩個星期才會開始賣，妳以為我會因為好玩把別人家的鑰匙帶著到處跑嗎？妳以為我是哪門子的仲介啊？」

羅傑嘆了口氣，茱莉亞的嘆氣更沉重。銀行搶匪根本停止了呼吸，內心有如一頭栽進絕望的深淵。

「我曾經出軌過！」伊絲帖在公寓另一頭快活地說，因為她在廚房裡又發現一瓶酒。

「現在不是時候，伊絲帖。」茱莉亞說。但是老婦人非常堅持。她顯然是有點醉，因為衣櫥裡的酒對一位老婦人來說算是已經非常足夠的。

「我曾經出軌過！」她又說一次，凝望著銀行搶匪的眼睛，銀行搶匪忽然緊張起來，不知道如此的開場白之後會引出何種往事細節。伊絲帖揮舞著酒瓶繼續說：「他很愛書，我也是，可是我的先生不喜歡。努特喜歡音樂。我想音樂是不錯，但總是不一樣，對吧？」

銀行搶匪禮貌地搖搖頭。

「不一樣。我也比較喜歡書。」

「我一看到妳就知道！妳也知道人們的生活裡需要童話故事，而不只是想像而已。我從妳一進門那一刻就很喜歡妳了，雖然妳的槍和其他那些把事情搞得有點亂，可是誰不會偶爾把日子搞得混亂呢？所有有趣的人都曾經做過蠢得不得了的事啊！比如說我曾經背著努特出軌，對方是個愛書的男人，和我一樣。現在每次我只要一看書就會想到他們兩個，因為那個人給我一把鑰匙，而我從沒告訴努特。」

「拜託，伊絲帖，我們正在想辦……」茱莉亞說著，但是伊絲帖沒理她，自顧自地用手順著書架摸索。她最後幾次在電梯裡見到鄰居時，有一回他給了她一本非常厚的書，作者是位男士。他在幾百頁之後的其中一個句子下面畫了線：**直到陷入愛河之前，我們都在沉睡**。伊絲帖也給他一本書作為交換，作者是位女士，所以不需要透過好幾百頁來描述一件事。離開頭不遠的書頁上，伊絲帖畫了線：**愛是我要你存在**。

她的指尖感覺著書架上的書背，像是在作夢，而不是在搜尋。一本書從中排書架上掉落，並非它刻意如此，僅僅因為她的手指碰到書背。書掉在地板上時打開了前面幾頁。鑰匙從書頁間跳出來，落在木頭地板上發出清脆的聲音。

伊絲帖的胸口起伏，不是因為她的呼吸；她說話時的聲音也許聽來模糊，但是雙眼有如水晶般清澈。「努特生病之後，我們把公寓過戶給女兒。我原本想她也許會和小孩們搬進來，但是那實在是很傻的想法。他們根本不想住在這裡。他們有自己的生活，在自己的房子裡。所以後來就只剩下我一個人了，而且……你們也看得出來……這裡對我來說太大。一個人住這間公寓根本不合理，所以最後我女兒說應該把它賣掉買一間小一點的，比較容易打掃。所以我打電話問了幾位不同的房屋仲介，當然他們全都說通常不會在接近新年的時候看房子，可是我要……總之，我想在這個時候有些伴應該挺好的。所以我在仲介來之前先出門，等到活動開始之後再回來假裝想買房子。因為我不希望賣給我不認識的人。這裡不只是一間公寓，而是我的家，我不想把它交給只想轉手的人，只為了賺錢。我要下一個屋主很愛住在這裡，就跟我一樣。也許對年輕人來說有點難理解。」

這並不是真的。公寓裡每個人都能打心底理解。但是仲介清了清喉嚨：

「所以……在妳女兒打電話給我之前，她已經跟很多人談過了？」

「喔，那可不，她打電話給**所有**仲介之後，才覺得不得不打給妳。可是瞧瞧結果變得多熱鬧！」伊絲帖笑著說。

仲介拂掉外套上的灰塵，還有她的自尊。

「所以這把鑰匙是……」銀行搶匪開口，卻仍然無法置信。

伊絲帖點點頭。

「我的婚外情。他就住在隔壁，電梯另一邊的公寓裡，他就是在那裡面過世的。那公寓出售的時候我站在這個書架前面想，假如我在努特出現之前先認識他會是怎樣的結果。等你們老了之後，就能想這些事情，讓想像力自由發揮。那對年輕夫婦買下公寓之後一直沒換鎖。」

茱莉亞吃驚地清了清喉嚨。

「怎麼……對不起，伊絲帖，妳怎麼知道鎖沒換？」

伊絲帖不好意思地微笑了一下。

「我偶爾會……呃，當然我從來沒真正打開門啦，我可不是小偷，可是我……有時我會檢查鑰匙是不是還能用。它的確還管用。我一點都不驚訝他們會分居，那對年輕夫婦，真的沒什麼好驚訝的。因為我在衣櫥裡抽菸時常聽到他們吵架，衣櫥牆壁很薄，可以聽見各種動靜。我告訴你們，有些甚至能夠嚇壞斯德哥爾摩人。」

銀行搶匪將書放回書架上，緊緊握著鑰匙。然後她轉向其他人輕輕說：「我不曉得該講什麼。」

「什麼都不用講。快去隔壁躲起來等事情結束，然後妳就能回家看孩子了。」伊絲帖說。

銀行搶匪鬆開拳頭時，鑰匙在掌心滑動，她沒辦法握緊。

「我已經無家可歸了。我連房租都付不起，更別提要你們為了我對警方撒謊。他們會問你們我的身分和我躲在哪裡，我不想要你們撒謊！」

「我們當然會為了妳撒謊！」洛宣告。
「別擔心我們。」茱莉亞附和。
「其實我們並不需要真的撒謊。」羅傑說，「只要裝笨就行了。」
「是啊，裝笨應該沒問題是吧？因為對你們任何一個人來說都輕而易舉！」莎拉做出評論。
這是她唯一一次沒侮辱人，雖然聽起來很像。
安娜麗娜經過深思，向銀行搶匪點頭。
「羅傑說得對，我們只需要裝笨。我們可以說妳根本沒拿下面罩過，我們沒辦法描述妳的長相。」
銀行搶匪試著反駁，但眾人不給她機會。然後門上傳來敲擊聲，羅傑衝到玄關，透過貓眼向外看，是吉姆站在外面。那時羅傑才悟出真正的問題。
「該死，那個警察站在樓梯間。妳得如何跑進對面公寓又不讓他看見？我們沒想到這一點！」他慌張地說。
「也許我們能分散他的注意力？」茱莉亞建議。
「我可以朝他眼睛裡擠萊姆汁！」洛點頭。
「說不定我們能試著和他講道理？」伊絲帖抱著希望說。
「或是我們大家同時往外跑把他搞迷糊！」安娜麗娜大聲思考。
「還要光溜溜的！裸奔總是能讓別人一頭霧水！」連納以專家身分指導眾人。
莎拉站在連納身邊，他原本以為她會說自己是徹底的笨蛋。但是她說：「也許我們能賄賂這個警察。大部分的男人都能用錢收買。」

連納當然注意到她原本可能會說「大部分的人」，而非大部分的「男人」。但是他忍不住覺得她試著融入群體畢竟是個不錯的態度。

銀行搶匪站在眾人面前許久，手裡拿著鑰匙，幾乎說出吉姆和她的對話。但是到最後她語重心長地說：「不行。如果我告訴你們我要怎麼逃走，等警方問話時你們就得撒謊。可是如果你們現在就走出那扇門到樓下去，至少還可以說實話：你們關上門的時候我還在公寓裡面。你們不知道我之後發生了什麼事。」

他們看起來像是要反對（除了莎拉），但是最後點頭一致同意（莎拉也不例外）。伊絲帖用保鮮膜包起剩下的披薩放進冰箱裡。她在一張紙上寫下自己的手機號碼，放到銀行搶匪的口袋中，悄聲說：「等妳安全之後給我一個訊息，否則我會擔心。」銀行搶匪向她保證。然後所有人質們走出了公寓。羅傑殿後，小心地拉上門，直到聽見開關喀啦一聲。吉姆引導他們回到馬路邊，傑克護送他們坐上警車，回到警局接受訪談。

吉姆獨自在樓梯間站了一會兒，直到傑克從樓梯走上來。

「搶匪還在裡面嗎？你確定，爸？」傑克問。

「十成十確定。」吉姆說

「太好了！談判專家待會就會打那支手機，說服他投降走出來。否則我們就得破門而入。」

吉姆點點頭。傑克環顧四周，然後在電梯旁蹲下拾起一張紙。

「這啥？」

「像是一張圖？」吉姆說。

傑克將圖放進口袋裡，看了看時間。談判專家撥了電話。

那支特別的電話被塞在披薩盒裡，洛看見的。她餓得要命，所以僅僅認為在披薩盒裡看見手機很奇怪，然後放下披薩盒，決定先吃飽再煩惱別的。等她吃飽之後已經完全忘了手機這回事。接下來發生那麼多事，煙火和其他的，也許你還得知道洛這個人非常心不在焉。但是你也得知道當她吃完自己的披薩之後，還打開其他盒子掃光所有的碎屑。此時羅傑過來對她說不用擔心，他非常確定她會是好媽媽，因為稱職的父母總是像她這樣解決剩菜。羅傑的話對洛極具意義，令她忍不住嚎啕大哭。

於是，電話就被留在沙發旁的三腳邊桌上了，跟站在冰塊上的蜘蛛一樣搖搖欲墜。當所有人質都離開之後，搶匪將手槍放在電話旁邊。當然，她已經仔細擦拭過手槍了，因為羅傑曾在紀錄片裡看過警察如何在犯罪現場採集指紋。她也把滑雪面罩丟進壁爐裡，因為羅傑說警方有可能從面罩上找到DNA或其他線索。

然後銀行搶匪走出公寓大門。吉姆獨自站在樓梯間。他們迅速看了對方一眼，她的眼神透露感激，他的眼神充滿緊張。她給他看鑰匙，他鬆了一口大氣。

「快點。」他說。

「我只想說……我沒告訴任何一個人你幫我的事。我不想要任何人被問話的時候為我撒謊。」

她說。

「很好。」他點頭。

她徒勞無功地試著眨巴掉眼裡的濕潤，因為她知道自己終究還是要求一個人為了她撒謊，而他這輩子從未為任何人撒過謊。可是吉姆不讓她道歉，只是輕輕推她走向電梯另一邊的門，悄聲說：「祝妳好運！」

她走進隔壁公寓裡，鎖上身後的門，留下吉姆獨自站在樓梯間裡一分鐘，給他時間想想妻子，希望她會對自己的行為感到驕傲，或至少別太生氣。等到人質們安全抵達警局後，傑克跑上樓梯來，談判專家撥了電話，手槍掉到地上。

67

回到警局裡，吉姆告訴傑克真相，所有的真相。他的兒子想生氣，但願還有時間，可是因為他是個好兒子，所以忙著想出替代方案。他們讓人質從後門離開之後，他邁步走向前門。

「你不用去，兒子，讓我去。」吉姆哀傷地說。他硬是忍住不說：**抱歉我騙了你，可是其實你了解我做得沒錯。**

吉姆堅決地搖頭。「不行，爸，留在這裡。」

他硬是忍住不說：你已經惹出夠多麻煩了。然後他走到警局外的台階上，告訴記者們他們應該知道的內容。他說自己負責整件事的警方行動，可是他們追丟了搶匪，沒人知道搶匪在哪裡。

有些記者開始大聲質疑警方「專業能力不足」，其他記者做筆記時帶著輕視的笑容，準備好在接下來的幾個小時之中用報導和部落格發文痛宰傑克。羞辱和失敗都歸在傑克一個人頭上，他獨自扛起來，不拖累其他人。警局裡，他坐在椅子上的父親將臉埋進雙手裡。

斯德哥爾摩來的探員在第二天上午抵達了，除夕當天。他們看了證人訪談，和傑克以及吉姆談過，檢查所有證據。然後斯德哥爾摩人不屑地哼了一聲，自我標榜的語氣比洗碗精廣告還有把握，說他們不能再進一步偵查了。因為沒人在挾持事件中受傷，搶案也沒真搶到任何東西，所以並不算是真有嫌疑犯。斯德哥爾摩人必須把資源放在真正必要的地方。況且，今天是新年除夕，誰想待在這樣的小城裡慶祝？

他們得趕回家，傑克和吉姆目送他們開車離開。記者已經散了，往下一個值得書寫的事件前去。永遠都有另一個也許快離婚的名人。

「你是個好警察，兒子。」吉姆說，眼睛看著地板。他想加上「而且是比警察更好的人」，但是終究不忍心說出口。

「你並非總是一個這麼好樣的警察，爸爸。」傑克對著天空的雲笑著說。他想加上「可是我每件事都是從你身上學來的」，但是他還是嚥下了這句話。

然後他們回家，看電視，一起喝啤酒。

這樣就夠了。

68

在警局後門的台階上，伊絲帖逐個擁抱眾人（當然，莎拉除外。當伊絲帖作勢擁抱她時，莎拉用手提包護在身前向後跳開）。

「我必須說，如果非得被當人質挾持，那麼再也沒有比你們各位更好的夥伴了。」伊絲帖笑著對眾人說，連莎拉也包括在內。

「妳要不要和我們去喝杯咖啡？」茱莉亞問。

「喔，不行，我得回家。」伊絲帖笑著說，然後表情忽然變得嚴肅起來，對房屋仲介說：「我真的很抱歉改變主意，沒讓妳賣我的公寓。可是它畢竟是我的……家。」

仲介一聳肩。

「其實我覺得這樣很溫馨，真的。人們總是以為房屋仲介只想賣賣賣，可是其實也有……我不知道該怎麼說……」

連納用她找不出的文字補充：「並非所有的公寓都是待價而沽，這個想法其實很浪漫。」

房屋仲介點頭同意。伊絲帖深吸了幾口快樂的空氣。她會是住在對面的茱莉亞和洛的鄰居，而且她和茱莉亞能在電梯裡交換書本。伊絲帖要給她的第一本書是她最愛的詩集。她會摺起喜歡的頁面一角，在她所見過最細緻的文字底下畫線。

沒有任何事會降臨在你身上

不，我失言了

每件事都會降臨在你身上
而且唯有美妙的事

茱莉亞會給伊絲帖一本完全不同的文學冒險：一本斯德哥爾摩的旅遊導覽。

洛會失去她的爸爸，她會每個星期去看他。雖然他的身體仍然在地球上，心靈卻已經在天堂。洛的媽媽會找到適應失去至親的力量，因為另一個男人將會讓她看見人生在繼續向前走。茱莉亞會誕下這個男人，她的手會緊緊箍住洛的手指，直到護士給兩位母親止痛藥，一顆是生產前，一顆是生產後。

洛會睡在這個男嬰身旁，白色的床單上，一點都不畏懼。因為她願意為了他翻越群山，做任何事情。有必要的話也會搶銀行。她們會是很棒的父母，洛和茱莉亞。或至少是夠好的父母。

茱莉亞還是會藏起糖果，洛會被允許養鳥。小猴子和小青蛙也會很愛那些小鳥，每天都會來看牠們，就算茱莉亞用很多錢賄賂小猴子和小青蛙，她們仍然不會打開鳥籠門。茱莉亞和洛會吵架，然後和好，你所能做的只是確保你比較擅長和好，而不是吵架。所以她們會大聲吵，更大聲地笑，等到她們和好的時候，就連衣櫥牆壁另一邊的伊絲帖都替她們臉紅。她們的愛會像一整家花店般綻放。

在警局外面，莎拉快速地溜下台階，深怕某人企圖擁抱她。連納匆匆趕上。

「妳想不想一起叫計程車？」他問著，彷彿共乘計程車是合乎身分禮數的做法。

莎拉看他的眼神像是這輩子從未和任何人共乘過，或至少已經很久沒做這件事了。可是在靜默許久之後，她喃喃道：「如果我們共乘，你就得坐前面。而且不要叫那種後視鏡下面掛了一大串東西的計程車。那種車子簡直就是人類演化的終點。」

安娜麗娜仍然坐在台階上。羅傑鼓起勇氣在她身邊坐下，近得幾乎能碰到彼此。安娜麗娜的手指往他的手指方向伸。她想說對不起，他也是。這三個字比你想像的還難說出口，當兩人一起爬同一棵樹這麼多年。

她抬頭看著天空。天色已經很暗了，十二月就是這麼不留情。但是她知道宜家家居還開著。在某處總是有一盞還未熄滅的燈。

「我們可以去看看你說的那個流理台。」她低聲說。

他搖頭時，她幾乎崩潰了。羅傑過了很久才說話，因為他不斷改變主意。

「我想也許我們應該做點別的。」他終於喃喃地說出口。

「你是指什麼？」

「去看電影。也許，如果妳想的話。」

幸好安娜麗娜已經坐著，要不然她勢必得找地方坐下來。

他們最後去看了人為編造的東西。因為人們需要故事，有的時候。在黑暗的電影院裡，他們手握著手。對安娜麗娜來說那就像回到家；對羅傑來說，是已經夠好了。

伊絲帖匆匆趕回公寓。她在路上打電話叫女兒別擔心，無論是人質事件或母親獨自住在太大的公寓裡。因為她不再是獨自一人了。伊絲帖得戒菸，因為即將租下一個房間的年輕女子不會准她在衣櫥裡抽菸的。

如果我們要追根究柢，真相將會是那名年輕女子從伊絲帖女兒手裡租下整間公寓，伊絲帖再從年輕女子手裡以同樣的租金租下一間房間：六千五百克朗。冰箱門上貼了一張皺巴巴的圖，畫著一隻小猴子和小青蛙還有一頭鹿。是伊絲帖趁著吉姆去倒咖啡時從偵訊室裡偷來的。每隔一星期的每天早上，小猴子和小青蛙會和她們的媽媽在伊絲帖的廚房裡吃早餐。接下來的許多年間，每年最後一晚，她們全在廚房窗戶一起看煙火。然後終有一天會是伊絲帖沒有努特的最後一晚，也是其他人有伊絲帖相伴的最後一晚。

在伊絲帖的葬禮上，洛會建議墓碑上刻下：「伊絲帖長眠於此。她愛死她的酒了！」茱莉亞會踢洛的腳踝，輕輕地。離開墓園時，她們的兒子會牽著她們的手。茱莉亞一輩子保留著老婦人的書，還有酒瓶。當小猴子和小青蛙長成青少女時，也會偷偷在衣櫥裡抽菸。

在近似於天堂的某處，伊絲帖會和一位老先生聽音樂，和另一位老先生聊文學。這是她應得的。

喔，對了。在離這裡不遠的一棟公寓地下儲藏間裡，兩個小女孩的銀行搶匪媽媽曾經既孤獨又害怕過了一夜的地方，仍然有一個裝滿毯子的箱子。另一個地方的銀行並沒在新年之後被搶，因為將手槍藏在毯子底下的傢伙翻遍整個儲藏室，一邊吼叫咒罵槍不見了。哪種該死的混蛋會偷走別人的槍？

笨蛋。
全都是笨蛋。

辦公室外的窗台被雪沉重地壓著，心理醫生正在和父親講電話。「親愛的娜迪亞，我的小鳥。」他說的是故鄉的語言，因為「小鳥」在那裡是更美麗的用詞。「我也愛你，爸。」娜迪亞耐心地說。他從前不會這樣和她說話，但是到了晚年之後，就連電腦工程師都會變成詩人。娜迪亞一次又一次地保證自己隔天出發去看他時會小心開車，但是他仍然認為親自來接她會比較安全。爸爸永遠是爸爸，女兒永遠是女兒，就連心理醫生也不太能接受這個道理。

娜迪亞掛上電話，有人在敲門，似乎因為不想用手敲，而以雨傘尖端代勞。莎拉站在門外，手裡拿著一封信。

「怎麼了？對不起，我以為……我們約了現在見面嗎？」一頭霧水的娜迪亞翻著日誌，又看看手機上的時間。

「沒有，我只是……」莎拉靜靜回答。雨傘金屬骨架之間微微的撞擊聲出賣了她，娜迪亞留意到了。

「進來，進來。」她焦慮地說。

莎拉眼睛下方的皮膚布滿細細的皺紋，看樣子已經無法繼續死守背後的情緒，轉眼就要潰堤。她看了幾分鐘橋上女人的畫之後才問娜迪亞：「妳喜歡妳的工作嗎？」

「是啊。」娜迪亞點頭，覺得有點不安。

「妳快樂嗎？」

娜迪亞想伸手碰碰莎拉，卻忍住了。

「是的，快樂，莎拉。雖然並不總是快樂，但是我學到人不需要時時刻刻快樂。我的快樂……足夠了。妳是特地來問這個的嗎？」

莎拉的視線越過娜迪亞。

「妳曾經問我為何喜歡我的工作，我說因為我很擅長，可是我最近突然有一些時間思考這個問題。而我覺得自己喜歡這份工作，是因為我相信它。」

「怎麼說呢？」心理醫生用專業的聲音問，雖然她很想不專業地說她真高興見到莎拉，說她常常想到莎拉，說她一直擔心莎拉會做出什麼事。

莎拉伸出手盡可能接近那幅畫，卻不真正碰到。

「我相信銀行在社會中的位置。我相信秩序。我同意我們的客戶和媒體還有政客們全都討厭我們，因為那代表我們盡忠職守。銀行必須是系統裡的壓艙石，能讓官僚制度慢下來，不容易被左右，防止整個世界太向一邊傾斜。人們需要官僚制度，在他們想做出任何蠢事之前給他們時間思考。」

她陷入沉默。心理醫生靜靜坐回椅子裡。

「抱歉我多心，莎拉，可是……聽起來好像有些變化，我是說妳心裡。」

莎拉頭一次直視心理醫生的眼睛。

「房屋市場會再次垮台。也許不會是明天，但總有一天會崩解。這些我們都知道。可是我們仍然得借錢。當人們失去一切時，我們告訴他們那是他們自己的責任，那就是遊戲規則，得怪他們自己貪心。可是當然這不是實話，大多數的人並不貪心，只是……像我們談那幅畫時妳說的：他們希望能有東西可以寄託，值得他們奮鬥的東西。他們想有一個地方住，拉拔小孩長大，好好過日子。」

「自從我們上次見面之後，妳遇到什麼事嗎？」心理醫生說。

莎拉給她一抹複雜的笑容，這樣的問題該如何回答？因此她轉而回答了心理醫生沒問的問題：「每件事都變得比較輕鬆容易了，娜迪亞。銀行再也不是壓艙石。一百年前，幾乎每個在銀行工作的人都知道銀行怎麼賺錢的。現在一間銀行裡頂多只有三個人了解錢是從哪來的。」

「所以現在妳質疑自己在銀行裡的位置，因為妳不認為自己了解？」心理醫生猜測。

莎拉的下巴哀傷地顫動。

「唔。我辭職了，因為我醒悟到自己是那三個人其中之一。」

「那妳接下來有什麼打算？」

「我不知道。」

心理醫生終於有重要的話要說了，這些話不是她在學校學的，可是她知道每個人都需要聽到這些話，或多或少。

「不知道就是好的開始。」

莎拉不再多說了。她摩娑雙手，計算窗戶。辦公桌很窄，但要是沒有它隔開兩位女子，她們多半會對必須離對方這麼近地坐著感到不太自在。有時候我們不需要距離，只需要屏障。莎拉的動作帶著警戒，娜迪亞的則是小心翼翼。很久之後，心理醫生才終於開口說話：

「妳記不記得我們剛開始見面時，有一回妳問我如何解釋恐慌症發作？我覺得當時給妳的答案不夠好。」

「妳現在有比較好的答案嘍？」莎拉問。

心理醫生搖搖頭。莎拉不禁微笑起來。然後娜迪亞以自己的身分，不是經過專業訓練的心理醫生或是其他人的身分說：「可是妳知道嗎，莎拉？我知道說出來很有幫助。不巧的是，我想大部分的人假使在一早很狼狽地進辦公室說『我宿醉了』，同事和主管表現出的同情會遠比他說『我受焦慮所苦』來得多。可是我想，許多我們每天在街上擦身而過的人都和妳我有同樣的感覺，只是他們很多人不知道那究竟是什麼。男男女女好幾個月無法呼吸，醫生一個接一個地看，他們以為是肺出了毛病。這一切只是因為要他們承認有個東西……壞了，是如此困難的事。我們的靈魂裡有一塊正在疼痛的傷口，看不見的鉛塊拖慢我們的血液流動，胸口壓著無法說明的重量。我們的腦子在騙我們，告訴我們自己就要死了，可是我們的肺並沒有毛病，莎拉。妳和我，我們不會這樣就死了。」

「也快了！」莎拉一語中的，心理醫生爆笑出聲。

「妳知道嗎，莎拉？也許妳的新工作可以是替幸運餅乾寫籤語？」她笑著說。

「吃蛋糕的人唯一必須看見的警告是『你就是這樣才胖』。」莎拉回答完，也笑了起來，可是她顫抖的鼻尖出賣了她。她的視線首先直直穿過窗戶，接著又偷溜回來停在娜迪亞的手上，然後是她的脖子、她的下巴，雖然沒對上娜迪亞的眼睛，但也差不多了。隨之而來的沉默是她們共度過最久的一段。莎拉閉上眼睛，緊緊抿住雙唇，眼睛下的皮膚終於潰堤。她的恐懼變成脆弱的淚珠，滴落在辦公桌邊緣。

她非常緩慢地任那封信自手裡滑出。心理醫生遲疑地拿過來。莎拉想輕輕說自己是為了這封信來的，當初那第一次會面，剛好是男子從橋上跳下之後整整十年。她想輕輕說自己需要別人唸出男子寫下的內容，然後當她的胸口被烈火燒炙的時候，阻止她從橋上跳下去。

她想輕輕說出整件事，關於大橋，關於娜迪亞，莎拉如何看見男孩跑過去救了她。還有她自從那天起，每天都在想人與人之間的差異。可是她只說出了：「娜迪亞……妳……我……」

娜迪亞很想擁抱辦公桌對面的熟齡女子，用力抱住她，可是她終究不敢。因此她趁著莎拉還閉著眼睛，輕輕地用小指劃開信封，抽出一張十年之久的手寫信。上面只有五個字。

70

清晨正緩緩從地平線上升起，覆蓋大橋的薄冰在天上僅存的幾顆星星微弱的光芒照耀下閃閃發光。小城還陷在沉睡的呼吸裡，羽絨包裹住美夢和我們心跳所繫的小腳丫子。

莎拉站在圍欄邊。她向前傾身朝圍欄外看。如果任何人曾經看過她，知道她的故事，以及過去幾天發生的事情……那麼，當然就會曉得她不會做那件事。沒有哪個人經歷過這些之後還會用那個方式結束這個故事的。她不是會往下跳的那種人。

然後呢？

然後她放手了。

往下掉的那一段距離比你認為的還長，就算你已經從橋上目測過了。撞擊到水面的時間比你想的還久。一個輕柔的刮擦聲，風攫住紙頁，信紙一路劈啪翻捲滑過水面。自從第一次從門口踏腳墊上拾起信封，手指終於放棄掙扎，讓信紙航向它自己永生的未來。

十年前寫信給她的男子，寫下了所有她需要知道的真相。那是他最後一次告訴任何人真相，只有五個字，再也沒別的了。五個小字，卻包含了任何人所能告訴別人，分量最重的意義：

不是妳的錯。

信紙落到水面上時，莎拉已經走了，朝大橋另一端走去。那裡停了一部車，正在等她。連納坐在車裡。她打開車門時，與他四目交接。他任她將音樂放到最大聲，她計畫著以渾身解數對他感到厭煩。

71

他們說一個人的人格是經驗的總和。但這不是事實，至少不完全是，因為如果我們的過去能夠完全定義我們，那我們絕對無法忍受自己。我們需要被允許說服我們自己：我們不只是自己昨天犯的所有錯誤；我們也是自己的下一個選擇，所有的明天做下的選擇。

女孩總是覺得最奇怪的就是她永遠沒辦法對媽媽生氣。包圍住那股感覺的玻璃根本不可能打破。在葬禮之後，她打掃屋子，從所有隱密的角落找出空的琴酒酒瓶，她從前不忍心告訴母親她已經知道那些藏酒瓶的地點了。也許「孩子不曉得」是所有有癮頭的父母試圖抓住的念頭，認為他們的孩子都不知情。彷彿混亂是可以隱藏的。女兒想著，混亂甚至不能被埋葬，只能被傳承。

有一回，母親在她耳邊含混地說：「人格只是我們經驗的總和。別聽其他人說的。所以妳可別害怕，我的小公主，妳來自破碎的家庭，所以妳的心絕對不會破碎；妳也不會長大成浪漫的人，因為來自破碎家庭的孩子不相信永遠的愛情。」說完之後，她在沙發上靠著女兒的肩膀睡著了。女兒替她蓋上一張毯子，擦去地板上的琴酒酒漬。「妳錯了，媽媽。」她向著黑暗悄聲說。她是對的，沒人會為了孩子搶銀行，除非她是個浪漫的人。

女孩長大之後也有了自己的女兒，小猴子和小青蛙。她試著當個好媽媽，雖然她沒有指導手冊。好太太，好下屬，好人。每天中的每秒她都怕極失敗，但是她誠心相信每件事都會順利運行一段時間。或者說，還算順利。她放鬆了，完全沒有準備，所以外遇和離婚重重擊上她的後腦勺，人生將她打倒在地。有時候，我們大部分的人都會遇到這種狀況。或許你也不例外。

幾個星期之前，在從學校回家的路上，長腿鹿和小猴子以及小青蛙和平常一樣下了公車，走過那座大橋。女兒們在橋中央停下腳步，她們的媽媽剛開始並沒留意。等她回頭看時，女兒們已經離她有三百公尺之遙。小猴子和小青蛙買了一把鎖，因為她們在網路上看過其他城市裡的人在橋的圍欄上掛鎖。「如果這樣做，就能把愛永遠鎖在上面，我們永遠不會停止愛對方喔！」

她們的媽媽覺得被擊垮了，因為她以為女兒們在擔心離婚後她會停止愛她們。從今起，一切都會不一樣，她也不再是她們的。在十分鐘的啜泣和不知所措的解釋之後，小猴子和小青蛙有耐性地用手捧著媽媽的臉頰輕輕說：「我們不是擔心失去妳，媽媽。我們只想要妳知道，妳永遠不會失去我們。」

她們將鎖扣上定位時，發出清脆的喀聲。小猴子一把將鑰匙向圍欄下的水面丟去，她們三人全哭了起來。「永遠。」媽媽低聲說。「永遠。」女孩們也重複。她們向前走的時候，小女兒承認當她頭一次在網路上看到在橋上掛鎖的新聞時，以為是那些人擔心會有人把橋偷走。然後她納悶那些人是否會擔心自己的鎖被偷。她的姊姊向她解釋，但是卻得避免讓妹妹覺得自己很蠢。她們的媽媽不禁想著，她和孩子的爸爸好歹做對了一件事，因為女兒們能夠承認自己的錯誤，而且能原諒做錯事的人。

那天晚上她們吃披薩，是女兒們的最愛。那晚她們睡在月租六千五百克朗的小公寓地板的床墊上，母親一想到該如何湊出下個月的房租時，忍不住在黑暗中坐起身。眼看著聖誕節就要到了，接著是新年，她知道女兒們多麼期待煙火。她們根本不知道她有多讓她們失望卻仍然信任她，這一點幾乎令她心碎。黎明來臨時，她收拾好她們的背包，一本筆記本從大女兒的背包掉了出來。她原本想將筆記本放回去，但是掉到地上時打開的頁面上有如此的文字：《擁有兩座王國的公主》。剛開始，母親覺得有些厭煩，因為她花了一輩子教導女兒不要當公主——她希望她們成為戰士。因為女兒們愛她們的媽媽，所以很聽她的話，或者至少假裝聽話，然後暗中做相反的事，因為絲毫不在乎父母是孩子的責任。學校給大女兒的作業是寫一則童話故事，因此她寫《擁有兩座王國的公主》。故事是有關一位公主住在很大、很漂亮的城堡裡。有一晚，公主在床底下發現一個洞，洞裡面有一個神奇的祕密國度，充滿奇特的幻想生物、龍、侏儒，還有其他女兒自己創造的角色。那些與現實大為相反的事物和想像力如此天馬行空，深深震撼了母親，她腦中只想著：「妳的真實人生肯定太困難了，才會讓妳這麼想……逃脫？」所有生物都很快樂，和平共處，在牠們的小世界裡沒有痛苦。可是故事裡的公主很快就發現一個可怕的真相：她發現的神奇國度，她的新朋友們居住的地方，其實位於兩個王國的兩座城堡之間。一座王國由國王統治，另一座由皇后統治，兩國正激烈地交戰。他們派出大軍打仗，使用可怕的武器，但是兩座王國的城牆又高又堅固，很難打破。公主最後理解到，戰爭根本不會打垮他們其中一方，只會摧毀殺光所有位在他們下方的世界。公主體認出了事實：國王和皇后是她的父母，整場戰爭都是為了她，他們互相攻擊，只為了贏得她。當母親讀到故事最後幾個字時，她的女兒在床上醒了過來，母親內心開始崩解了。故事的結局是公主向所有的新朋友道別，獨自離開。她在某一晚趁著夜色離開，再也沒回來。因為她知道只要自己消失，雙方就再也沒有征戰的理由。她就能拯救兩個王國和中間的神奇國度。

女兒們起床後，母親和她們一起吃早餐，試著表現一切如常。她送她們去學校，然後一路走回來，走到橋上後站在橋中央，用全身的力氣握住那道鎖。

她沒和前夫爭房子，也沒和前主管爭工作，她沒和律師吵，沒發動任何武器攻擊，沒製造混亂。都為了孩子。她盡其所能避免大人的錯誤波及女兒們。但是這並不能解釋她為何試著搶銀行，完全不成理由。可是或許你也偶爾會有很餿的點子。或許你值得第二次機會。或許你不是唯一一個曾經處於困境的人。

新年除夕前一天早上，她拿著一把槍離開家。此時是同一天的夜晚，她正走回家來。在這場將被討論許多年的人質事件發生之後幾個小時，母親接回女兒，問她們：「妳們在爸爸家玩得開心嗎？」

「是啊，媽媽！妳呢？」小女兒問。

母親微笑起來，想了一下之後聳了聳肩說：

「喔，其實……也沒發生什麼事。都跟平常一樣。」

可是就在她們走到橋上時，媽媽的一隻手輕輕放在大女兒肩膀上，很快地在她耳邊輕聲說：「妳就是我的公主，我的戰士，妳可以同時當兩個——答應我妳永遠不會忘記這一點。我知道我並不總是個好媽媽，可是我和爸爸離婚不是因為妳……妳絕對不要這樣想，連一秒鐘都不行，不要認為這是妳的……」大女兒點頭，眨掉眼淚。小女兒在前面叫她們走快點，她們快步趕上之後，母親抹了抹臉，問她們晚上想不想吃披薩。小女兒大叫：「小青蛙當然想吃披薩嘍！」

那一晚她們睡在母親的新家，那間公寓的屋主是一位仁慈而且夠瘋狂，叫做伊絲帖的老太太。大女兒握著母親的手悄悄說：「妳是很好的媽媽，別擔心太多。沒關係的。」

然後她們終於找到了：兩個王國之間那座神奇國度的安寧歲月。所有神奇的、了不起的、幻想出來的生物都能安全又香甜地入睡。小猴子、小青蛙、長腿鹿、老太太、每個人。

72

新年來了。當然，除非你是賣月曆的，否則新年的意義不會太重大。一天變成另一天，現在變成曾經。冬天掃遍整座城，就像自信稍微過頭，到處打探的親戚，銀行對面的大樓隨著氣溫改換了顏色。灰色的建築被包裹在暫時的雪白色下，彷彿住客們不是自願住進去的，而是暫時被打包存放在裡面。幾年之後，當地居民會指著大樓的門，告訴來自大城市的好奇訪客：「那裡面曾經發生過人質挾持事件喔。」訪客會一瞥大樓，嗤之以鼻。「那裡面？是啊，當然嘍！」因為任誰都知道，如此的小城根本不可能發生這種事。

新年之後的幾天，一位女子走出家門。她正大笑著，兩個女兒也一起笑，她們剛說了一段讓三個人笑不可支的對話，笑到三個人在飛捲的雪花中吸著鼻子。她們走向垃圾桶，丟進披薩盒。女子突然抬頭一看，停下了腳步。一個女兒用力往她身上爬，另一個上下蹦跳。

時間已經晚了，天色是屬於一月的陰暗，落下的雪花阻礙了視線，可是她仍看得見對街的警車。警車裡坐著一老一少兩位警察。她瞪著他們看，女兒們還沒看見她的驚恐。她腦中只想著一件事：不能當著兩個女兒的面。這個念頭閃了幾秒鐘，可是她盡力過著兩種人生：她和女兒們的人生。

然後警車向她緩緩駛來。

經過她身旁。

繼續向前開，右轉，消失不見。

「如果你想逮捕她，我能理解。」吉姆在副駕駛座上靜靜地說，擔心兒子改變心意。

「沒有，我只是想看看她。這樣我們兩個人就成了共謀。」兒子在方向盤後說。

「共謀什麼？」

「放她走。」

他們沒再提起過她。無論是大樓外的，還是他們倆都很思念的女子。吉姆救了一位銀行搶匪，騙了他兒子；傑克也許永遠沒辦法完全原諒父親這件事，但是無論如何，他們兩人可以一起繼續生活下去。

他們繼續開，穿過小城，直到父親終於開口，沒看他的兒子。「我知道斯德哥爾摩曾經給你轉調的機會。」

傑克驚訝地看著他。

「你從哪聽來的？」

「我並不笨，你知道，總之不是一直都笨。有時候我只是看起來笨。」

傑克不好意思地笑。「我知道，爸。」

「你得把握那個機會。」

傑克打方向燈，轉彎，用很久的時間決定他的答案。

「調到斯德哥爾摩？你知道在那裡的生活花費有多高嗎？」

他的父親用婚戒悲傷地敲著塑膠置物箱門。

「別為了我待在這裡，兒子。」

「我才沒有。」兒子撒謊。

因為他知道假使母親還在就會說：

「你知道嗎，兒子？可以用更糟的理由作藉口，選擇待在一個地方。」

「我們的值勤時間結束了。」吉姆提醒他。

「你想去喝杯咖啡嗎？」傑克問。

「現在？有點晚了吧。」父親打了個哈欠。

「咱們去喝個咖啡。」傑克堅持。

「為什麼？」

「我們先回局裡開我的車，然後去兜風。」

「到哪去？」

傑克的語氣彷彿理所當然。

「去看姊姊。」

聽見這句話，吉姆看著兒子的眼睛登時模糊起來，滑向眼前的馬路。

「什麼？現在？」

「對。」

「為什麼……為什麼現在去？」

「她的生日快到了，你的生日也快到了。離聖誕節還有十一個月，所以有什麼差別嗎？我只是在想也許她想回家來。」

吉姆盡量將焦點放在眼前的馬路上，那道在中央的白色分道線，控制著他的聲音。

「至少得開一天吧？」

傑克翻了個白眼。

「那有什麼大不了的，爸？我說我們會先喝咖啡！」

於是他們上路了。他們一整個晚上和隔天都在開車。敲了敲她的門，也許她會和他們回去，也許不會。也許她已經找到更好的方法落回地面，也許她現在已經知道飛行和從半空跌下來的差別，也許她仍然不知道。那一類的事情是無法掌控的，就像愛情。因為也許人們說得沒錯，孩子會無條件、無法克制地愛你到某一個年紀，只因為一個簡單的原因：

你是他們的。出於同樣的原因，你的父母和手足也會一輩子愛你。

真相是？真相是沒有真相。我們努力尋找那道宇宙的疆界，結果什麼也沒找到；對於上帝，我們所知的就是我們一無所知。因此身為牧師的母親對家人的要求很簡單：盡我們所能。我們在今天種下一棵蘋果樹，即使我們知道世界會在明天毀滅。

我們拯救所能拯救的。

73

春天到了。它終究還是會找到我們。風吹走冬天，樹木瑟瑟作響，小鳥開始躁動，大自然忽然發出被白雪在過去幾個月間吞掉回音，震耳欲聾的呼號。

傑克走出電梯，既疑惑又好奇。他的手裡握著一封信，在某個早上放在他的門口踏腳墊上，沒有貼郵票。裡面是一張紙條還有地址，連同樓層和辦公室編號。在紙條下面是一張大橋的照片，和另一個密封的信封，上面寫著另一個名字。

莎拉在警局裡看到傑克，認出他來，雖然已經過了好多年。因為自從那一天起，她不斷一遍又一遍地回憶同樣的情景，她知道他也是。

傑克找到那間辦公室，敲了敲門。男子從橋上跳下已經十年了，幾乎與少女終究沒跳下的時間一樣久。她打開門，不知道他是誰，但是他見到她的那一刻，心裡像是五彩亮片爆發，因為他沒忘記。自從她站在橋邊圍欄那次之後，他沒再見過她，可是就算在黑暗中他也能認出她來。

「我……我……」傑克結巴了起來。

「對不起，你在找誰嗎？」娜迪亞很疑惑，既友善又覺得好笑。

他忍不住伸手扶住門框，她的指尖掃過他的。他們還不知道自己左右對方的能耐。他將大信封遞給她，封面潦草地寫著他的名字；裡面是大橋的照片和她的辦公室地址。在這些下面是小一點的信封，正面寫著給娜迪亞。

小信封裡也有一張字條，莎拉用還算端正的字體寫了十四個簡單的字：

是妳救了自己。他只是剛好在那裡。

娜迪亞失去了平衡，只是很短暫地，但是傑克抓住了她的手臂。他們望著彼此的眼睛像是在跳舞。她緊緊地，緊緊地，緊緊地抓牢那十四個字，幾乎沒辦法組織自己想說出口的字句：「是你……橋上的，當我想……那是你？」

他無聲地點點頭。她搜索著更多的字：

「我不知道該……給我一點時間。我得……我得清醒一下。」

她走回辦公桌，深深坐進椅子裡。這十年來她一直想知道他究竟是誰，可是現在她卻不知道該說什麼，從何說起。傑克小心地在她身後走進辦公室，看見書架上的照片，莎拉每次都會調整的那幅。照片裡的娜迪亞和一群孩子們都在笑，那是六個月前在一個夏令營裡拍的。娜迪亞和孩子們正在大笑，身穿一樣的T恤，上面印了舉辦夏令營的慈善機構名字。那家慈善機構負責籌款為如照片中的孩子們舉辦活動，他們全都來自有成員自殺的家庭。這些活動能幫孩子們了解雖然自己被拋下了，但是並不孤單。你無法獨自擔負罪惡感、羞愧和無法忍受的靜默，而且你根本不需要，這就是為何娜迪亞每年參與這個夏令營。她傾聽得多，說得少，盡情地笑。

此時她還不知道，但是那個慈善機構的銀行帳戶剛剛收到一筆捐款。是一位不久前才辭職，頭上戴著耳機的女子，她捐出財產，走過一座橋。慈善機構將能夠用這些錢舉辦好多年的夏令營。

傑克和娜迪亞坐在窄小辦公桌的兩邊，看著彼此。他怯怯地笑起來，過了一會兒她也跟著笑了，驚嚇之餘的大笑。十年之後的某一天，也許他們會告訴別人那種感覺。第一次。

真相是？這些事情的真相？真相是這個故事與很多不同的東西有關，但是絕大部分是關於笨蛋。因為我們都在盡力，真的。我們試著當個大人，愛彼此，搞清楚到底該怎麼插入那個該死的USB。我們在尋找可以寄託的，可以奮鬥的，可以期盼的。我們有這些共通點，但是大部分的我們仍然是陌生人，我們永遠不知道自己對別人做的事，或者你的人生如何影響我的。

也許我們今天在人群中匆匆經過彼此身旁，誰也沒留意到誰，你的外套在那一瞬間擦過我的外套，然後我們各走各的路。我不知道你是誰。

可是當你今天晚上回到家之後，當今天告終，夜晚來拜訪我們的時候，允許你自己深深吸一口氣。因為我們都撐過了今天。

然後會有另一個明天。

如果你需要和某人談談

安心專線 1925

生命線 1995

張老師生命專線 1980

無論需要幫助的是你本人還是你親近的人，請來這裡看看：

社團法人台灣自殺防治學會 www.tsos.org.tw/web/home

作者要感謝

J 很少有人像你這樣影響我的人生。你是我所擁有最善良、最奇怪、最好笑、最混亂、最複雜的朋友。二十年快過去了，我仍然幾乎每天想到你。我很抱歉你再也無法忍受了，我討厭自己那時沒能救你。

妮妲 在一起十二年，結婚十年，兩個小孩，還有上百萬次為了地板上的濕毛巾吵架，以及我們仍然在找字彙形容的感覺。我不知道妳怎麼有辦法照顧兩份工作，妳的和我的；可是沒有妳，我不可能在這裡。我知道自己讓妳抓狂，可是是妳令我瘋狂。一個巴掌拍不響。

小猴子和小青蛙 我試著當個好爸爸，真的。可是當你們跳進車子問我：「那是什麼味道？你在吃糖嗎？」我撒謊了。對不起。

尼可拉斯．納特．歐達 我不知道咱們共用一個辦公室多久了。八年？九年？我得老實說我從來不認識天才，可是你是我所認識最接近天才的人。我也從來沒有兄弟。

利雅德．哈度許，**約納．賈地德**和**艾瑞克．愛德隆** 我應該更常說的。可是我希望你們懂我的意思。

媽和爸，我的**姊姊**，還有**保羅**。**胡珊**、**帕翰**，以及**梅莉**。

凡雅·芬特 從二〇一三年起，唯一一位固執和我一同走過幾乎整段職業生涯的人。編輯、校稿、另一雙眼、旋風，和陪伴我所有故事的真誠好友。謝謝妳總是百分之百付出。

薩隆蒙森經紀社 當然，首先是我的經紀人**托爾·約納森**，雖然你並不總是了解我在搞什麼，可是永遠頑強地為我辯護。**瑪莉·蓋倫海默**，永遠像另一個家人，在機器和混亂旋轉得太快，我試著找回自己的時候穩住大局。**瑟西利雅·英伯格**，在這本書後期擔任雙重校稿和語言建議（我們在文法上無法達成共識時，妳顯然都對，可是我有的時候是不管三七二十一硬要錯的）。

布克佛拉特集庫，我的瑞典出版社。尤其是**約翰·黑格布倫**、**亞當·達林**，以及**莎拉·林德葛蘭**。

亞歷克斯·舒曼，當我試著寫好這本書時，提醒我當你被文字徹底打敗時的感覺。**克里斯多福·卡爾森**，閱讀並更正這本書，還有大笑。我欠你一瓶啤酒，也許是兩瓶。**馬可斯·萊伏比**，當我在星期二非得找人喝杯咖啡，談六個小時冰上曲棍球錦標賽第二級和越戰紀錄片時。

所有其他國家出版拙作的出版社，從斯堪地那維亞到南韓。我特別要感謝**彼得·波爾蘭**、**莉比·馬奎爾**、**凱文·韓森**、**愛瑞兒·傅里曼**、**瑞塔·希爾瓦**，以及其他在美國和加拿大艾崔亞／

西蒙與舒斯特出版集團中固執地對我抱持信心的人，還有領我進入當地市場的**茱蒂絲・柯爾**，你們已經是我的第二個故鄉了。

每一位翻譯拙作的人，特別是**尼爾・史密斯**。我的書封設計師**尼爾斯・奧森**。我最愛的書商，**約翰・紀蘭**。

在這幾年與我共事的心理醫生和治療師。尤其是幫助我控制恐慌發作的**班格特**。

你。正在讀這本書的各位。謝謝你的時間。

最後：伊絲帖在本書不同階段提到的作家們。按照出現順序是：阿斯特麗德・林格倫（Astrid Lindgren）、J・M・巴里（J.M. Barrie）、查爾斯・狄更斯（Charles Dickens）、喬伊絲・卡蘿・歐茨（Joyce Carol Oates）、卡里・紀伯倫（Kahlil Gibran）、威廉・莎士比亞（William Shakespeare）、列夫・托爾斯泰（Leo Tolstoy）、波蒂・瑪姆斯汀（Bodil Malmsten）。如果其中有任何引用錯誤之處，都是我個人的錯，或者是譯者的錯，總之不是伊絲帖的錯。

菲特烈・貝克曼作品集

《明天別再來敲門》
《阿嬤要我跟你說抱歉》
《清單Hold不住的人生》
《終將破碎的我們》
《為了你，對上全世界》
《我兒子需要知道的事情》
《每天，回家的路就更漫長》

貝克曼作品集 02
焦慮的人
ANXIOUS PEOPLE

國家圖書館出版品預行編目（CIP）資料

焦慮的人/菲特烈・貝克曼（Fredrik Backman）著；杜蘊慧譯. -- 初版. -- 臺北市：天培文化有限公司出版：九歌出版社有限公司發行, 2021.01

面；　公分. --（貝克曼作品集；2）

譯自：Anxious people.

ISBN 978-986-99305-5-0（平裝）

881.357　　109019632

作　　者——菲特烈・貝克曼（Fredrik Backman）
譯　　者——杜蘊慧
責任編輯——莊琬華
發 行 人——蔡澤松
出　　版——天培文化有限公司
台北市105八德路3段12巷57弄40號
電話／02-25776564・傳真／02-25789205
郵政劃撥／19382439
九歌文學網 www.chiuko.com.tw
印　　刷——晨捷印製股份有限公司
法律顧問——龍躍天律師・蕭雄淋律師・董安丹律師
發　　行——九歌出版社有限公司
台北市105八德路3段12巷57弄40號
電話／02-25776564・傳真／02-25789205
初　　版——2021年1月
初版2印——2023年4月
定　　價——420元
書　　號——0304102

ISBN／978-986-99305-5-0　　Printed in Taiwan